pi 文庫

〈epi 85〉

夜中に犬に起こった奇妙な事件

マーク・ハッドン
小尾芙佐訳

epi

早川書房

7766

THE CURIOUS INCIDENT
OF THE DOG IN THE NIGHT-TIME

by

Mark Haddon

Translated by
Fusa Obi
Published 2016 in Japan by
HAYAKAWA PUBLISHING, INC.
This book is published in Japan by
arrangement with
AITKEN ALEXANDER ASSOCIATES LIMITED
through THE ENGLISH AGENCY (JAPAN) LTD.

本書をソスに捧げる

キャサリン・ヘイマン、クレア・アレグザンダー、
ケイト・ショウ、そしてデイヴ・コーエンに
感謝をこめて

夜中に犬に起こった奇妙な事件

おことわり

地下鉄のマーク、座席の模様、路線図は、Transport for London のご好意を得て複製しました。クオニの広告は Kuoni Advertising の、数学の上級試験の問題はOCRのご好意を得てそれぞれ複製しました。その他の権利者ともできるかぎり連絡を取るよう努めましたが、万が一誤りがあった場合には、重版の際にかならず訂正させていただきます。

2

　夜中の十二時を七分すぎていた。犬はミセス・シアーズの家の前の芝生のまんなかの草の上で寝ていた。目は閉じていた。なんだか横になって走っているみたいで、犬が猫を追いかけて走っている夢を見ているときみたいなかっこうだった。しかし犬は走っているのでも眠っているのでもなかった。犬は死んでいた。犬の体から庭仕事に使うフォークが突きだしていた。フォークの先は犬の体をつらぬいて地面に突きささっているはずだ、なぜかというとフォークはたおれていない。犬はたぶんそのフォークで殺されたのだとぼくは結論した、なぜかというと犬の体にほかの傷は見えないし、それになにかほかの理由で、たとえば癌とか交通事故とかで犬が死んだあとにフォークを突きさすひとがいるとは思えない。でもこれについてははっきりとはわからない。

　ミセス・シアーズの門を入って、手をうしろにまわして門を閉めた。芝生のところまで歩いていって犬の横にひざをついた。犬の鼻づらに手をおいた。まだあたたかい。

犬はウエリントンという名前だった。ぼくたちの友だちのミセス・シアーズが飼っている。彼女は道をはさんだむかいがわ、左へ二軒目の家に住んでいる。

ウエリントンはプードルだ。きれいに毛を刈りこんだ小さなプードルではなくて、大きなプードルだった。くるくる巻いた黒い毛でおおわれている、でも近くによってみると、毛の下の皮膚はヒナドリみたいにとてもうすい黄色なのがわかる。

ウエリントンをなでてやって、だれがどうして彼を殺したのだろうとぼくは考えた。

3

ぼくの名前はクリストファー・ジョン・フランシス・ブーンです。ぼくは世界じゅうの国の名前と首都の名前とそれから７５０７までの素数もぜんぶ知っている。

八年前、はじめてシボーン先生に会ったとき、先生はこの絵を見せてくれた。

それでこの絵が〝悲しい〟気持ちをあらわしているのだとわかった。それは死んだ犬を見つけたときのぼくの気持ちです。

それから先生はこの絵も見せてくれた。

それでこの絵が〝しあわせ〟な気持ちをあらわしているのだとわかった。それはたとえばぼくがアポロ宇宙計画の話を読んでいるときや、午前三時や午前四時にまだ目がさめていて表の通りを行ったり来たりしながらぼくは世界じゅうにたったひとりしかいない人間なんだというふりをするときの気持ちです。

それから先生はほかの絵もいくつかかいた。

でもこの絵がなにをあらわしているのかぼくにはわからなかった。

シボーン先生に、こういう顔をたくさんかいてもらって、それぞれの顔の横にそれがなにをあらわしているかを書いておいた。その紙をいつもポケットに入れておいて、ひとのいっていることがわからないときにはそれを出して見る。でもどの図形が、そのひとの顔にいちばん似ているかきめるのはとてもむずかしかった、なぜかというとひとの顔はとてもはやく動くからです。

そうしていることをシボーン先生に話すと、先生は鉛筆とべつの紙を出してこんな絵をかいて、たぶん相手のひとたちはこんな気持ちだったかもしれない――

といって笑った。だからぼくはもともとの紙を破いて捨ててしまった。先生はあやまった。

そしていまは、ひとがなにをいっているのかわからないときは、それがどういう意味か相手のひとにたずねるか、さもなければ知らん顔して通りすぎる。

5

ぼくは犬の体からフォークを引きぬいて、犬をかかえあげるとしっかり抱きしめた。フォークがあけた穴から血がぽたぽたたれていた。

ぼくは犬が好きだ。犬がなにを考えているかはわかりやすい。犬の気分は四つある。うれしい、悲しい、怒る、熱中する。それに犬は忠実で、嘘もつかない、なぜかというと話すことができないからだ。

ぼくが四分間、犬を抱きしめていると、悲鳴が聞こえた。顔をあげると、ミセス・シアーズがポーチからぼくのほうにむかって走ってくるのが見えた。パジャマの上にガウンを着ていた。足の爪は明るいピンクでぬられていて靴ははいていなかった。

彼女はどなった。「あんた、あたしの犬になんてことしてくれたのよ」

ぼくはひとにどなられるのがきらいだ。ひとがぼくをたたいたり、ぼくにさわったりするととてもこわくなって、それから先はどうなるか自分でもわからない。

「犬をはなしなさい」と彼女はどなった。「その犬をはなしなさい、たのむから」

ぼくは犬を芝生の上におろして二メートルうしろにさがった。

彼女はかがみこんだ。きっと自分で犬をかかえあげるのだろうと思った、でもそうはしなかった。たぶん血がいっぱいついているのに気がついて、汚れるのがいやだったのだろう。そのかわりにまた悲鳴をあげだした。

ぼくは両手で耳をおさえて目を閉じて前にころがって、おでこを芝生に押しつけて体をまるめた。芝生はぬれていて冷たかった。きもちがよかった。

7

これは殺人ミステリ小説である。

シボーン先生は、自分が読みたいと思うようなものを書きなさいといった。ぼくが読むのは、たいてい科学や数学の本だ。ふつうの小説はきらいだ。ふつうの小説ではひとはこんなことをいう。「わたしには鉄と銀とどこにでもある泥が流れる静脈が走っている。わたしは、刺激(しげき)にたよらず手をにぎりしめることのできるひとたちが固めるこぶしを固めることはできない(注1)」これはどういう意味だろう? ぼくにはわからない。お父さんにもわからない。シボーン先生にもジェボンズ先生にもわからない。ぼくはみんなにきいてみたのです。

シボーン先生の髪の毛は長い金髪で、緑色のプラスチックでこしらえた眼鏡をかけている。ジェボンズ先生はせっけんのにおいがして茶色の靴をはいていていてその靴にはそれぞれに約六十個の小さなまるい穴があいている。

でもぼくは殺人ミステリ小説が好きだ。だから殺人ミステリ小説を書いている。

殺人ミステリ小説では、だれかが殺人犯を突きとめて、そうしてつかまえなければならない。これはパズルだ。それがよいパズルだと本を最後まで読まないうちに答えがわかってしまうこともある。

シボーン先生は、本というものは話のはじめに読むひとの興味をかきたてなければいけないといった。だからぼくははじめに犬の話を書いた。それから犬の話ではじめた理由はもう一つ、これはぼくの身に起こったことだから、ぼくの身に起こらなかったことを想像するのはむずかしいからだ。

シボーン先生は一ページめを読んで、これはおかしいといった。先生は、ひとさし指と中指で空中にくねくねした引用記号をこしらえてそのさかさのコンマのなかにおかしいという言葉を入れた。殺人ミステリ小説のなかで殺されるのはいつも人間ですよと先生はいった。でも『**バスカヴィル家の犬**』のなかで殺されるのは二匹の犬で、バスカヴィル家の犬とジェイムズ・モーティマーのスパニエルですとぼくはいった、でもシボーン先生は、殺人の犠牲者は犬たちではなくて、サー・チャールズ・バスカヴィルだといった。それは読者が犬より人間のほうに関心があるから、だからもし本のなかで人間が殺されれば、読者はもっと先を読みたいと思うものですよと先生はいった。

ぼくはほんとうのことを書きたいと思っていますといった、ぼくはふつうに死んだひとは知っているけれども、殺されたというひとはだれも知りませんといった。ただ学校のエドワードのお父さんのミスタ・ポウルスンはべつだけれどあれはグライダーの事故で殺人とはい

（注1）　お母さんが町の図書館にぼくを連れていってくれたときこの本を見つけた。

えない、それにぼくは彼をじっさいに知らない。それからぼくはこうもいった、犬は忠実で正直で犬のなかには人間よりもかしこくておもしろいのがいます。おもしろくなくてかしこくない人間の例をあげると、毎週木曜日に学校に来るスティーブだけど、食べものを食べるのにも手助けが必要で、投げた棒を取ってくることもできません。シボーン先生はそんなことをスティーブのお母さんにいってはいけないといった。

11

それから警察が到着した。ぼくは警察が好きだ。制服を着ているし番号もついているし、彼らがどういうことをするかちゃんと知っている。女の警官も男の警官もいた。女の警官のタイツの左の足首に小さな穴があいていて、穴のまんなかに赤いひっかき傷があった。男の警官の片方の靴の底にオレンジ色の大きな葉っぱがくっついていて、それが片がわからはみだしていた。

女の警官はミセス・シアーズの肩をかかえて、家のほうに連れていった。

ぼくは芝生にくっつけていたおでこをあげた。

警官がぼくの横にしゃがんでいった。「おいきみ、ここでなにがあったのか話してくれないか？」

ぼくは起きあがっていった。「犬が死んでる」

「そこまではわかってるさ」と彼はいった。

ぼくはいった。「だれかが犬を殺したと思う」

「きみはいくつなの？」と彼がきいた。

ぼくは答えた。「十五歳三ヵ月二日です」

「それで、この庭でいったいなにをしていたんだい？」と彼がきいた。

「犬を抱いていた」とぼくは答えた。

「で、なぜきみは犬を抱いていたのかい？」と彼はきいた。

これはむずかしい質問だった。そうしたかったからそうした。ぼくは犬が好きだ。犬が死んでいるのを見て悲しかった。

ぼくは警官も好きだ、それで質問にちゃんと答えたかった、しかし警官は正しい答えを考える時間をあたえてくれなかった。

「なぜ犬を抱いていたの？」と彼はもう一度きいた。

「ぼくは犬が好きです」とぼくはいった。

「きみがあの犬を殺したの？」と彼がきいた。

ぼくはいった。「ぼくはあの犬を殺していない」

「これはきみのフォークか？」と彼がきいた。

ぼくはいった。「いいえ」

「ずいぶん動揺しているようだね」と彼がいった。

彼はとてもたくさんの質問をする、それもつぎからつぎにどんどん質問する。質問がぼくの頭のなかにどんどんつまってくる、テリーおじさんが働いている工場のパンのかたまりみたいにつまってくる。工場というのは製パン工場で、おじさんはパン切り機械の係だ。ときどきパン切り機械がうまく動かなくなっても、パンはあとからあとからやってきてつまってしまう。ときどきぼくの頭は機械みたいなものだと思う、でもかならずしもパン切り機械とはいえない。でもぼくの頭のなかでなにが起こっているか、ほかのひとたちに説明するにはそういったほうが楽だ。

警官がいった。「もう一度きくけどね……」

ぼくはまた芝生にころがって地面におでこを押しつけて、お父さんがうなり声といっている音をたてた。外の世界から情報がいっぱい入ってくるとき、ぼくはこの音をたてる。頭がごちゃごちゃになると、ラジオを耳にあてて、ふたつの放送局のあいだのところに目盛（めも）りをあわせる、すると聞こえるのはザーッという白色雑音（ホワイト・ノイズ）で、そこで音量をぐっとあげると、聞こえるのはその音ばかりになって、ほかにはなにも聞こえないので安全だというきもちになる。

警官がぼくの腕をつかんで立ちあがらせた。

ぼくはこんなふうに体にさわられるのはきらいだ。

ぼくが彼をなぐったのはそのときだ。

これはおもしろい本にはならないだろう。ぼくはジョークがわからないので、ジョークがいえない。例として一つのジョークをあげる。これはお父さんのジョークの一つです。

13

カーテンはほんとうに引いてあったが、彼の顔は線を引いた絵みたいだった、なぜなら風邪を引いたからだ。

これがなんでおもしろいのかぼくは知っている。きいてみたから。引くという言葉には三つの意味がある。それは、**1** 窓をおおう、**2** 鉛筆で書く、**3** 病気にかかる。そして**1**の意味はカーテンにあてはまる、**2**は線にあてはまり、**3**は風邪にあてはまる。

もしぼくがジョークをいおうとすると、一つの言葉に同時に三つのちがう意味をもたせなければならない、これは三種類のちがう音楽を同時に聞くようなもので、頭はごちゃごちゃして不愉快で、白色雑音(ホワイト・ノイズ)みたいには気分がよくならない。三人の人間がちがうことを同時にしゃべろうとするようなものだ。

そういうわけでこの本にはジョークがありません。

17

警官はなにもいわないでしばらくぼくを見ていた。それから彼はいった。「警官に暴行をはたらいたかどでおまえを逮捕する」

それを聞いてぼくは気分がだいぶ落ち着いた、なぜかというとそれはテレビや映画で警官がいう言葉だったから。

それから彼はいった、「パトカーのうしろに乗るよう命じる。もしまたあんなばかなまねをしようとしたら、このくそったれが、おれは本気で怒るぞ。わかったか？」

ぼくは、門のすぐ外に止まっているパトカーのほうに歩いていった。警官がうしろのドアを開けたのでぼくはなかに乗りこんだ。彼は運転席にすわって、まだ家のなかにいる女の警官を無線で呼びだした。彼はいった、「このくそがきが、おれをなぐりやがったんだ、ケイト。こいつを署におろしてくるあいだ、そのおばさんと話でもしててくれないか？　あとでトニーをやってきみを拾わせるから」

そしたら彼女はいった、「いいわよ。じゃ、あとでね」

警官は、「よっしゃ」といった。そしてパトカーは走りだした。

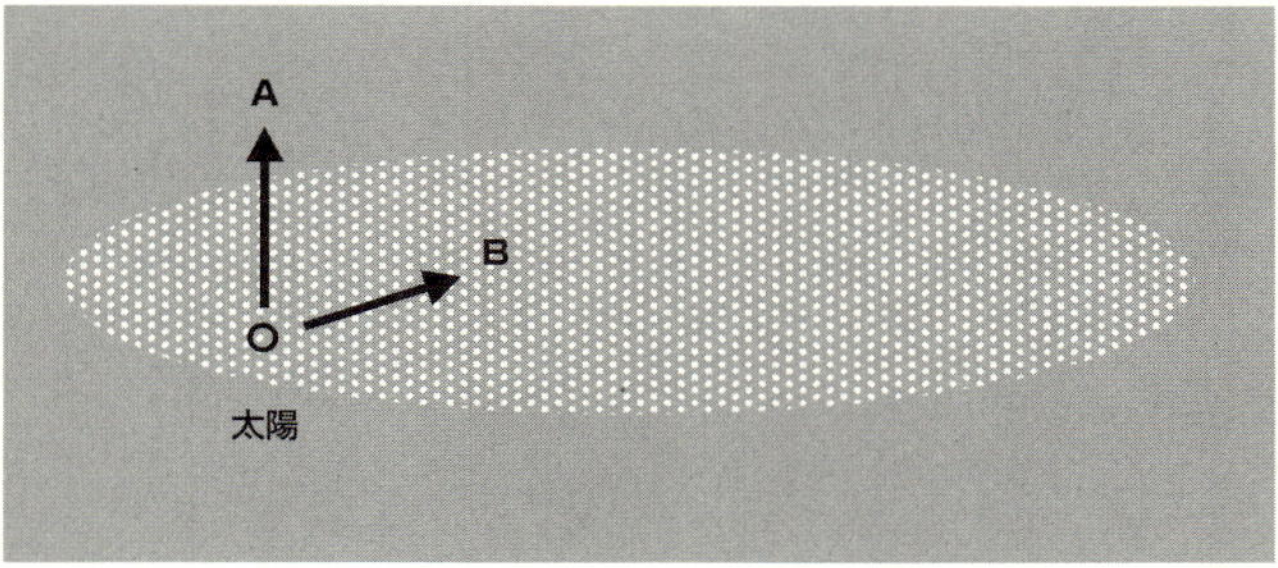

パトカーは熱くなったプラスチックとひげそりローションとテイクアウトのフライドポテトのにおいがした。

町の中心にむかって車が走っていくあいだぼくは空を見ていた。よく晴れた夜で銀河が見えた。

銀河を、星の長い行列だと思っているひとがいる、でもそうじゃない。われわれの銀河はたくさんの星が集まってできた、さしわたしが十万光年もある巨大な円盤で、太陽系はその円盤のへりに近いところにある。上の図のように。

円盤に対して九十度の角度のところにあるAの方角を見るとたくさんの星は見えない、でもBの方角を見るとたくさんの星が見える、なぜかというと銀河のほとんど全体が目に入るからだ、そして銀河はひらべったいので星がすじみたいに見える。

それからぼくは考えた。長いあいだ科学者たちは空が夜暗いという事実を不思議に思っていた、宇宙には何兆という数の星があってどちらの方向にも星はあるはずで、星の光が地球にとどくのをじゃまするものはほとんどないのだから、空は星の光でいっぱいのはずなのになぜ暗いのだろうと思っていた。

そこで科学者たちは、宇宙が膨脹（ぼうちょう）しているのだと考えた、ビッグバンのあと星はたがいにすごい速度ではなれていって、われわれから遠ければ遠いほどそれは速い速度で動いていく、そのなかのあるものは光の速度くらい速い、だから星の光がわれわれのところにとどかないのだと考えた。

ぼくはこの事実が気に入っている。これは自分の頭のなかで考えだせることだから。夜、頭の上の空をながめて、だれにも質問しないでただ頭で考えだせることだから。

それから宇宙の爆発がおわると、星の動く速度はおそくなり、空中に投げあげられたボールみたいに最後に止まってそれからまた宇宙の中心にむかって落ちはじめる。そうするとわれわれが宇宙のすべての星を見ることをじゃまするものはなにもない、なぜなら星はみんなわれわれにむかって落ちてきて、だんだんにそれは速度を増して、世界はもうじきおわってしまうことになる、なぜかというと夜空を見あげるともう暗くはなく、ただ何兆という星のまばゆい光がみんな落ちてくるのが見えるだけだ。

ただしだれもこれを見るものはいないだろう。なぜかというと地球には人間はひとりも残っていない。人間はたぶんそれまでに死に絶えている。そしてもしまだ人間が存在していたとしても、それを見ることはないだろう、なぜかというとその光はすごく明るくて熱いから、だれもみんな焼け死んでしまうだろう、たとえトンネルのなかに住んでいたとしても。

19

本の章にはふつうは、1、2、3、4、5、6というような基数が使われる。でもぼくはこの本の章には、2、3、5、7、11、13というような素数を使うことにきめた。ぼくは素数が好きだからである。

これは素数をどうやって見つけるかという方法です。

はじめに、世界じゅうにあるすべての正の整数を書きだす。

1	2	3	4	5	6	7	8	9	10
11	12	13	14	15	16	17	18	19	20
21	22	23	24	25	26	27	28	29	30
31	32	33	34	35	36	37	38	39	40
41	42	43	44	45	46	47	48	49	つづく

それから2の倍数をすべて消していく。それから3の倍数をすべて消していく。それから4と5と6と7というぐあいにその倍数をすべて消していく。残った数字が素数である。

	2	3		5		7			
11		13				17		19	
		23						29	
31						37			
41		43				47			つづく

素数を見つけだす法則はとても簡単だ、しかしいままでだれひとり非常に大きな数字が素数かどうか、あるいはそのつぎの素数はなにかとかいうことをみちびくための簡単な公式を見つけたひとはいない。数字がすごくすごく大きいと、それが素数かどうか見つけるにはコンピュータでも何年もかかる。

素数は暗号を書くのに便利なもので、アメリカでは素数は軍事資料として機密扱いにされていて、もし百桁以上の素数を発見したらＣＩＡに報告しなければならない、そうするとＣＩＡは一万ドルはらってそれを買いとってくれる。しかしそれは生活費をかせぐにはあまりいい方法とはいえないだろう。

素数というのはすべてのパターンを取りのぞいたあとに残ったものである。素数とは人生のようなものだと思う。それはとても論理的なものだが、たとえ一生かけて考えてもその法則を見つけることはできない。

23

警察署に着くと、警官たちはぼくの靴のひもを取らせて、それから自殺をしたり逃げ出したり警官を攻撃したりできるようなものをもっていないかとポケットのなかのものをぜんぶ出させて受付の机の上にならべた。

机の前にいた巡査部長の手はとても毛深くて、爪をひどく噛んだらしくて血が出ていた。

これがぼくのポケットに入っていたものです。

1 ワイヤーストリッパーと鋸と楊枝とピンセットをふくめ十三種類の機能つきのスイス・アーミー・ナイフ一つ。
2 ひも一本。
3 こういうふうに見えるパズルの木片一個。

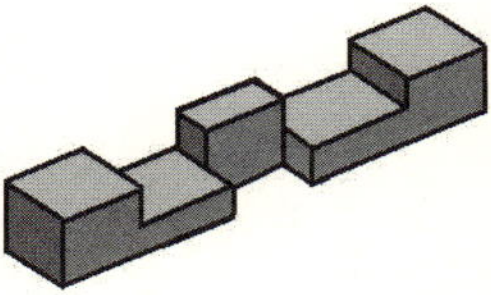

4　ぼくのネズミのトビー用のラット・フード三粒。
5　一ポンド四十七ペンス（これは一ポンド・コイン一枚、二十ペンス・コイン一枚、十ペンス・コイン二枚、五ペンス・コイン一枚、二ペンス・コイン一枚からなっていた）。
6　赤いペーパー・クリップ一個。
7　玄関の鍵一個。

それからぼくは時計をはめていたので、それも机の上においていくようにといわれた、でもぼくはいつも時間を正確に知る必要があるので時計ははめている必要があるといった。するとみんなが時計をはずそうとしたのでぼくは悲鳴をあげた。それではめたままでいいということになった。

家族はいるかときかれた。いるとぼくはいった。家族とはだれかときかれた。家族はお父さんです、でもお母さんは死にましたとぼくはいった。それからテリーおじさんもいます、彼はお父さんの弟でサンダーランドに住んでいます、それから祖父母もいます、でもそのうち三人は死にました、バートンおばあちゃんは、認知症なのでホームに入っていて、ぼくのことをテレビに出ている人物だと思っています、とぼくはいった。

それからお父さんの電話番号をきかれた。

お父さんは電話番号を二つもっているとぼくはいった。一つは家の番号で一つは携帯電話の番号、ぼくは二つとも教えた。

警察の独房は気分がよかった。ほぼ完全な立方体で、奥行き二メートル、幅二メートル、高さ二メートル。そこにはおよそ八立方メートルの空気がある。鉄棒のついた小さな窓が一つあった。その反対がわの壁に鉄のドアがついていて、ドアには床の近くに細長い穴が開けてあって、これは食べ物をのせたトレーを独房のなかにさしいれるためのもの、それから引き戸のついた小さな窓がもっと高いところに一つついていて、それは警官がそこからなかをのぞいて囚人が逃げていないか自殺をしていないか調べるためのものだった。それから詰め物をしたベンチも一つあった。

もしぼくが物語のなかの人物ならどうやって逃げるだろうと考えた。ぼくがもっているのは服とひものない靴だけなので逃げるのはむずかしいだろう。

　ぼくが考えた最高の計画というのは、よく晴れた日がくるのをまって、それからぼくの眼鏡を使って太陽光線の焦点(しょうてん)をぼくの服の布地(ぬのじ)に集めて発火させるというものだ。警察のひとたちが煙(けむり)を見てぼくを独房の外に連れだしたらそこで逃げる。もしだれも気がつかなかったら服の上におしっこをして火を消せばいい。

　ミセス・シアーズは、ぼくがウエリントンを殺したと警察に話したのだろうか、警察が彼女は嘘をついていると見やぶったとき、彼女は刑務所に行くのだろうか？　なぜならひとのことで嘘をつくのは、〝名誉毀損〟といわれているから。

29

ひとというのは、なんだかよくわからない。

それには主に二つの理由がある。

一つめの主な理由は、ひとというのは、言葉を使わないでたくさんのことをしゃべるということだ。シボーン先生がいうには、もし片方の眉毛をあげると、それはいろいろな意味になる。それは〝あなたとセックスがしたい〟という意味にもなる、そして〝あなたがいったことはとても愚かしいと思う〟という意味にもなる。

シボーン先生はこうもいった、もし口を閉じて鼻からふうっと音をたてて息を出すと、それは、とてもくつろいでいるとか、退屈しているとか、とても怒っているとかいう意味になる、それはどれだけたくさんの息が鼻から出てくるか、どれだけ速く息が出てくるか、それからそうするときに口の形がどんなふうか、それからどんなすわり方をしているか、そうする前になにをいったか、というような、数秒間で理解するにはあまりにも複雑なたくさんのことで、いろいろと意味が変わってくるのだそうだ。

二つめの主な理由は、ほかのひとたちは、隠喩を使って話すことがよくあるということです。これは隠喩の例です。

わたしは笑ってソックスがぬげた。[訳注1]
彼は彼女の目のなかのリンゴだった。[訳注2]
彼らは戸棚のなかに骸骨を入れていた。[訳注3]
その日はまったくブタの日だった。[訳注4]
犬の死は石だった。[訳注5]

メタファー、つまり隠喩という言葉は、あるものを一つの場所からほかの場所に運ぶという意味である。それはギリシア語のμετα（これは一つの場所からほかの場所へという意味）とφερειν（これは運ぶという意味）からきている、どういう意味かというと、あることをいうのにまったくちがう言葉を使うということ、つまり隠喩という言葉が隠喩というわけだ。

(訳注1) 英語のいいまわしでは大笑いしたという意味。
(訳注2) とても大切に思っていたという意味。
(訳注3) ひとに知られたくない秘密があったという意味。
(訳注4) ひどい一日だったという意味。
(訳注5) 完全に死んでいたという意味。

これは嘘というべきだとぼくは思う、なぜかというとブタは日には似てもいないし、ひとは戸棚のなかに骸骨を入れたりしない。そしてぼくが頭のなかでそのいいまわしを絵にしてみようとすると、わけがわからなくなってしまう、なぜならだれかの目のなかにあるリンゴを頭のなかにうかべても、だれかがとても好きだということとはなんの関係もなく、なんの話だったかという大事なことを忘れさせてしまう。

ぼくの名前は隠喩である。それはキリストを運ぶという意味で、これはギリシア語のχριστος（これはイエス・キリストという意味）とφερειν からきていて、これは聖クリストフォロスにあたえられた名前で、なぜかというと彼はイエス・キリストを運んで川をわたったからである。

そういわれると、彼はキリストを運んで川をわたる前はなんと呼ばれていたのかと考えてしまう。でも彼はなんとも呼ばれてはいなかった、なぜかというとこれは聖書にのっている話ではない、つまり嘘の話だからだ。

お母さんは、クリストファーというのはとてもいい名前ですよ、なぜならこれは親切で思いやりのある行ないの話だからとよくいっていた、でもぼくは自分の名前が、親切で思いやりのある行ないの話という意味じゃないほうがいい。ぼくの名前はぼくをいいあらわすものがいい。

31

お父さんが警察署に到着したのは午前一時十二分だった。午前一時二十八分までお父さんには会えなかった、しかしお父さんの声が聞こえたのでそこにいるのがわかった。

お父さんはわめいていた、「おれの息子に会わせろ」それから「いったいどうして息子を閉じこめやがったんだ？」それから「そうともさ、こっちの頭にゃ血がのぼってらあ」

そのとき警官が、落ち着きなさいといっているのが聞こえた。それから長いことなにも聞こえなかった。

午前一時二十八分に警官が独房のドアを開けて、ぼくに会いに来ているひとがいるといった。

ぼくは外に足をふみだした。お父さんは廊下に立っていた。お父さんは右手をさしあげて、指を扇のようにひろげた。ぼくは左手をさしあげて指を扇のようにひろげた、そしてぼくたちは五本の指をふれあわせた。ぼくたちはいつもこうする、なぜかというとときどきお父さんはぼくを抱きしめたがるけれども、ぼくはひとを抱きしめるのがきらいなので、ぼくたちはそのかわりにこうする、これはお父さんはぼくを愛しているという意味である。

それから警官がぼくたちについてくるようにといって先に立って廊下(ろうか)を歩いてべつの部屋に行った。この部屋のなかには一つのテーブルと三つの椅子(いす)があった。警官はぼくたちにテーブルのむこうがわにすわるようにいって、自分は反対がわにすわった。テーブルの上にはテープレコーダーが一台あった。ぼくは尋問されて、それが録音されるのですかと、ぼくはきいた。

彼はいった、「その必要はないだろうな」

彼は警部だった。ぼくにはわかった、なぜかというと彼は制服を着ていない。それから彼の鼻には鼻毛がいっぱい生えている。それはまるで二匹のとても小さなネズミが鼻の穴のなかにかくれているみたいだった。(注2)

彼はいった、「きみのお父さんと話しあったが、きみは本気で警官をなぐるつもりはなかったらしいな」

ぼくはなにもいわなかった、なぜかというとこれは質問ではないからだ。

彼はいった、「きみは本気で警官をなぐったのか？」

ぼくはいった、「はい」

彼は顔をしかめていった、「しかし警官にけがさせるつもりはなかったんだな？」

ぼくはこれについて考えてからいった、「はい。ぼくは警官にけがさせるつもりはなかった。ぼくにさわるのをやめさせたかっただけです」

すると彼はいった、「警官をなぐるのは悪いことだというのは知っているね？」

ぼくはいった、「知っている」

彼は数秒間だまっていて、それからきいた、「きみが犬を殺したのかい、クリストファー？」

ぼくはいった、「ぼくは犬を殺していない」

彼はいった、「警官に嘘をつくのは悪いことだと知っているかい？　そんなことをするとたいへんな面倒にまきこまれるということを？」

ぼくはいった、「はい」

彼はいった、「それでは、だれがあの犬を殺したのかきみは知っているのか？」

ぼくはいった、「いいえ」

彼はいった、「きみはほんとうのことをいっているのか？」

ぼくはいった、「はい。ぼくはいつもほんとうのことをいいます」

そして彼はいった、「よろしい。きみに警告をあたえよう」

ぼくはきいた、「それは証明書みたいに一枚の紙に書いてあって、いつももっていられる

（注2）これは隠喩ではなく直喩である。ということは彼の鼻の穴のなかに二匹のとても小さなネズミがかくれているように見えるということで、二匹の小さなネズミが鼻の穴のなかにかくれている絵を頭のなかにうかべれば、警部の顔がどんなふうに見えるかわかるだろう。そして直喩は嘘ではない、もしそれがへたな直喩でないならば。

ものですか？」

彼は答えた、「いいや、警告というのは、きみのやったことを記録に取っておくということだ、きみは警官をなぐったが、それは偶然のあやまちで、警官にけがをさせるつもりはなかったということをね」

ぼくはいった、「でもあれは偶然のあやまちではなかった」

するとお父さんがいった、「クリストファー、やめてくれ」

警官は口を閉じて、鼻から大きな音をたてて息を吐きだして、そしていった。「きみがもしまたなにかの面倒にまきこまれたら、この記録を取りだせば、きみが警告をあたえられたことがわかるから、そのときはわれわれはもっときびしい処置を取るぞ。おれのいっていることがわかるか？」

ぼくはわかったといった。

すると彼は、もう帰ってよろしいといって立ちあがりドアを開けたので、ぼくたちは廊下に出て受付の机のところにもどるとそこでぼくのスイス・アーミー・ナイフとぼくのひも一本と木製のパズル一つとトビーのラット・フード三粒とぼくの一ポンド四十七ペンスとペーパー・クリップとぼくの玄関の鍵を返してもらった、これはみんな小さなビニール袋に入っていた。それから外に駐車してあったお父さんの車のところまで歩いていってそれから車で家に帰った。

37

ぼくは嘘はつかない。それはぼくがいい人間だからだとお母さんがよくいっていた。でもぼくがいい人間だから嘘をつかないわけではない。ぼくは嘘をつくことができないのです。

お母さんはいいにおいのする小さなひとです。そしてときどき前にジッパーのついたフリースを着ていて、その色はピンクで左の胸に**ベルグハウス**と書いた小さなラベルがついている。

嘘をつくというのは、起こらなかったことが起こったというときだ。でもあるきまった時間にきまった場所で起こることといえばただ一つしかない。そしてあるきまった時間と場所で起こらなかったことというのは無限にある。そしてぼくはその起こらなかったことを考えようとすると、起こらなかったありとあらゆることを考えはじめてしまう。

たとえば、けさぼくはシリアルのレディ・ブレクとあたたかいラズベリー・ミルクセーキ（注3）の朝食を取った。でももしぼくが、ほんとうはシュレディーズとマグ一杯の紅茶を朝食に取ったといえば、ぼくはココポップスやレモネードやオートミールやドクターペッパーのことまで考えはじめ、さらにエジプトで朝食を食べていなかったとか部屋のなかにはサイがいなかったとかお父さんは潜水服を着ていなかったとかいうようなことをごちゃごちゃ考えはじめて、こんなことを書いているだけでなんだか不安でこわくなって、それはまるでとても高いビルのてっぺんに立っているときみたいな感じで、目の下にはたくさんの家や車やそして人間もいて、ぼくの頭はそういうものでいっぱいになるので、ぼくはまっすぐ背すじをのばして手すりにつかまることを忘れて、そしてまっさかさまに落ちて死ぬのではないかと心配になる。

これはぼくがふつうの小説が好きではないもう一つの理由だ。なぜかというとふつうの小説は起こらなかったことについて書いた嘘だから、ぼくは不安でこわくなる。

だからこの本に書いたのはぜんぶほんとうに起こったことである。

(注3) でもぼくはシュレディーズは食べないし紅茶も飲まない。なぜかというと両方とも茶色だから。

41

家に帰るとちゅうの空には雲があったので銀河は見えなかった。

ぼくは「ごめんなさい」といった、なぜかというとお父さんは警察に来なければならなかった、これは悪いことだ。

お父さんはいった、「気にするな」

ぼくはいった、「ぼくはあの犬を殺さなかった」

そしてお父さんはいった、「わかってる」

それからお父さんはこういった、「クリストファー、めんどうにまきこまれないように注意しろよ、いいな？」

ぼくはいった、「ぼく、めんどうにまきこまれるなんて知らなかった。ぼくはウエリントンが好きで、こんばんはをいいにいった、でもだれかがウエリントンを殺していたなんて知らなかった」

お父さんはいった、「とにかく他人ごとに首をつっこまないようにしろ」

ぼくはちょっと考えてからいった、「ぼくはだれがウエリントンを殺したかさがしだす」

そしたらお父さんはいった、「おれがいまいったことをちゃんと聞いていたのか、クリストファー？」

ぼくはいった、「はい、いまいったことはちゃんと聞いていた。でもだれかが殺されたら、だれが殺したかさがしださなければいけない、罰をあたえるために」

そしたらお父さんはいった、「たかが犬だ、クリストファー、たかが犬だよ」

ぼくは答えた、「犬は大切なものだと思う」

お父さんはいった、「ほっとけ」

それでぼくはいった、「警察はウエリントンを殺したひとをさがしだして、そのひとに罰をあたえるのかな」

するとお父さんはげんこつでハンドルをごんとたたいたので、車がすこし横にずれて道路のまんなかに引いてある点線からはみだした。お父さんはどなった、「ほっとけといったはずだ、たのむから」

お父さんが怒っているのがわかった、なぜかというとどなっている、それでぼくはお父さんを怒らせたくないので家に着くまでもうなにもいわなかった。

玄関のドアから入るとキッチンへ行ってトビーの食べるニンジンを取ってきて、二階へあがってぼくの部屋のドアを閉めてトビーを外に出してやりニンジンをやった。それからコンピュータをつけてマインスイーパのゲームを七十六回やって上級を百二秒でクリアした。これはぼくの最高記録の九十九秒より三秒おそいだけだった。

午前二時七分に、歯みがきをしてベッドに入る前にオレンジ・スカッシュを飲むことにきめて下におりてキッチンに行った。お父さんはソファにすわってテレビでビリヤードの番組を見ながらウイスキーを飲んでいた。お父さんの目から涙が流れていた。

ぼくはきいた、「ウエリントンのことが悲しいの？」

お父さんは長いことぼくを見つめていて、それから鼻から息を吸った。それからこういった、「そうさ、クリストファー、まったくおまえのいうとおりだよ」

ぼくはお父さんをひとりにしておくことにきめた、なぜかというとぼくは悲しいときはひとりにしておいてもらいたい。だからぼくはもうなにもいわなかった。キッチンに入ってオレンジ・スカッシュをこしらえてそれを二階のぼくの部屋にもっていった。

43

お母さんは二年前に死んだ。

ある日学校から帰ってくると玄関のドアを開けてくれるひとがいなかったので、キッチンのドアのかげの植木鉢の下においてある内緒の鍵を取ってきた。ぼくは自分で家のなかに入って、やりかけていたエアフィックスのシャーマン戦車の組み立てをつづけた。

一時間半後にお父さんが仕事から帰ってきた。お父さんは商売をやっていて暖房の保守点検やボイラーの修理の仕事を雇い人のロドリという名前のひとといっしょにやっている。お父さんはぼくの部屋のドアをノックしてお母さんを見なかったかときいた。

ぼくが見なかったというと、お父さんは下に行ってほうぼうに電話をかけはじめた。なにを話しているのかぼくには聞こえなかった。

それからお父さんがぼくの部屋にあがってきてしばらく出かけなければならない、いつ帰ってこられるかわからないといった。なにか用事があったらお父さんの携帯電話にかけなさいといった。

お父さんは2と½時間、出かけていた。お父さんが帰ってくるとぼくは下に行った。お父さんはキッチンにすわりこんで、裏の窓から、庭や池、波形鉄板のフェンス、それからマンステッド・ストリートにある、ノルマン時代のものなのでお城みたいに見える教会の塔のてっぺんをじっと見つめていた。

お父さんがいった、「これからとうぶんお母さんには会えないと思う」

こういったときお父さんはぼくを見なかった。ずっと窓の外を見ていた。

ふつうひとは、話をするとき相手を見ている。相手がなにを考えているか突きとめようとしているのだ、しかしぼくには相手がなにを考えているかわからない。スパイ映画に出てくるようなむこうからしか見えないマジック・ミラーのある部屋にいるようなものだ。でもお父さんはぼくを見ないで話をしたのでよかった。

ぼくはいった、「どうして?」

お父さんは長いあいだだまっていた、そうしていった。「お母さんは病院に入院しなければならなくなった」

「お見舞いに行ける?」とぼくはきいた。なぜかというとぼくは病院が好きだから、制服や器械が好きだから。

お父さんはいった、「いや」

ぼくはいった、「どうして行けないの?」

するとお父さんはいった、「お母さんは安静が必要だ。ひとりにしてあげないといけないんだよ」

ぼくはきいた、「それは精神科の病院?」

するとお父さんはいった、「いいや。ふつうの病院さ。ぐあいが悪いんだ……心臓のぐあいが」

ぼくはいった、「お母さんに食べるものをもっていかないと」なぜかというと病院の食べ物があまりよくないのを知っていたからだ。学校のデイビッドは病院に入院して、うまく歩けるようにするためにふくらはぎの筋肉をのばす手術を受けた。彼はそこの食べ物が大きらいだったので彼のお母さんは毎日食べ物を運んでいた。

お父さんはまた長いことだまりこんでいて、それからいった、「おまえが学校に行っているあいだにおれが食べ物をもっていくよ。医者にわたしておけば、それをかあちゃんにわたしてくれる、いいだろ?」

ぼくはいった、「でもお父さんは料理ができない」

お父さんは両手を顔にあてていった、「クリストファー。いいか。できあいの食べ物をスーパーのマークス・アンド・スペンサーで買ってもっていくよ。お母さんはああいうものが好きなんだ」

お母さんにお見舞いのカードを作るとぼくはいった。なぜかというとひとが病院に入院するとだれでもそういうものを作るからだ。

お父さんはあしたそれをもっていくよといった。

47

翌朝、学校に行くバスに乗っていたら、赤い車とつづけて四台すれちがった、ということはきょうは**よい日**という意味なので、ぼくはもうウエリントンのことで悲しむのはやめた。

学校の心理学者のジェボンズ先生は、なぜ赤い車と四台つづけてすれちがうと**よい日**なのかとぼくにきいたことがある。それからなぜ赤い車が三台つづけて通ると**わりとよい日**なのか、赤い車と五台つづけてすれちがうと**最高によい日**なのか、黄色の車と四台つづけてすれちがうと**悪い日**なのかとぼくにきいた、それはだれともしゃべらないでひとりですわって本を読んで、昼食も食べないで、危険はぜったいおかさない日です。ぼくはどう見ても論理的な人間なのに、ぼくがこんなふうにとうてい論理的ではない考え方をするのには驚いたと先生はいった。

ぼくはものごとがきちんと秩序（ちつじょ）だっているのが好きだといった。ものごとをきちんと秩序だてる一つの方法は論理的になることだ。ことに数字とか議論などについては。しかしものごとをきちんと秩序だてる方法はほかにもいくつかある。それが**よい日**や**悪い日**がある理由だ。そうしてぼくはいった、会社で働いているひとたちが朝自分の家から出てきて太陽が照っているのを見たら、しあわせな気持ちになる、そして雨が降っているのを見たら悲しい気持ちになる、でもそのちがいは天気だけで、もし会社のなかで働いているとしたら、天気は、よい日になるか悪い日になるかということとはなんの関係もない。

ぼくはいった。お父さんは朝起きるといつもソックスをはく前にズボンをはきます、それは論理的ではないけれども彼はいつもそうします、なぜかというとお父さんもものごとがきちんと順序だっているのが好きだからです。またお父さんは二階に行くときはかならず右足から階段を一段おきにのぼっていきます。

ジェボンズ先生は、きみはとても頭がいいねといった。

ぼくは頭はよくないといった。ただものごとがどんなふうになっているか気がつくだけで、これは頭がいいとはいえない。ただ注意してよく見るだけだ。ものごとがどんなふうになっているか見たときに、それを根拠にして新しいことを考えだすのが頭がいいということだ。宇宙が膨脹しているとか、だれが殺人を犯したかというようなことを。あるいはだれかの名前を見て、それぞれのアルファベットに1から26までの数値をあてはめてみる（a＝1、b＝2というように）、そして頭のなかでその数字を足していくと、それは素数になるのがわかる。JESUS CHRIST（151）とか、SCOOBY DOO（113）とか、SHERLOCK HOLMES（163）とか、DOCTOR WATSON（167）とか。

ものごとをいつもきちんと秩序だてておくと安心するのかとジェボンズ先生がきいたので、ぼくはそうだといった。

すると先生は、ものごとが変わるのはいやなのかときいた。それでぼくは、たとえば、もし宇宙飛行士になれるなら、ものごとが変わってもかまわないといった。これは女になるとか死ぬとかいうことを抜かせば、想像できる範囲でいちばん大きな変化である。

　宇宙飛行士になりたいのかと先生がきいたので、ぼくはなりたいですといった。

　宇宙飛行士になるのはとてもむずかしいと先生はいった。わかっていますとぼくはいった。そのためにはまず空軍の士官にならなくてはいけない、たくさんの命令にしたがわなければならない、ほかの人間を殺す訓練をしなければならない、でもぼくは命令にしたがうことはできない。それからパイロットになるには1・0の視力が必要なのに、ぼくはそれだけの視力はない。しかしとてもなれないとわかっていてもなりたいと思うことはできますとぼくはいった。

　学校にいるフランシスのお兄さんのテリーは、おまえがやれる仕事はせいぜいスーパーマーケットのカート集めの仕事とか、動物保護区でロバのくそを掃除する仕事ぐらいで、ぴくぴく野郎に何十億ポンドもするロケットを運転はさせないなといった。このことをお父さんに話すと、テリーはおまえが自分より頭がいいのでやきもちをやいているんだよといった。そんなふうに考えるのはばかばかしい、なぜかというとぼくたちは張り合っているわけではないからだ。でもテリーはばかだ、このことはラテン語でいうと、クオド・エラト・デモンストランドゥム、つまりこれが証明すべきものであった、すなわち証明終わりということだ。

　ぼくはぴくぴく野郎ではない、ぴくぴく野郎というのはけいれん症という意味で、フランシスはぴくぴく野郎で、ぼくはフランシスとはちがう、それからたとえぼくは宇宙飛行士になれなくても、大学に行って数学か物理学か、あるいは物理学と数学の二つの科目を（合同講座で）勉強するつもりだ、なぜかというとぼくは数学と物理学が好きで、この二つは成績もよい。でもテリーは大学へは行かない。テリーが行きつく先はせいぜい刑務所だろうな、とお父さんはいう。

テリーの腕には、ハート形のまんなかにナイフが突きささっているタトゥーがある。

しかしこれは話の脱線と呼ばれるものだから、ぼくはまた、きょうはよい日だったという事実に話をもどすつもりだ。

きょうはよい日なので、ウエリントンを殺した犯人を突きとめようと思った、なぜかというとよい日は、プロジェクトをはじめたり計画を立てたりする日だから。

ぼくがシボーン先生にこのことを話すと、先生はいった、「そうね、きょうは物語を書く予定だったから、あなたはウエリントンを見つけたことや警察に行ったことを書いたらどうかしら」

それでぼくはこれを書きはじめた。

そしてシボーン先生は、つづりや文法や注なんかは手伝ってあげるといった。

53

お母さんはそれから二週間後に死んだ。

ぼくはお母さんに会いに病院へは行かなかったけれども、お父さんがマークス・アンド・スペンサーで食べ物をたくさん買ってもっていった。お母さんのぐあいはだいぶよくなったからだいじょうぶだとお父さんはいった。お母さんはぼくによろしくといっていた、それからぼくのお見舞いカードはベッドの横のテーブルの上においた。お母さんはそれをとても気に入っているとお父さんはいった。

カードの表には車の絵がついている。こんなふうに。

これは学校で、美術のピーターズ先生といっしょに作った。これはリノリウム版画というもので、リノリウムの板の上に絵をかいて、ピーターズ先生がカッター・ナイフで絵のまわりを切って、それからリノリウムにインクをぬって紙の上にそれを押しつける、ぼくは車を一つかいてそれを同じ紙に九回押しつけたので、それで車がぜんぶ同じように見える。車をたくさんならべるというのはピーターズ先生の考えで、ぼくはその考えが気に入った。それからぼくはお母さんのために**最高に最高によい日**にしようと思ってぜんぶの車を赤い絵の具でぬった。

お母さんは心臓発作で死んだとお父さんがいった、これは予想もしていなかった。

ぼくはいった。「どういう種類の心臓発作ですか？」なぜかというとぼくはびっくりしたのです。

お母さんはたったの三十八歳で、心臓発作というのはもっと年よりのひとがなるもので、お母さんはとても活動的で自転車にも乗るし、健康によい食べ物、たとえばトリ肉や野菜やシリアルのミューズリーみたいな、繊維質が多くて飽和脂肪酸の少ない食べ物を食べていた。

どういう種類の心臓発作だったのかなんて知らないよ、それにいまはそんな質問をするときではない、とお父さんはいった。

たぶん動脈瘤だとぼくはいった。

心臓発作というのは、心臓の筋肉の一部に血液がこなくなって死ぬことだ。心臓発作には二つの主なタイプがある。一つは塞栓症だ。これは血のかたまりが、心臓の筋肉に血液をはこぶ血管につまってしまうときに起こる。アスピリンを飲んだり魚を食べたりすることでそれをふせぐことができる。エスキモーがこういう種類の心臓発作を起こさないのは、彼らが魚を食べるからで、魚が血液をかたまらないようにするからだ、しかし彼らが体を深く切ったりすると、大出血をして死ぬことがある。

動脈瘤は血管が破れて、血液が心臓の筋肉まで行かなくなる、なぜかというと血液がもれるから。それから血管に弱いところがあるというだけで動脈瘤になることがある。うちの通りの七十二番地に住んでいたミセス・ハーディスティは、首の血管に弱いところがあったので、車をバックで駐車スペースに入れるために首をまわしただけで死んでしまった。

また一方では塞栓症になることもある、なぜかというと病院に入院しているときのように長いことベッドに寝ていると血液のかたまりができやすいのだ。

お父さんはいった、「ごめんよ、クリストファー、ほんとにごめんよ」

しかしこれはお父さんのせいではない。

それからミセス・シアーズがやってきて、ぼくたちのために夕食を作ってくれた。それから彼女はサンダルとジーンズをはいてTシャツを着ていた。これには**ウインドサーフ**と**コルフ**という文字が書いてあってウインドサーファーの絵もついていた。

それからお父さんがすわっていると彼女がその横に立ってお父さんの頭を自分の胸に押しつけていった。「さあさあ、エド。みんなでがんばって、これを乗りこえなくちゃね」

そうして彼女はスパゲッティ・トマトソースを作ってくれた。

夕食を食べてから彼女はぼくとスクラブルのゲームをやって、ぼくは二四七対一三四で彼女を負かした。

59

お父さんは他人ごとに首をつっこむなといったけれどもぼくはウエリントンを殺した人間をさがしだすことにきめた。

それはなぜかというとぼくはいつもいわれたとおりにするとはかぎらないからだ。

そしてそれはなぜかというとひとがなにかをやれというとき、その命令はいつもぼくの頭を混乱させるし、わけがわからない。

例をあげると、ひとはよく「静かにしなさい」というけれども、どれくらいのあいだ静かにしていればよいのかいってくれない。あるいは、**芝生に入るな**という看板は見るけれども、ほんとうは**この看板のまわりの芝生に入るな**とか**この公園のぜんぶの芝生に入るな**とか書かなければいけない、なぜかというと歩きまわれる芝生はたくさんあるからだ。

それにまたひとは規則をしじゅう破る。例をあげると、お父さんは制限速度五十キロの道路を時速五十キロ以上の速度でよく走るし、ときどきお酒を飲んだときに運転するし、バンを運転するときシートベルトをしないこともよくある。それから聖書には、汝殺すなかれ、と書いてあるけれども、十字軍や二つの世界大戦や湾岸戦争があった、そしてどの戦争でもキリスト教徒はひとを殺した。

それからまたお父さんが「他人ごとに首をつっこむな」というとき、どういう意味でいっているのかぼくにはわからない、なぜかというと、「他人ごと」とはなにをさしているのかぼくにはわからない、なぜかというと、ぼくは他人といっしょに、学校やお店やバスで、いろいろなことをやるからだ。それにお父さんの仕事は他人の家のなかに入りこんで、他人のボイラーや他人の暖房装置を修繕する仕事だ。こういうことはみんな他人ごとである。

シボーン先生はよくわかっている。先生がぼくになにかをしてはいけないというときは、してはいけないこととはなにかはっきりといってくれる。ぼくはそういうのが好きだ。

例をあげると、先生はいつかこういった、「あなたはサラをぶってはいけません、どんなことがあってもぶってはいけませんよ、クリストファー。たとえサラのほうが先にあなたをぶってもね。もしサラがぶつのをやめなかったら、あなたはサラからはなれて、その場にじっと立って、一から五十まで数えなさい、それからわたしのところにきてサラがなにをしたか教えなさい、あるいはほかの先生でもいいから、サラがしたことを話しなさい」

あるいは、別の例をあげると、先生はいつかこういった。「もしあなたがブランコに乗りたいとして、先にほかのひとがブランコに乗っていたら、あなたはそのひとたちを押しのけてはいけません。乗せてもらえるかどうかそのひとたちにききなさい。そしてそのひとたちがおわるまで待っていなければなりません」

しかしほかのひとたちは、これをやってはいけないというとき、こんなふうにはいってくれない。だからぼくはなにをやるか、なにをやらないかは自分できめる。

その晩ぼくはミセス・シアーズの家に行ってドアをノックして、彼女が出てくるのを待った。

ドアを開けたとき、彼女はお茶の入ったマグを手にもって羊の革の室内ばきをはいていて、それまでテレビのクイズ番組を見ていた。なぜかというとテレビがついていて、だれかがいっている声が聞こえた。「ベネズエラの首都は……a マラカス、b カラカス、c ボゴタ、d ジョージタウン、このうちのどれ」そしてぼくは答えはカラカスだと知っていた。

彼女はいった、「クリストファー、正直いって、いまはあんたに会いたくないのよ」

ぼくはいった、「ぼくはウエリントンを殺さなかった」

そしたら彼女は答えた、「なにしに来たの？」

ぼくはいった、「ぼくがウエリントンを殺したんじゃないことをあなたにいいたかったから。それからだれがウエリントンを殺したかさがしだしたいから」

マグのお茶がすこしカーペットの上にこぼれた。

ぼくはいった、「あなたは、だれがウエリントンを殺したか知っていますか？」

彼女はぼくの質問に答えなかった。ただ彼女はこういった、「さよなら、クリストファー」そうしてドアを閉めた。

そこでぼくは探偵の仕事をすることにきめた。

ミセス・シアーズがぼくを見張っていて、ぼくが帰るのを待っているのはわかった、なぜかというと玄関のドアのくもりガラスのむこうがわに立っているのが見えたからだ。そこでぼくは小道を歩いて庭の外に出た。それからうしろをふりむくと、彼女はもう玄関に立っていなかった。だれも見ていないのをたしかめてから、塀を乗りこえて家の横にまわって裏庭に出て、彼女が庭仕事の道具をみんなしまっている物置小屋へ行ってみた。

物置小屋には南京錠がかかっていてなかに入ることはできなかったので、横のほうにある窓のところに行った。そうすると運がよかった。窓からなかをのぞくと、ウエリントンの体から突きだしていたフォークとまったく同じフォークが見えた。それは窓のすぐそばのベンチの上においてあって、きれいになっていた、なぜかというと先のとがっている部分に血がついていないからだ。ほかの道具も見えた、鋤とか熊手とか、高くて手のとどかないところにある枝を切るための柄の長い枝切りばさみなんかも見えた。どれにもあのフォークと同じ緑色のプラスチックの柄がついていた。ということはあのフォークはミセス・シアーズの持ち物だということだ。そうでないとすれば、これは偽装だ。つまりまちがった結論にみちびくための手がかり、つまり本物ではないのに、本物の手がかりのように見せかけるものだ。

ミセス・シアーズがウエリントンを殺したのだろうか。しかしもし彼女がウエリントンを自分で殺したのだとしたら、なぜあのとき家から飛びだしてきて「あんた、あたしの犬になんてことしてくれたのよ」とどなったのだろう。

ミセス・シアーズはたぶんウエリントンを殺してはいないだろう。しかしだれが犬を殺したとしても、犯人はミセス・シアーズのフォークで殺したにちがいない。そしてあの小屋には錠がおりていた。ということは犯人はミセス・シアーズの小屋の鍵をもっていた人物か、あるいは彼女が鍵をかけていなかったか、あるいはフォークを庭にほうりだしておいたかである。

物音がしたのでふりかえると、ミセス・シアーズが芝生に立ってぼくを見ていた。

ぼくはいった、「あのフォークがこの物置小屋にあったものかどうかたしかめていた」

すると彼女はいった、「さっさと帰らないと、また警察を呼ぶわよ」

だからぼくは家に帰った。

家に帰るとお父さんにただいまといって二階にあがって、ぼくのネズミのトビーに餌をやって、気分はしあわせだった、なぜかというとぼくは探偵になっていろいろ発見したからだ。

61

学校のフォーブズ先生は、お母さんは死んで天国へ行ったのよといった。これはフォーブズ先生がとても年よりで天国を信じているからだ。それから先生はジャージのズボンをはいている、なぜかというとふつうのズボンよりはきごこちがいいからだと先生はいう。そして先生の足の片方はオートバイの事故のせいでもう片方の足よりちょっとだけ短い。

しかしお母さんは死んでも天国には行っていない、なぜかというと天国は存在しないからだ。

ピーターズ先生の夫は、ピーターズ師と呼ばれる牧師で、ときどきぼくたちの学校に来て話をする、ぼくが天国はどこにあるのですかときくと、彼はいった、「天国はわれわれの宇宙にはない。そこはまったく種類のちがう場所なんだよ」

ピーターズ師は、考えごとをしているとき舌の先でちっちっというようなへんな音をたてる。それからたばこを吸うので息がたばこくさい、ぼくはそれがとてもいやだ。

宇宙の外にはなにもなくて、まったく種類のちがう場所なんてありませんとぼくはいった。ただ、もしブラックホールを突きぬけていったらあるかもしれない、しかしブラックホールは特異点と呼ばれているものだ、それはむこうがわになにがあるかさがしだすことは不可能ということだ、なぜかというとブラックホールの重力はとても大きく、光のような電磁波もそこから出ることはできない、電磁波というのは遠くはなれたところにあるものについて情報を得る手段だ。もし天国がブラックホールのむこうがわにあるのだとしたら、死んだひとは、そこに行くためにはロケットで宇宙に発射されなければならない、でもそんなことはされていない、もしされていたらみんな気がつくはずだ。

　ひとが天国を信じる理由は、死ぬという考えがいやだからだ、みんなそのままずっと生きつづけたいし、他人が自分の家に越してきて、自分の持ち物をみんなごみ箱に捨ててしまうだろうと考えるのがいやだからである。

　ピーターズ師はいった、「そう、天国は宇宙の外がわにあるのだというのは、ほんの言葉のあやなんだよ。ほんとうの意味は死んだひとたちは神のみもとにいるということだ」

　そしてぼくは答えた、「しかし神はどこにいるのですか？」

　するとピーターズ師は、別の日のもっと時間のあるときにこのことについて話しあおうといった。

　ひとが死んだときじっさいはなにが起こるかというと、脳のはたらきが停止して体が腐る、ウサギが死んだときに体が腐ったのと同じで、ウサギは庭のすみっこの地面に埋めてやった。そしてウサギの分子はほかの分子へと分解していって、土にまざって虫たちに食べられて植物のなかに取りいれられてしまうから、十年後に同じ場所を掘ってもうなにもなくて残っているのは骨だけだ。そして千年もすると、その骨もなくなってしまうだろう。しかしそれでいい、なぜかというとウサギは花やリンゴの木やサンザシのやぶの一部になっているからである。

ひとは死ぬと棺のなかに入れられる、ということは、棺の木の部分が腐るまでの長いあいだ死んだひとは土とまじりあわない。

しかしお母さんは火葬された。ということはお母さんは棺のなかに入れられて焼かれてこなごなになって灰と煙になってしまった。灰がどうなったかは知らない、火葬場でそのことをきくことはできなかった、なぜかというとぼくは葬式に行かなかったからだ。しかし煙は煙突から大気のなかに出ていくはずだ、だからときどきぼくは空を見あげて、あそこにはお母さんの分子があるのだと思う、アフリカや南極の雲のなかにあるのだと、あるいはブラジルの熱帯雨林の雨や、どこかの雪になって降っているかもしれないと思う。

67

翌日は土曜日で、お父さんがボートのある湖とか園芸用品店とかどこかへ連れていってくれなければ土曜日にはたいしてすることもない、しかしこの土曜日はイングランドとルーマニアのサッカーの試合があるので外出の予定はない、なぜかというとお父さんはテレビでその試合を見たいからだ。そこでぼくはひとりで探偵の仕事をもっとやることにきめた。

うちの通りに住んでいるほかのひとたちに、ウエリントンを殺した人間を見なかったかどうか、木曜日の夜に通りでなにか変わったことを見なかったかどうかたずねることにした。

知らないひとと話をするのは、いつもはやらない。知らないひとと話をするのは好きではない。これは**知らないひとは危険**だからというわけではない。これは学校で習うことで、その危険というのは、知らないひとがセックスをやりたいと思って、お菓子をくれたり、車に乗るようにさそったりすることだ。ぼくにはそんな心配はない。知らないひとがぼくにさわったりしたら、ぼくはそのひとをなぐる、ぼくはひとを力いっぱいなぐることができる。例をあげると、サラがぼくの髪の毛をひっぱったのでぼくがサラをなぐったとき、サラは気絶して脳しんとうを起こして、病院の救急外来に運ばれることになってしまった。それにぼくはいつもポケットにスイス・アーミー・ナイフを入れている、それにはひとの指を切りおとせる鋸歯がついている。

ぼくは知らないひとがきらいだ、なぜかというと前に一度も会ったことがないひとはきらいだから。そういうひとたちのいうことはよくわからない。お母さんが生きていたころ休みにときどきキャンプをしに行ったフランスにいるようなものだ。ぼくはあそこが大きらいだ、なぜかというと、店やレストランに入っても海岸に行っても、ひとのいうことがさっぱりわからないので、ぼくはそれがこわい。

知らないひとに慣れるにはとても時間がかかる。例をあげると、学校に新しい先生がやってくるとぼくは何週間も何週間もそのひとと話をしない。そのひとが安全だとわかるまでぼくはただ見ているだけだ。安全だとわかるとようやくぼくはそのひとに質問をする、ペットを飼っているか、好きな色はなにか、アポロ宇宙計画についてなにを知っているか、というようなことをきく、それからそのひとの家の間取りをかいてもらう、それからどんな種類の車を運転しているのかたずねる、それでそのひとのことがわかるようになる。そうしてようやくぼくはそのひとと同じ部屋にいても気にならなくなるし、そのひとをずっと見張っている必要もなくなる。

そんなわけだからうちの通りのほかのひとたちと話をするのはとても勇気がいった。しかし探偵の仕事をするつもりなら勇気がなければならない、だから選択の余地はなかった。

まずはじめに、ぼくはランドルフ・ストリートと呼ばれている通りの家のまわりの見取り図をこんなふうにかいた。

それからポケットにスイス・アーミー・ナイフが入っているのをたしかめてから外に出て、ミセス・シアーズの家のむかいの四十番地の家のドアをノックした、なぜならここの家のひとがなにか見たという可能性がおおいにあるからだ。四十番地に住んでいるひとは、トムソンという名前だ。

ミスタ・トムソンがドアを開けた。彼はTシャツを着ていて、それにはこう書いてあった。

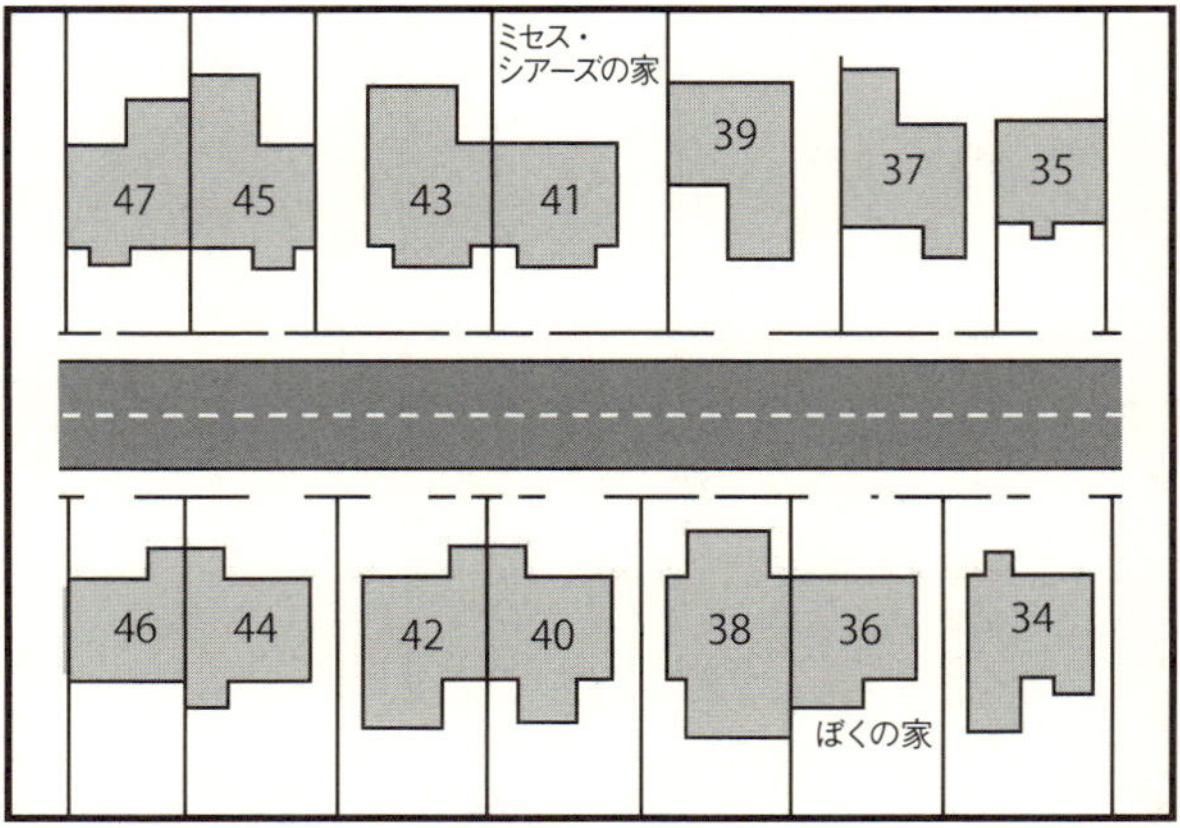

ビール
醜男と醜女が
セックスするのを
2000年のあいだ
手助けしてる。

ミスタ・トムソンがいった、「なにか用かい？」

ぼくはいった、「あなたはだれがウエリントンを殺したか知っていますか？」

ぼくは彼の顔を見なかった。ひとの顔を見るのはいやだ、ことに相手が知らないひとだと。

彼はしばらくなにもいわなかった。

それから彼はいった、「あんた、だれ？」

ぼくはいった、「ぼくは三十六番地に住んでいるクリストファー・ブーンで、あなたのことは知っています。あなたはミスタ・トムソンです」

彼はいった、「おれはミスタ・トムソンの弟だよ」

ぼくはいった、「あなたはだれがウエリントンを殺したか知っていますか？」

彼はいった、「いったいそのウエリントンてえやつはだれだい？」

ぼくはいった、「ミセス・シアーズが飼っていた犬です。ミセス・シアーズは四十一番地に住んでいます」

彼はいった、「だれかがその犬を殺したって？」

ぼくはいった、「フォークで」

彼はいった、「おったまげたな」

ぼくは、「園芸用のフォークで」といった。彼が、食べ物を食べるときのフォークだと思っているといると困るので。それからぼくはいった、「あなたはだれがウエリントンを殺したか知っていますか？」

彼はいった、「そんなことわかるもんか」

ぼくはいった、「木曜日の夜、なにかあやしいものを見ませんでしたか？」

彼はいった、「おいおい、ぼうや、こんなふうにききまわる必要があると本気で思ってんのか？」

それでぼくはいった、「はい、なぜならぼくはウエリントンを殺した犯人をさがしだしたいからです、そしてそれについて本を書いているからです」

そして彼はいった、「そうかい、おれは木曜日はコルチェスターにいた、だからおれにきいたって見当ちがいだぜ」

ぼくは、「ありがとう」といった。そしてぼくはそこをはなれた。

四十二番地の家ではだれも出てこなかった。

四十四番地に住んでいるひとは見たことがあるけれども、名前は知らなかった。黒人の夫婦で子どもがふたり、男の子と女の子がいた。奥さんがドアを開けた。アーミー・ブーツみたいなブーツをはいていて、手首には銀色の金属でできたブレスレットを五本はめていて、じゃらじゃらと音をたてていた。

ぼくはそうだといった。それからだれがウエリントンを殺したか知っているかときいた。

ウエリントンがだれか知っていたので説明する必要がなかった。それに彼女はウエリントンが殺されたことも知っていた。

木曜日の晩、手がかりになるようなあやしいものを見かけなかったかとぼくはきいた。

それでぼくはいった、「たとえばどんな？」

彼女はいった、「たとえば知らないひととか。あるいは議論している声とか」

だが彼女は知らなかった。

そこでぼくは方針変更と呼ばれていることをやることにきめて、ミセス・シアーズを悲しませたいと思っているひとを知らないかときいてみた。

そしたら彼女はいった、「そういうことはお父さんにきくべきじゃないの」

それでぼくはお父さんにはきけないのだと説明した、なぜかというとこの調査は秘密で、なぜかというとお父さんがぼくに、他人ごとに首をつっこむなといったからだと説明した。

彼女はいった、「そう、たぶんお父さんのいうことはもっともだわね、クリストファー」

そこでぼくはいった、「すると、あなたは手がかりになるようなことはなにも知らないのですか？」

すると彼女は、「ええ」といって、それからこういった。「用心しなさいよ、ぼうや」

ぼくは用心するといって、それから質問に答えてくれてありがとうと彼女にいって、それからミセス・シアーズの家のとなりの四十三番地の家に行った。

四十三番地に住んでいるひとは、ミスタ・ワイズとミスタ・ワイズのお母さんで、お母さんは車椅子に乗っていて、それでミスタ・ワイズがいっしょにこの家に住んで彼女を買い物に連れていったり、車でほうぼう連れていったりしている。

ドアを開けたのはミスタ・ワイズだった。彼は体臭と古いビスケットといたんだポップコーンのにおいがした、長いこと体を洗わないとこういうにおいがする、学校のジェイソンも同じにおいがする、なぜかというと彼の家は貧乏だから。

だれが木曜日の晩ウエリントンを殺したか知っていますかとミスタ・ワイズにきいた。

彼はいった、「なんてこった、きょうびのおまわりは若くなったもんだな」

それから彼は笑った。ひとに笑われるのはいやだ、だから背中をむけてそこをはなれた。

うちのとなりの三十八番地の家のドアはノックしなかった、なぜかというとここのひとたちはドラッグをやっていて、このひとたちとはぜったいしゃべってはいけないとお父さんがいうのでぼくはしゃべらない。そして彼らは夜中に大きな音で音楽を鳴らすし、通りで彼らに会うとときどきこわくなる。それにこの家は彼らがもっている家ではない。

そのときぼくはミセス・シアーズの家のとなりの三十九番地の家に住んでいるおばあさんが、表の庭にいて電動式刈り込み機で生け垣を刈っているのに気がついた。彼女の名前はミセス・アレグザンダーだ。彼女は犬を飼っている。その犬はダックスフントだ、だから彼女はきっといいひとだ、なぜかというと犬が好きだから。しかしその犬は庭にはいなかった。家のなかにいた。

ミセス・アレグザンダーはジーンズにスニーカーをはいていた、年よりはふつうこういうかっこうはしない。ジーンズには泥がついていた。それからスニーカーはニューバランスだった。そして靴ひもは赤だった。

ぼくはミセス・アレグザンダーのところへ行ってたずねた、「あなたはウエリントンが殺されたことについてなにか知っていますか?」

すると彼女は電動式刈り込み機を止めていった、「もう一度いってもらえないかしら。耳がよく聞こえないのよ」

そこでぼくはいった、「あなたはウエリントンが殺されたことについてなにか知っていますか?」

すると彼女はいった、「それはきのう聞いたわ。おそろしいこと。おそろしいわねえ」

ぼくはいった、「だれがウエリントンを殺したか知っていますか?」

すると彼女はいった、「いいえ、知らないわ」

ぼくは答えた、「でもだれかが知っているはずです、なぜかというとウエリントンを殺したひとは、自分がウエリントンを殺したことを知っているから。そのひとが頭の狂ったひとで、自分のしたことがわからなければべつだけど。あるいはそのひとが記憶喪失でなければだけど」

するとと彼女はいった、「そうね、きっとあなたのいうとおりね」

ぼくはいった、「ありがとう。ぼくの調査に協力してくれて」

そしたら彼女はいった、「あなた、クリストファーね、そうでしょ？」

ぼくはいった、「ええ。ぼくは三十六番地に住んでいます」

そしたら彼女はいった、「以前にお話ししたことはないわね？」

ぼくはいった、「ええ。ぼくは知らないひとと話をするのはいやです。でもぼくはいま探偵の仕事をしているので」

そしたら彼女はいった、「あなたは毎日学校へ行ってるわね」

ぼくはこれには答えなかった。

そしたら彼女はいった、「とってもうれしいわ、あなたが声をかけてくれて」

これにもぼくは答えなかった、なぜかというとミセス・アレグザンダーはいわゆるおしゃべりというものをしているから、質疑応答というのではなくて関連のないことをただ話しているだけだからだ。

そうして彼女はいった、「たとえあなたの探偵のお仕事のためでもね」

それでぼくはまた、「ありがとう」といった。

背中をむけて歩きだそうとすると彼女がいった、「あなたと同じ年ごろの孫がいるの」

ぼくはなんとかおしゃべりの相手をしようとしていった、「ぼくの年は十五歳三ヵ月四日です」

すると彼女はいった、「まあ、ほとんど同い年よ」

それからぼくたちはしばらくなにもいわなかったが、とうとう彼女がいった、「あなたのうちには犬はいないでしょ？」

それでぼくはいった、「ええ」

彼女はいった、「あなたはきっと犬が好きなのね？」

それでぼくはいった、「ネズミを飼っています」

そしたら彼女はいった、「ネズミ？」

それでぼくはいった、「トビーという名前です」

そしたら彼女はいった、「おや」

それでぼくはいった、「たいがいのひとはネズミをいやがります、なぜかというとネズミは腺ペストをうつすと思っているから。でもそれは彼らが下水管にすんでいたり、珍しい病気のある外国からやってくる船にこっそり乗りこんでくるせいです。でもネズミはとても清潔です。トビーはいつも自分の体をきれいにしている。それからトビーをわざわざ散歩に連れていく必要もない。ぼくの部屋にはなして走りまわらせて、運動させるだけでいい。それからときどきぼくの肩にすわったり、巣穴のつもりでぼくの服の袖にかくれたりする。でもネズミはかならずしも巣穴にはすみません」

ミセス・アレグザンダーがいった、「なかに入ってお茶を飲まないこと？」

それでぼくはいった、「他人の家には入らない」

そしたら彼女はいった、「あら、じゃあここに運んでこようかしら。レモン・スカッシュは好き？」

ぼくは答えた、「ぼくの好きなのはオレンジ・スカッシュだけです」

そしたら彼女はいった、「よかった、それもあるのよ。それからバッテンバーグはどうかしら？」

それでぼくはいった、「わからない、なぜかというとバッテンバーグがなにかわからないから」

彼女はいった、「ケーキみたいなものよ。まんなかにピンクと黄色の四角が四つあって、ふちにマジパンのアイシングがかかっているの」

それでぼくはいった、「それは切り口が四角の細長いケーキで、切り口は交互に色のちがう四角に均等にわけられているケーキですか？」

そしたら彼女はいった、「ええ、そうもいえるわね」

ぼくはいった、「ピンクの四角はいいけど、黄色の四角はいらない、なぜかというと黄色がきらいだから。それからマジパンがどういうものか知らないので、好きかどうかはわかりません」

そしたら彼女はいった、「マジパンも黄色だわね。それじゃあビスケットでももってくるほうがいいかしら。ビスケットは好き？」

それでぼくはいった、「ええ。ある種類のビスケットなら」

そしたら彼女はいった、「いろいろとりそろえてもってくるわね」

そして彼女はむこうをむいて家のなかに入っていった。彼女はとても歩き方がのろい、なぜかというとおばあさんだから、それから彼女は六分以上も家のなかに入ったままだったので、ぼくはだんだん不安になってきた、なぜかというと彼女が家のなかでなにをしているかわからなかったから。彼女のことはあまりよく知らないので、オレンジ・スカッシュとバッテンバーグがあるといったけれどもそれはほんとうのことかどうかもわからない。もしかすると警察に電話をかけているかもしれない、そしてぼくはあの警告のおかげで、もっとたいへんな面倒にまきこまれるかもしれない。

そこでぼくはそこをはなれた。

通りをわたっているときに、だれがウエリントンを殺したかということについてはっと頭にひらめいた。ぼくは頭のなかで**一連の推理**を組み立てはじめた。

1 なぜ犬を殺すか？

a なぜかというとその犬をにくんでいたから。

b なぜかというと頭がおかしかったから。

c　なぜかというとミセス・シアーズを困らせたかったから。

2　ぼくは、ウエリントンをにくんでいるひとはだれも知らない、だからもしaだとしたらそれはぼくの知らないひとだ。

3　ぼくは頭のおかしいひとはだれも知らない、だからもしbだとしたらそれもぼくの知らないひとだ。

4　たいていの殺人は、被害者の知り合いによって行なわれる。じっさいクリスマスに自分の家族に殺される可能性はおおいにある。これは事実だ。ウエリントンはしたがって彼が知っている人間に殺されたという可能性がおおいにある。

5　もしcだとすると、ミセス・シアーズを好きではない人間はひとりだけ知っている。それはミスタ・シアーズで、彼はウエリントンのことをよく知っていた。

ということはミスタ・シアーズがぼくの**第一容疑者**である。

ミスタ・シアーズは、前にミセス・シアーズと結婚していて、二年前までいっしょに暮らしていた。それからミスタ・シアーズは家を出て二度ともどってこなかった。これが、うちのお母さんが死んだあと、ミセス・シアーズがうちに来て食事を作ってくれた理由だ。なぜかというと彼女はミスタ・シアーズのためにもう食事を作る必要がなくなって、家にいる必要もなくなって、彼の奥さんでいる必要もなくなったからだ。それから彼女にはだれかいっしょにいるひとが必要で、ひとりでいたくないからだとお父さんがいった。

そしてときどきミセス・シアーズはうちに泊まっていった。ぼくは彼女が泊まってくれるとうれしい、なぜかというと彼女は家のなかをきちんと整頓してくれるし、びんだの鍋だの缶詰だのを、キッチンの棚（たな）に高さの順にならべる、それからそういうもののラベルがはってあるほうをこちらにむけておくし、ナイフやフォークやスプーンを引き出しのなかにきちんと仕分けをしておく。しかし彼女はたばこを吸うし、ぼくにわからないことをいろいろという、例をあげると、「そろそろわらをたたこう」[訳注1]とか「外は真鍮のサルたちだわ」[訳注2]とか「タッカーを集めよう」[訳注3]というようなことだ。こういうようなことを彼女がいうとぼくはいやになる、なぜかというと、なにをいっているのかわからないからだ。

それからミスタ・シアーズがなぜミセス・シアーズをおいて出ていったかぼくにはわからない、なぜかというとだれもぼくに教えてくれないからだ。しかし結婚するのは、相手のひとといっしょに暮らして子どもを作りたいからだ。もし教会で結婚式をあげるとすると、死がふたりを別つまでいっしょに暮らすと約束しなければならない。そしてもしいっしょに暮らすのがいやになったら、離婚しなければならない、それはなぜかというとどちらかがほかのひととセックスをしたからか、あるいはけんかをしてにくみあって、もう相手と同じ家で暮らすのがいやになって子どもも作りたくないからだ。そしてミスタ・シアーズはミセス・シアーズと同じ家でいっしょに暮らすのがいやになった、だから彼はミセス・シアーズをにくんでいたのかもしれない、そしてもどってきて、彼女を悲しませるために彼女の犬を殺したのかもしれない。

ぼくはミスタ・シアーズのことをもっとよく調べてみようと思った。

（訳注1）寝るという意味。
（訳注2）すごく寒いという意味。
（訳注3）食事を急いで作るという意味。

71

ぼくの学校のほかの子どもたちはみんなばかだ。ただし彼らをばかとは呼べないことになっている、たとえそれが事実だとしても。彼らは学習困難児とか、時別支援の児童とか呼ぶことになっている。しかしこれはばかなことだ、なぜかというとだれでも学習困難な場合はあるからだ、なぜかというとフランス語を話したり、相対性理論を理解したりするのはむずかしいことだし、それからまただれでも特別な支援は必要だ、たとえばお父さんは人工甘味(かんみ)料の小さな袋をいつももちあるいている、太らないため、砂糖のかわりにそれをコーヒーに入れるからだ。あるいはピーターズ先生はベージュ色の補聴器をつけているし、シボーン先生はすごく厚い眼鏡をかけていて、これを借りてかけてみると頭が痛くなる。こういうひとたちは特別な支援が必要なのに、彼らを特別支援が必要な人とはいわない。

しかし、ぼくたちはこういう言葉を使わなくてはいけないとシボーン先生はいう、なぜかというと世間のひとたちは、学校にいるこういう子どもたちを、〝ぴくぴく〟とか〝かたわ〟とか〝もーこ〟とか、ひどい言葉で呼ぶからだ。しかしこれもばかなことだ、なぜかというとときどきふつうの学校の生徒たちが、バスからおりるぼくたちを見て、「とくべつしえん！　とくべつしえん！」とさけぶからだ。しかしぼくは気にしない、なぜかというと他人がいうことは聞かないからだ、それに棒切れとか石を使わないかぎりぼくの骨を折ることはできないし、彼らがぼくをなぐってもぼくにはスイス・アーミー・ナイフがあるし、それからもしぼくが彼らを殺しても、それは正当防衛になるから刑務所に行くことはない。

ぼくがばかではないことを証明しよう。来月ぼくは数学の上級試験を受けることになっている、そしてAの成績を取るつもりだ。うちの学校で上級試験を受けたものはだれもいない、ガスコイン校長先生ははじめぼくに試験を受けさせたくなかった。上級試験を受けさせるための用意がないといった。しかしお父さんはガスコイン先生と議論をしてひどく怒った。ガスコイン先生は、学校のほかの生徒とちがう扱いはしたくないんですよといった、なぜかというとだれでも特別扱いをしてもらいたいでしょうしね、これが先例になってしまうと困るんですといった。それに十八歳になればいつでも上級試験を受けることができますしねと。

先生がこの話をするあいだぼくはガスコイン先生の部屋でお父さんといっしょにすわっていた。そしてお父さんがいった、「クリストファーはもうすでにじゅうぶん、くそ扱いを受けているとは思いませんかね。その上あんたまでいっしょになって高いところからこの子にくそをたれるなんて。ちくしょう、これがこの子がうまくやれるたった一つのことなのに」

するとガスコイン先生は、これについては後日わたしとお父さんとふたりだけで話しあいましょうといった。しかしお父さんは、こいつの前でいうのをはばかるようなことをいいたいんですかねと先生にきいた、すると先生はいいえといったのでお父さんはいった、「じゃあ、いまいったらどうです」

するとと先生は、もしぼくが上級試験を受けるとすると、べつの部屋でぼくを監督する職員がいなければならないといった。するとお父さんは、課外でそれをやってくれるひとに五十ポンドはらいましょう、だめという答えは受けつけませんよといった。すると先生はあとでよく考えてみましょうといった。そしてつぎの週に、先生はうちに電話をかけてきて、お父さんに、ぼくは上級試験を受けてよろしい、ピーターズ師が試験監督と呼ばれる役を引きうけますといった。

そしてぼくは数学の上級試験に受かったら、数学の特別上級試験と物理の上級試験を受けるつもりだ、そうすれば大学に行けるから。ぼくたちの町スウィンドンには大学がない、なぜかというとここは小さな町だからです。だから大学のあるべつの町に引っ越さなければならない、なぜかというとぼくはひとりで暮らすのはいやだし、ほかの学生といっしょの家に住むのもいやだから。しかしこれは心配ない、なぜかというとお父さんもべつの町に引っ越したいからだ。お父さんはときどきこんなことをいう、「この町から出ないとなあ、小僧」そしてときどきこんなこともいう、「スウィンドンは地球のけつの穴だ」

それからぼくが数学か物理、あるいは数学と物理の両方の学位を取ったら、ぼくは仕事につくことができて、お金をたくさんかせぐこともできるから、ぼくの面倒をみてくれるひと、食事の支度や洗濯をしてくれるひとにお金をはらうことができるし、ぼくと結婚してくれる女のひとも見つかるだろうし、そのひとがぼくの奥さんになって、ぼくの面倒をみてくれるから、いっしょに暮らせるひとができて、ぼくはひとりでいることはない。

73

ぼくは、お父さんとお母さんが離婚するかもしれないとよく考えたものだ。それはなぜかというとふたりはたくさん議論をしてときどきたがいににくみあっていた。それはぼくのように問題行動をする人間の世話をするストレスのためだ。ぼくはこれまでにたくさんの問題行動があった、しかしいまではそれほど多くはない、なぜかというとぼくはずいぶん成長して、自分でものごとをきめられるようになったし、家の外に出て通りのむこうのほうにある店でものを買うこともできるようになったからである。

これらはぼくの問題行動の一部です。

A　長いあいだひとと話さない。(注4)

B　長いあいだなにも食べたり飲んだりしない。(注5)

C　さわられるのをいやがる。

D　怒ったり、頭が混乱したりすると悲鳴をあげる。

E　とてもせまい場所にひとといっしょにいるのをいやがる。

F　怒ったり、頭が混乱したりするとものをこわす。
G　うなり声をあげる。
H　黄色のものとか茶色のものとかがきらいで、黄色のものや茶色のものにぜったいさわらない。
I　ひとがさわった歯ブラシはぜったい使わない。
J　種類のちがう食べ物がくっついたりすると、それは食べない。
K　ひとがぼくに腹を立てても気がつかない。
L　笑わない。
M　ほかのひとが無作法(ぶさほう)だと思うようなことをいう。(注6)

(注4) 五週間ひとと話をしなかったことがある。
(注5) ぼくが六歳のとき、お母さんはぼくにイチゴ味のダイエット食品を計量カップから直接飲ませていた、それからぼくたちは四分の一リットルをどれだけ早く飲めるか競争した。
(注6) いつでもほんとうのことをいわなければいけないとひとはいう。しかし彼らは本気でそういっているのではない、なぜかというと老人にあなたは老いぼれだといってはいけない、そしてひとがへんなにおいがしていても、おとながおならをしても、そのことを相手にいってはいけない。そして「おまえがきらいだ」といってもいけない、そのひとがとてもひどいことをしないかぎりは。

N　ばかなことをする。(注7)
O　ほかのひとをなぐる。
P　フランスをきらう。
Q　お母さんの車を運転する。(注8)
R　だれかが家具を動かしてしまうと怒る。(注9)

こういうことのせいでお母さんやお父さんはときどきすごく怒って、ぼくをどなったり、たがいにどなりあったりした。ときどきお父さんはいった、「クリストファー、ちゃんと行儀よくしないなら、ぜったいおまえをぶちのめしてやるぞ」あるいはお母さんはこういった、「やれやれ、クリストファー、あんたをホームに入れることを本気で考えちゃうな」あるいはお母さんはこういった、「あんたのおかげで、あたしは早死にしちゃうかもよ」

（注7）ばかなことというのは、ピーナッツ・バターを一びんぜんぶキッチンのテーブルにあけて、それをナイフでたいらにのばしてテーブルの表面をはじからはじまでおおってしまうようなことだとか、あるいはぼくの靴やアルミホイルや砂糖をガスレンジで燃やしたらどうなるか試してみるようなことだ。

（注8）ぼくは、お母さんがバスで町に行ったとき、キーを借りて一度だけ車を運転したことがある。ぼくはそれまで車を運転したことはなかったたし、ぼくは八歳五カ月だったので車は壁につっこんだ。その車はもううちにはない、なぜかというとお母さんは死んだからだ。

（注9）キッチンのテーブルや椅子は動かしてもいい、なぜかというとそれはべつのことだから、しかしだれかが居間のソファや椅子の位置を動かすと、ぼくは頭がくらくらしてしまう。お母さんは掃除機をかけるときにいつもこれをやったので、ぼくは家具の位置をきちんときめた特別設計図を作って寸法もはかった。それで掃除がおわったあとで、すべてのものを正しい位置にもどすと、気分がよくなった。しかしお母さんが死んだあとはお父さんは掃除機をあまりかけないので、うまくいっている。それからミセス・シアーズが一度掃除機をかけたことがあったけれども、ぼくがうなり声をあげたので、彼女はお父さんにむかってなにかさけんで、それからは二度とやらなかった。

79

ぼくが家に帰るとお父さんはキッチンのテーブルの前にすわっていた。ぼくの夕食の支度はしてあった。お父さんはきこり風のシャツを着ていた。夕食は煮豆とブロッコリーとハム二枚で、それは皿にならべてあって、たがいにくっつかないようにしてあった。

お父さんはいった、「どこへ行っていたんだ？」

それでぼくはいった、「出かけていた」これは罪のない嘘だ。罪のない嘘は嘘ではない。それは事実をのべている、しかし事実のすべてをのべているわけではない。ということはみながいうことはすべて罪のない嘘だ、なぜかというと、例をあげれば、だれかがこういうとする、「あなたはきょうはなにをやりたいですか？」するとぼくはこういう、「ぼくはピーターズ先生といっしょに絵をかきたいです」しかし「ぼくはおべんとうを食べたい、トイレにも行きたい、放課後は家に帰りたい、それからトビーと遊びたい、それから夕食も食べたい、コンピュータでゲームもやりたい、それから寝たい」とはいわない。そしてぼくが罪のない嘘をついたのは、お父さんはぼくが探偵をするのをいやがっていることを知っていたからだ。

お父さんはいった、「たったいまミセス・シアーズから電話があった」

ぼくは煮豆とブロッコリーとハム二枚を食べはじめた。

するとお父さんがきいた、「いったいおまえは、あのひとの庭でなにをうろうろしていやがったんだ？」

ぼくはいった、「ぼくは探偵をしていた、だれがウエリントンを殺したか見つけたいから」

お父さんは答えた、「いったい何度いえばいいんだ、クリストファー？」

煮豆とブロッコリーとハムは冷たかったが、ぼくは平気だった。ぼくはとてもゆっくり食べるので、食べ物はたいていいつも冷たくなってしまう。

お父さんはいった、「他人ごとに首をつっこむなと教えたな」

ぼくはいった、「ミスタ・シアーズがたぶんウエリントンを殺したんだと思う」

お父さんはなにもいわなかった。

ぼくはいった、「彼がぼくの第一容疑者。なぜならだれかが、ミセス・シアーズを悲しませようと思ってウエリントンを殺したのかもしれない。そして殺人を犯すのはふつうだれか知り合いの……」

お父さんがこぶしでテーブルをひどく強くたたいたので、皿やお父さんのナイフやフォークが飛びあがって、ぼくのハムもななめに飛びあがってブロッコリーにくっついたのでぼくはもうハムもブロッコリーも食べられなかった。

それからお父さんはさけんだ、「その男の名前をこの家で口にしてはならんぞ」

ぼくはきいた、「どうして？」

するとお父さんはいった、「あの男は悪ものだ」

それでぼくはいった、「すると彼がウエリントンを殺したかもしれないということですか？」

お父さんは両手で頭をかかえていった、「イエスさんも泣くぜ」

お父さんがぼくのことを怒っているのがわかったので、ぼくはいった、「他人ごとに首をつっこむなとお父さんはいった、でもミセス・シアーズはぼくたちの友だちだ」

そしたらお父さんはいった、「いや、あのひとはもう友だちじゃないんだ」

それでぼくはきいた、「どうして？」

そしたらお父さんはいった、「ようし、クリストファー。これをいうのはこれが最後、これっきりだぞ。二度といわないからな。おれがおまえにものをいってるときはおれを見ろ、たのむから。おれを見ろ。ミセス・シアーズにだれがあのくそ犬を殺したかききにいってはならん。だれがあのくそ犬を殺したか、どこのだれにもきくことはならんぞ。他人の家の庭に侵入してはいかん。そのあほくさい探偵ごっこはいますぐやめるんだ」

ぼくはなにもいわなかった。

お父さんはいった、「しっかりと約束してもらうからな、クリストファー。約束したら、それはどういう意味かおまえにもわかるな」

なにかを約束しろといわれたら、それがどういう意味かぼくは知っている。もう二度とそれはやらないといわなければならない、そしてそれはもうぜったいやってはいけない、もしやったらそれはその約束を嘘にしてしまうからだ。ぼくはいった、「わかる」

お父さんはいった、「こういうことは二度としないと約束しろ。そのあほくさい探偵ごっこはいますぐやめると約束しろ、わかったか？」

ぼくはいった、「約束する」

83

ぼくはきっと優秀な宇宙飛行士になるだろうと思う。

優秀な宇宙飛行士になるには頭がよくなくてはいけない、そしてぼくは頭がいい。それにまた機械の仕組みも理解しなければならない、そしてぼくは機械の仕組みをよく理解している。それにまた地球の表面から何万キロもはなれたところでひとりぼっちでちっぽけな宇宙船のなかにいるのがいいという人間でなければいけない、パニックも起こさず閉所恐怖症にもホームシックにもならず正気もなくしたりしない、そういう人間でなければならない。それにぼくはすごくせまい空間が好きだ、そのなかにほかの人間がいなければだけど。ときどきひとりになりたいときは、バスルームの外にある乾燥室に入る、ボイラーの横にもぐりこんで、うしろの戸を閉めてそこにすわって何時間も考えごとをすると気持ちがとても落ち着く。

だからぼくが宇宙飛行士になるなら、ひとりで宇宙へ行かなければならない、あるいは宇宙船のぼくのいるところはほかのひとが入ってこられないようにしてもらう。

それから宇宙船には黄色のものや茶色のものはないようにしてもらえばだいじょうぶだ。

それからぼくは宇宙管制センターにいるほかのひとたちと話をしなければならない、しかしそれは無線とかテレビ・モニターを通してやるから、そのひとたちは知らないひとだけど現実の人間ではないように思えるから、コンピュータ・ゲームをやるようなものだろう。

それにまたぼくはホームシックにもぜんぜんならないだろう、なぜかというとぼくのまわりはみんなぼくの好きなものでかこまれているからだ、それは機械やコンピュータや宇宙空間だ。それからぼくは宇宙船の小さな窓から外をながめることができる、そしてぼくの近くには何万キロのかなたまでだれもいないのがわかる、これは夏の夜ぼくがときどき外に出て芝生にあおむけに寝て空を見あげて、そして顔の横を両手でかこむと、フェンスや煙突や洗濯ひもは見えなくなるので、ぼくは宇宙にいるような気分になれるのと同じだ。

そしてぼくに見えるのは星だけになる。そして星は、生命を作っている分子が何十億年も前に作られた場所だ。例をあげると、ひとの体のなかの貧血をふせぐ成分の鉄は、どこかの星で作られたものである。

そしてぼくはもしトビーがいっしょに宇宙に行けたらいいなと思う、それはゆるされるかもしれない、なぜかというとときどき実験のために動物を宇宙に連れていくことがあるから、だからもしぼくがネズミを使って、それでネズミが傷つかないようなよい実験を考えだせば、トビーを連れていくことをゆるしてくれるかもしれない。

しかしたとえそれをゆるしてもらえなくてもぼくは宇宙に行きたい、なぜかというとそれは夢の実現だから。

89

つぎの日ぼくはシボーン先生に、お父さんがもう探偵をやってはいけないといったので、この本はおしまいだと話した。そしてここまで書いたものを先生に見せた。そこには宇宙の図や通りの地図や素数の表も書いてあった。そしたら先生は、おしまいならそれでもかまわないといった。本はこのままでもとてもよく書けていますよ、そもそも本が書けるなんてうんと自慢していいことよと先生はいった。たとえこれがとても短いものでも、コンラッド作の『闇の奥』のようなとてもとてもよい本が何冊もありますよといった。

しかしぼくはいった、これはほんとうの本ではありません、なぜかというとほんとうの結末というものがないから、なぜかというとぼくはだれがウエリントンを殺したかさがしだせないから、殺人犯はまだ自由だから。

すると先生はそれは人生みたいなものねといった、そして殺人事件がみんな解決されるわけではないし、殺人犯がみんなつかまるわけではないわといった。切り裂きジャックみたいに。

ぼくは殺人犯がまだ自由でいると考えるのはいやだといった。ウエリントンを殺したひとがこの近所のどこかに暮らしていて、ぼくが夜中に散歩に出たときその犯人に会うかもしれないと考えるのはいやだといった。そしてなぜこういうことがありうるかというと殺人はふつう被害者と顔見知りの人間によって行なわれるものだからである。

そこでぼくはいった、「お父さんは、うちのなかで二度とふたたびミスタ・シアーズの名前を口に出すな、あの男は悪ものだといいました、ということはもしかするとミスタ・シアーズがウエリントンを殺した人間かもしれない」

すると先生はいった、「たぶん、お父さんはミスタ・シアーズをあまり好きじゃないんじゃないかしら」

それでぼくはきいた、「なぜ？」

そしたら先生はいった、「なぜだかわからないわ、クリストファー。だってあたしはミスタ・シアーズのことはなにも知らないもの」

ぼくはいった、「ミスタ・シアーズはミセス・シアーズと結婚していて、それから離婚したみたいに、家を出ていきました。しかしふたりがじっさいに離婚したかどうかはわかりません」

そしたらシボーン先生はいった、「そう、ミセス・シアーズはあなたたちのお友だちでしょう？　あなたとあなたのお父さんのお友だち。だからたぶんお父さんはミスタ・シアーズがきらいなのよ、だって彼はミセス・シアーズを捨てたから。友だちになにか悪いことをしたのだもの」

それでぼくはいった、「でもお父さんはミセス・シアーズはもうぼくたちの友だちではないといいました」

するとシボーン先生はいった、「ごめんなさい、クリストファー。そういう疑問にみんな答えてあげられればと思うけど、あたしはなにも知らないから」

そのとき終業のベルが鳴った。

つぎの日ぼくは学校に行くとちゅう四台の黄色の車がつづけて走っているのを見た、これはとても**悪い日**なので、ぼくはお昼にはなにも食べないで、一日じゅう部屋のすみにすわりこんで上級の数学の教科書を読んでいた。そしてつぎの日も、学校に行くとちゅうに四台の黄色の車がつづけて走っているのを見たので、これはまたとても**悪い日**なので、ぼくはだれにも話しかけないで、午後はずっと図書室のすみにすわりこんで壁と壁のつぎ目のところに頭を押しつけてうなり声をあげていたので、気分が落ち着いて安心した。しかし三日めにはぼくは学校に行くとちゅうずっと、バスをおりるまで目をつぶっていた、なぜかというと二日つづいてとても**悪い日**があったあとは、そうやってもいいことになっているからである。

97

しかしこれで本がおわったわけではなかった、なぜかというと五日後にぼくは五台の赤い車がつづけて走っているのを見たからこれは**最高によい日**ということだから、なにか特別なことが起こると思った。学校では特別なことは起きなかったので、特別なことは放課後に起こるだろうと思った。そしてぼくは家に帰って、うちの通りのはずれの店まで出かけていってひもあめとミルキー・バーをぼくのこづかいで買った。

そしてぼくがひもあめとミルキー・バーを買ってからうしろをふりむくと、三十九番地のおばあさんのミセス・アレグザンダーが店のなかにいた。きょうはジーンズをはいていなかった。ふつうのおばあさんのような服を着ていた。そして料理のにおいがした。

彼女はいった、「あなた、こないだはどうしちゃったの？」

ぼくはいった、「いつのことですか？」

そしたら彼女はいった、「あたしが出ていってみると、あなた、もういないんだもの。あたしはひとりであのビスケットをみんな食べたのよ」

ぼくはいった、「ぼくは帰りました」

そしたら彼女はいった、「それはわかってたわ」

ぼくはいった、「あなたが警察に電話するかもしれないと思ったから」

そしたら彼女はいった、「いったいどうしてあたしがそんなことをするの？」

それでぼくはいった、「なぜかというとぼくは他人ごとに鼻をつっこんでいたからです、お父さんがウエリントンを殺した人間をさがしたりしてはいけないといったのに。そして警官がぼくに警告をあたえたから、もしぼくがまた面倒を起こしたら、もっとまずいことになります、その警告のせいで」

するとカウンターのむこうにいたインド人のおばさんが、ミセス・アレグザンダーに「なにをさしあげます？」といったので、ミセス・アレグザンダーは、ミルクを一パイントとジャファ・ケーキを一箱ほしいといった。それでぼくは店の外に出た。

店の外に出るとミセス・アレグザンダーのダックスフントが歩道にすわっているのが見えた。犬はスコットランドのタータン・チェックの布地でこしらえた小さなコートを着ていた。引きづなはドアのとなりにある雨水用の樋（とい）にしばりつけてあった。ぼくは犬が好きなのでかがみこんでその犬にこんにちはというと犬はぼくの手をなめた。犬の舌はざらざらしてぬれていて、犬はぼくのズボンのにおいが気に入ってズボンをくんくんかぎはじめた。

それからミセス・アレグザンダーが外に出てきていった、「名前はアイバーなの」

ぼくはなにもいわなかった。

そしてミセス・アレグザンダーがいった、「あなたはとてもはにかみやなのね、クリストファー」

それでぼくはいった、「ぼくはあなたと話してはいけない」

そしたら彼女はいった、「心配しないで。警察にいうつもりはないし、あなたのお父さんにいうつもりもないわ、だっておしゃべりしたってなにも悪いことはないでしょう。友だちどうしなら、おしゃべりくらいするものじゃない？」

ぼくはいった、「ぼくはおしゃべりができません」

すると彼女はいった、「あなたはコンピュータが好きね？」

それでぼくはいった、「はい。ぼくはコンピュータが好きです。自分の部屋にコンピュータがあります」

そしたら彼女がいった、「知ってるわ。あたしが通りのむこうを見ると、あなたがときどき自分の部屋のコンピュータの前にすわっているのが見えるの」

それから彼女はアイバーの引きづなを樋からほどいた。

ぼくはなにもいうつもりはなかった、なぜかというと面倒にまきこまれたくなかったからだ。

それから、きょうは**最高によい日**だったと思いだして、でも特別なことはまだなにも起きていないので、もしかすると、ミセス・アレグザンダーと話をするとなにか特別なことが起こるのかもしれないと思った。そして、もしかすると彼女はウエリントンのことについて、あるいはミスタ・シアーズのことについて、ぼくがたずねなくてもなにか話してくれるかもしれないと思った、そうだとするとそれは約束を破ったことにはならない。

そこでぼくはいった、「ぼくは数学とトビーの世話をするのが好きです。それから宇宙が好きで、ひとりでいるのが好きです」

そしたら彼女はいった、「あなたはきっと数学が得意なんでしょ」

それでぼくはいった、「そう。ぼくは来月に数学の上級試験を受けます。そしてAの成績を取るつもりです」

そしたらミセス・アレグザンダーはいった、「ほんと？　数学の上級試験ですって？」

ぼくは答えた、「はい。ぼくは嘘はつきません」

そしたら彼女はいった、「ごめんなさい。なにもあなたが嘘をついているなんていうつもりじゃなかったのよ。ただあなたのいうことを聞きまちがえたんじゃないかと心配だったの。このごろ耳がよく聞こえなくなってね」

それでぼくはいった、「おぼえています。あなたがそういったから」それからぼくはいった、「ぼくの学校で上級試験を受けるのはぼくがはじめてです、なぜかというと特別支援学校だから」

そしたら彼女はいった、「まあ、ほんとに感心なこと。Aの成績を取れるといいわねえ」

それでぼくはいった、「取ります」

そしたら彼女はいった、「あなたについて知っていることがもう一つあるわ、あなたの好きな色は黄色ではないでしょう」

それでぼくはいった、「ええ。茶色でもない。ぼくの好きな色は赤です。それから銀色です」

そのときアイバーがうんちをしたのでミセス・アレグザンダーは小さなビニールの袋に手をつっこんでそれでうんちをつまみあげて、それからビニールの袋をひっくりかえして口のところを結んだので、うんちはすっかり密閉されて、彼女は手でうんちにさわらないですんだ。

それからぼくは論理的に考えた。お父さんは五つのことをぼくに約束させただけだとぼくは判断した。それというのは――

1　うちのなかでミスタ・シアーズの名前を口に出してはいけない。
2　だれがあのくそ犬を殺したかミセス・シアーズにききにいってはいけない。
3　だれがあのくそ犬を殺したかだれにもきいてはいけない。
4　他人の家の庭に侵入してはいけない。
5　このあほくさい探偵ごっこはやめること。

そしてミスタ・シアーズについてたずねることは、このなかには入っていない。そしてもし探偵なら、危険はおかさなければならない、そしてきょうは**最高によい日**だから危険をおかしてもだいじょうぶな日だということだ、だからぼくはいった、「ミスタ・シアーズを知ってますか?」これはおしゃべりのようなものだ。

そしてミセス・アレグザンダーはいった、「知ってるとはいえないわねえ。つまりね、通りで会ったらこんにちはといって立ち話をするくらいの知り合いだったけど、どういうひとかはあまりよく知らないの。たしか銀行にお勤めだったわね。ナショナル・ウエストミンスター銀行よ。町の」

それでぼくはいった、「お父さんは彼は悪ものだといったけど、お父さんがなぜそんなことをいったのかわかりますか? ミスタ・シアーズは悪ものですか?」

そしたらミセス・アレグザンダーはいった、「なぜミスタ・シアーズのことをあたしにきくの、クリストファー?」

ぼくはなにもいわなかった、なぜかというと、ぼくはウエリントン殺しのことを調査したくはない、ぼくがミスタ・シアーズについて質問したのはそれが理由だ。

しかしミセス・アレグザンダーはいった、「それはウエリントンに関係があるのね?」

それでぼくはうなずいた、なぜかというとうなずくことは探偵のやることのうちには入らないからだ。

ミセス・アレグザンダーはなにもいわなかった。彼女は公園の門のとなりにある柱の上にのっている小さな赤い箱のところに歩いていってアイバーのうんちをその箱に入れた、ということは赤いもののなかに茶色のものが入っているということになるので、頭がおかしくなりそうなのでぼくは見ないことにした。すると彼女はまたぼくのところにやってきた。

彼女は大きな息を吸ってからいった、「そういうことは話さないほうがいいんじゃないかしらね、クリストファー」

それでぼくはきいた、「なぜですか？」

そしたら彼女はいった、「なぜならば」そこで口をつぐむと、ほかの文章をいうことにきめたらしい。「なぜならばたぶんあなたのお父さんのいうとおり、あなたはそんな質問をしてまわっちゃいけないからよ」

それでぼくはきいた、「なぜですか？」

そしたら彼女はいった、「なぜってお父さんはそれを知ったらきっといやがるわ」

それでぼくはいった、「お父さんがそれを知ったらなぜいやがるのですか？」

すると彼女はまた大きな息を吸ってからいった、「なぜって……なぜって、あなたのお父さんがなぜミスタ・シアーズが大きらいなのかあなたは知っているでしょう」

そこでぼくはきいた、「ミスタ・シアーズがお母さんを殺したんですか？」

そしたらミセス・アレグザンダーはいった、「お母さんを殺した？」

それでぼくはいった、「はい。彼がお母さんを殺したんですか？」

そしたらミセス・アレグザンダーはいった、「いいえ。いいえ。とんでもない、彼はあなたのお母さんを殺してなんかいないわよ」

それでぼくはいった、「でも彼はお母さんが心臓発作を起こして死んでしまうほど困らせていたんですか？」

そしたらミセス・アレグザンダーはいった、「いったいなんのことをいっているのやら、あたしには見当もつかないけど、クリストファー」

それでぼくはいった、「それとも彼がお母さんにけがをさせてそれでお母さんは入院しなければならなかったんですか?」

そしたらミセス・アレグザンダーはいった、「お母さんが入院しなければならなかったって?」

それでぼくはいった、「はい。はじめはそれほどひどくはなかったけれど、病院にいるときに心臓発作を起こしました」

そしたらミセス・アレグザンダーはいった、「あらまあ、なんてこと」

それでぼくはいった、「そしてお母さんは死んだ」

そしたらミセス・アレグザンダーは「あらまあ、なんてこと」ともう一度いった、それから彼女はいった、「ああ、クリストファー、ほんとに、ほんとにごめんなさいね。あたし、ぜんぜん気がつかなくてね」

そこでぼくは彼女にきいた、「なぜあなたは、『なぜって、あなたのお父さんがなぜミスタ・シアーズが大きらいなのか、知っているでしょう』といったのですか?」

ミセス・アレグザンダーは片手を口にあてていった、「おや、まあ、まあ、まあ」しかし彼女はぼくの質問には答えなかった。

そこでぼくは彼女に同じ質問をもう一度した。なぜかというと殺人ミステリ小説で、だれかが質問に答えたがらないときは、それはそのひとが秘密をかくそうとしているときか、だれかを面倒にまきこまないようにしているときかで、ということはこうした質問に対する答えはなによりもいちばん重要な答えだということで、だから探偵は相手から答えをむりやり引きだす必要がある。

しかしミセス・アレグザンダーはそれでも答えなかった。そのかわりぼくに質問をした。彼女はいった、「じゃああなたは知らないのね？」

それでぼくはいった、「なにを知らないんですか？」

彼女は答えた、「クリストファー、あのね、こんなことはあなたに話してはいけないのかもしれないんだけど」そうして彼女はいった、「あの公園までちょっと歩きましょうか。こういうことを、こんなところで話すのはあんまりよくないから」

ぼくは不安になった。ぼくはミセス・アレグザンダーのことは知らなかった。彼女はおばあさんで犬が好きだということは知っていた。しかし彼女は知らないひとだ。そしてぼくはあの公園にはひとりで行ったことはない、なぜかというとあそこは危険なところで、公園のすみにある公衆便所のうしろでドラッグを注射しているひとがいる。ぼくは家に帰って自分の部屋にあがってトビーに餌をやって数学の練習問題をやりたかった。

しかしぼくは興奮した。なぜかというと彼女は秘密を話してくれるのかもしれないと思ったからだ。そしてその秘密というのは、だれがウエリントンを殺したかということかもしれない。あるいはミスタ・シアーズのことかもしれない。もし彼女が話してくれたら、ぼくは彼に不利な証拠をもっと手に入れられるかもしれない、さもなければ、調査から彼を除外できるかもしれない。

そこでぼくは、きょうは**最高によい日**だからという理由で、こわかったけれどもミセス・アレグザンダーといっしょに公園に行くことにきめた。

ぼくたちが公園のなかに入ると、ミセス・アレグザンダーは立ちどまっていった、「あたしはこれからあることをあなたに話すけれども、あたしが話したということはあなたのお父さんにはいわないと約束してもらいたいの」

ぼくはきいた、「なぜですか？」

そしたら彼女はいった、「あたしはあんなことをいうべきではなかったのよ。でももしそれについて説明しなければ、あなたは疑いをもちつづけるでしょう。そしてお父さんにきくかもしれない。でもあなたにはそんなことをしてもらいたくないのよ、お父さんを悲しませるようなことはしてもらいたくないから。だから、なぜあんなことをいったのか説明するわ。でもその前に、あたしがいったことはだれにも話さないと約束してもらわないとね」

ぼくはきいた、「なぜですか？」

そしたら彼女はいった、「クリストファー、おねがい、あたしを信じてちょうだい」

それでぼくはいった、「約束する」なぜかというともしミセス・アレグザンダーが、だれがウエリントンを殺したか教えてくれたら、あるいは、ミスタ・シアーズがほんとうにお母さんを殺したのだと教えてくれたら、ぼくは警察に行ってそのことを教えることができる、なぜかというと、だれかが犯罪を犯してぼくがそのことを知ったとしたら約束は破ってもいいのです。

そしてミセス・アレグザンダーはいった、「あなたのお母さん、亡くなる前は、ミスタ・シアーズとても仲よしのお友だちだったの」

それでぼくはいった、「知っています」

そしたら彼女はいった、「いいえ、クリストファー。あなたにわかるかしらね。つまり、あのふたりはとても仲のよいお友だちだったの。とてもとても仲のよいお友だち」

ぼくはしばらくのあいだそのことについて考えてからいった、「ふたりはセックスをしていたということですか？」

そしたらミセス・アレグザンダーはいった、「ええ、クリストファー。そういうことよ」

そうして彼女は約三十秒間なにもいわなかった。

そうして彼女はいった、「ごめんなさい、クリストファー。あなたの心をかきみだすようなことは、ほんとはいいたくなかったんだけどね。でも説明したかったから。なぜあたしがああいうことをいったか。あのね、あたしはあなたが知っていると思ったの。あなたのお父さんが、なぜミスタ・シアーズは悪ものだと考えているのかということをね。なぜあなたがミスタ・シアーズのことをみんなにきいてまわるのを、お父さんがいやがるのかということも。なぜってそんなことをされたら、いやな記憶がよみがえるもの」

それでぼくはいった、「それが、ミスタ・シアーズがミセス・シアーズと別れた理由ですか、彼がミセス・シアーズと結婚しているのにほかのひととセックスをしていたからですか?」

そしたらミセス・アレグザンダーはいった、「ええ、そうだと思うわ」

そうして彼女はいった、「ごめんなさい、クリストファー。ほんとうにごめんね」

それでぼくはいった、「もう行かないと」

そしたら彼女はいった、「あなた、だいじょうぶ、クリストファー?」

それでぼくはいった、「ぼくはあなたといっしょに公園にいるのがこわいです、なぜかというとあなたは知らないひとだから」

そしたら彼女はいった、「あたしは知らないひとじゃないでしょ、クリストファー、あたしはお友だちよ」

それでぼくはいった、「もう家に帰ります」

そしたら彼女はいった、「このことについて話したくなったら、いつでも好きなときにあたしに会いにきてちょうだい。うちのドアをノックするだけでいいのよ」

それでぼくはいった、「わかった」

そしたら彼女はいった、「クリストファー?」

それでぼくはいった、「なんですか?」

そしたら彼女はいった、「この話のことは、あなたのお父さんにはくれぐれもいわないようにね、いいこと?」

それでぼくはいった、「はい。約束します」

そしたら彼女はいった。「おうちにお帰り。そしてあたしがいったことをおぼえているのよ。いつでもね」

そしてぼくは家に帰った。

101

ジェボンズ先生は、ぼくが数学が好きなのは、それが安全だからだねといった。ぼくが数学が好きなのは、数学というものが問題を解くことで、それらの問題はむずかしくておもしろくて、しかしいつも最後には明快な答えがあるからだねと先生はいった。それから先生がいいたいのは、数学は人生とはちがう、なぜかというと、人生には最後に明快な答えというものはないからだということである。これは先生がいったことで、先生のいおうとしていることはわかった。

これはジェボンズ先生が数というものがわからないひとだからである。

モンティ・ホール問題と呼ばれる有名な話があるので、ぼくはそれもこの本に入れることにした、なぜかというとそれはぼくのいいたいことをわかりやすく説明しているからです。

アメリカの《**パレイド**》という雑誌に〈**マリリンにきいて**〉というコラムがあった。そしてこのコラムはマリリン・フォス・サバントが書いていて、その雑誌では彼女は『**ギネスブック**』にのっている世界でいちばん高いＩＱをもったひとといわれていた。そしてそのコラムで彼女は読者から送られてくる数学の問題に答えた。そして一九九〇年九月、この問題がメリーランド州コロンビアのクレイグ・F・ホイティカーから送られてきた（しかしこれはいわゆる全文引用ではない、なぜかというとぼくがわかりやすく簡単に書きなおしたからである）。

あなたがテレビのゲーム番組に出るとする。このゲーム番組の目的は、賞品の車をあてることだ。ゲーム番組の司会者はあなたに三つの扉を見せる。司会者はこの三つの扉のうちの一つのうしろに車があり、残りの二つの扉のうしろにはヤギがいるという。司会者はまず一つの扉を選ぶようにという。あなたは扉を一つ選ぶけれど、それは開けてもらえない。それから司会者はあなたが選ばなかった扉の一つを開けてヤギを見せる（なぜなら司会者はその扉のうしろになにがあるか知っている）。それから司会者は、あなたが残りの扉を開けて車かヤギのどちらかを手に入れる前に一度だけ考えを変えてもいいという。そこで司会者はあなたに、考えを変えてもう一つの開けていない扉を選ぶかどうかたずねる。あなたはどうすべきか？

マリリン・フォス・サバントは、考えを変えてもう一つの扉を選ぶべきであるという。なぜかというと車がその扉のうしろにある可能性は三つに二つあるからだ。

しかし直感を使えば可能性は五分五分だということになる。なぜかというと車がある確率はどの扉のうしろも等しいとあなたは考えるからだ。

おおぜいのひとが雑誌に手紙を出して、マリリン・フォス・サバントはまちがっているといってきた、彼女がなぜ自分は正しいか、とてもていねいに説明したにもかかわらず。その問題について彼女のところに送られた手紙の九十二パーセントは、彼女はまちがっているというもので、その手紙の多くは数学者や科学者からのものだった。ここに彼らの意見の一部をのせる。

わたしは一般大衆の数学能力の欠如を非常に憂慮するものである。あなたの誤りを公表して事態を改善してください。

ロバート・サックス博士　ジョージ・メイソン大学

わが国には数学に無知な人間がおおぜいいる。このうえ世界最高のIQ保持者まで無知であることを世界に知らしめる必要はない。恥を知りたまえ！

スコット・スミス博士　フロリダ大学

すくなくとも三人の数学者に指摘されたにもかかわらず、自分の誤りに気づかないとはなんたることか。

ケント・フォード　ディキンソン州立大学

あなたは高校生や大学生からたくさんの手紙を受け取ったことと思う。そのうちのいくつかの住所を書きとめておかれてはいかがでしょう。今後、コラムを書く際には彼らの助けが必要になるかもしれませんから。

W・ロバート・スミス博士　ジョージア州立大学

あなたはぜったいにまちがっている……あなたの心を変えさせるのにいったい何人の怒れる数学者が必要なのでしょうか？

E・レイ・ボボ博士　ジョージタウン大学

もしこれらの博士たちがみなまちがっているなどということがあるなら、この国に未来はないであろう。

エベレット・ハーマン博士　アメリカ陸軍研究所

しかしマリリン・フォス・サバントは正しかったのです。そしてそのことを示すには二つの方法がある。

まず第一につぎのような数式で示すことができる。

第二の方法は、つぎのようにすべての可能性を図にかいてみることだ。


3つの扉をそれぞれ、X, Y, Zと呼ぶこととする。

C_Xを扉Xのうしろに車がある事象とし、C_Y,C_Zも同様とする。

H_Xを司会者が扉Xを開ける事象とし、H_Y,H_Zも同様とする。

あなたが扉Xを選んだと仮定すると、考えを変えてちがう扉を選んだときに車があたる確率は
以下の式によって求められる。

$$P(H_Z \cap C_Y) + P(H_Y \cap C_Z)$$
$$= P(C_Y)P(H_Z \mid C_Y) + P(C_Z)P(H_Y \mid C_Z)$$
$$= (\tfrac{1}{3} \times 1) + (\tfrac{1}{3} \times 1) = \tfrac{2}{3}$$

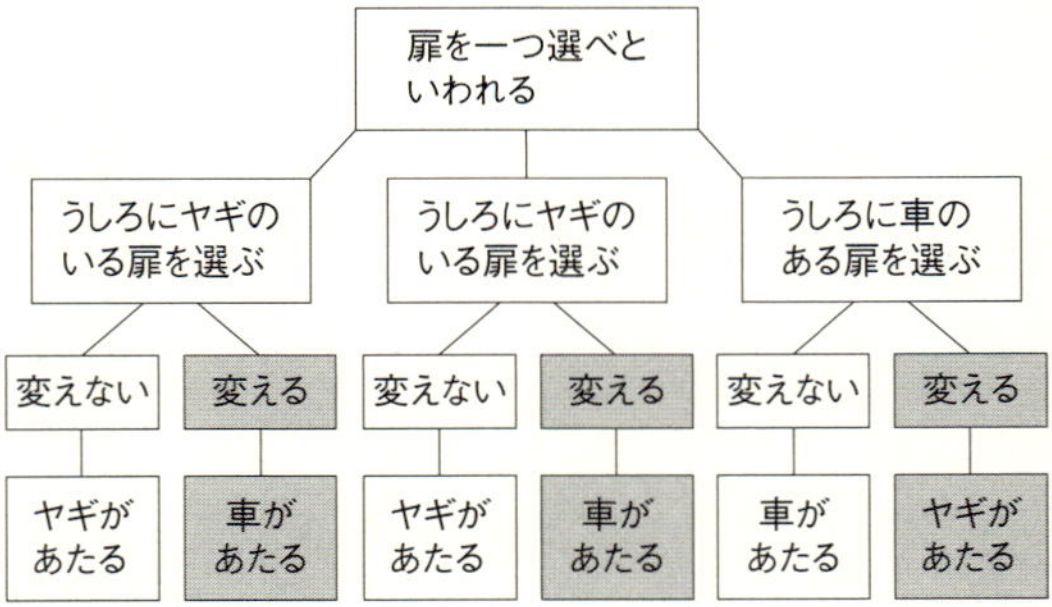

それゆえもしあなたが考えを変えるなら、3分の2の確率で車があたる。そしてそのまま考えを変えないとすると、車があたるのは3分の1の確率しかない。

そしてこれは直感というものはときどき判断を誤らせるものだということを示している。そして直感はひとが人生において決定をすることに使うものだ。しかし論理は、あなたが正しい答えをみちびきだす助けをしてくれる。

これはまたジェボンズ先生はまちがっていて、数というものはときどきとても複雑で、とても明快とはいえないものだということを示している。それだからぼくは**モンティ・ホール問題**が好きなのです。

103

　ぼくが家に帰るとロドリがいた。ロドリはお父さんのところで働いているひとで、暖房器具の保守点検やボイラーの修理を手伝っている。そして彼はときどき夜うちにやってきて、お父さんといっしょにビールを飲んだりテレビを見たりお父さんとおしゃべりをしたりする。

　ロドリはそこらじゅうに汚いしみのついた白のオーバーオールを着ていて、左手の中指に金の指輪をしていて、なんのにおいかわからないにおいがする。お父さんも仕事から帰ってくるとよくそういうにおいがする。

　ぼくはひもあめとミルキー・バーを、棚の上にのせてあるぼくの特別の食料箱に入れた、これはぼくのものなのでお父さんはさわってはいけないことになっている。

　するとお父さんがいった、「で、いままでどこに行っていたんだい？」

　それでぼくはいった、「ぼくはひもあめとミルキー・バーを買いに店に行っていた」

　そしたらお父さんはいった、「ずいぶん時間がかかったじゃないか」

　それでぼくはいった、「店の外にいたミセス・アレグザンダーの犬と話していた。それからその犬をなでてやったら、犬はぼくのズボンをくんくんかいだ」これもまた罪のない嘘だ。

するとロドリがぼくにいった、「よう、ずいぶんとしぼられるんだなあ」

しかしぼくはしぼられるというのがどういう意味かわからなかった。

そしたら彼はいった、「それで、元気かい、キャプテン？」

それでぼくはいった、「ぼくは元気です、ありがとう」こういうときにはこう答えることになっている。

そしたら彼はいった、「251かける864はいくつだ？」

それでぼくは考えてからいった、「216864」なぜかというとこれはとてもやさしいかけ算で、なぜかというと864に1000をかけると864000だ。それからそれを4で割ると216000で、これは250かける864の答えだ。251かける864の答えを出すためにはそれに864を足せばいい。そうすると216864になる。

それでぼくはいった、「これであっていますか？」

そしたらロドリはいった、「まったく見当もつきゃしねえよ」そして彼は笑った。ロドリに笑われるのはいやだ。ロドリはぼくのことをよく笑う。これは親しみを示しているのだとお父さんはいう。

そのときお父さんがいった、「ゴビ・アルー・サグのカレーをオーブンにつっこんでおくよ、いいな？」

それはなぜかというとぼくがインドの食べ物が好きだから、インドの食べ物はとてもからいから好きだ。でもゴビ・アルー・サグは色が黄色なので、食べる前に赤い着色料を入れることにしている。それでぼくはぼくの特別の食料箱にこの着色料のプラスチックの小びんを入れてある。

それでぼくはいった、「いいよ」

そしたらロドリがいった、「それじゃ、パーキーのやつ、やつらのしっぽをつかんだってとこですかね？」しかしこれはお父さんにいったので、ぼくにいったのではなかった。

そうしたらお父さんはいった、「まあな、あのくそったれ配電盤ときたらノアの方舟(はこぶね)からもちだしたしろものってとこだな」

そしたらロドリがいった、「連中に話すんで？」

するとお父さんがいった、「話してなんになる？　やつら、あいつを法廷にひっぱりだすつもりはあるまいよ」

そしたらロドリがいった、「そんなこたあないわな」

それでお父さんはいった。「さわらぬ神にたたりなし、ってね」

そこでぼくは庭に出た。

シボーン先生は、本を書くときは、いろいろなことの描写もしなければならないといった。ぼくは写真をとれるからそれを本にのせればいいといった。しかし本というものは、言葉を使っていろいろなことを描写するもので、ひとはそれを読んで自分の頭のなかに絵をかくのだと先生はいった。

そして先生は、おもしろいこととか、変わったことを描写するのがいちばんいいのよといった。

先生はまた、物語に登場する人物それぞれについて、一つか二つ細かいことを説明して書くようにといった、そうすれば読んだひとが頭のなかでその人物たちの絵をかけるでしょう。だからぼくはジェボンズ先生の靴にたくさんあいている穴のことを書いたし、鼻のなかに二匹のネズミを飼っているように見える警官のことを書いたし、ロドリがなんともいえないにおいがすることも書いた。

そこでぼくは庭の描写をすることにした。しかし庭はそれほどおもしろくもないし、変わってもいなかった。庭は庭で、草や物置小屋や洗濯ひもがあるだけだ。しかしいまのこの空はおもしろいし変わってもいる、なぜかというとふだんの空は見てもつまらない、なぜかというと空全体が青か灰色か、あるいは一種類の雲ですっかりおおわれているから、空が何百キロも上にあるようには見えない。大きな屋根にペンキをぬったみたいに見える。しかしいまのこの空はいろいろな種類の雲がちがった高さのところにたくさん出ているので、空がどんなに広いかよくわかるし、空全体をすごく大きなものに感じさせる。

空のいちばん遠いところには、魚のうろこや砂丘みたいな、とても規則的な模様になっている小さな白い雲がたくさんある。

それから西のほうのつぎに遠いところにはうっすらオレンジ色に染まったすこし大きい雲が見える、なぜオレンジ色に染まっているかというともう夕方で太陽が沈みかけているからである。

それから地面にいちばん近いところには、灰色をしたすごく大きな雲がある、これは雨雲だ。そうしてそれは先がとがった形をしていて、こんなふうに見える——

そして長い時間これを見ているとそれがとてもゆっくり動いているのがわかる、それは長さが数百キロメートルもある異星人の宇宙船みたい、たとえば『**デューン／砂の惑星**』とか『**ブレイクス7**』とか『**未知との遭遇**』とかに出てくるような。ただしこれは硬い材料でできているのではなく、水蒸気が凝縮した水滴でできている。それが雲の材料だ。

そしてことによるとそれは異星人の宇宙船だったかもしれない。

異星人の宇宙船は金属のようなしっかりした材料でできていて、全体にライトがついていて、空中をゆっくりと動いていくとひとは考えている。なぜかというともしぼくたちがああいう大きなものを作れるとしたら、そんなふうに宇宙船を作るだろうから。しかし異星人がもし存在するなら、おそらくぼくたちとはとてもちがっているはずだ。大きなナメクジみたいな形をしているかもしれない、あるいは水に映った影みたいにひらべったいかもしれない。あるいは惑星よりも大きいかもしれない。あるいはもともと体というものがないのかもしれない。コンピュータの中身みたいに、ただの情報だけかもしれない。そうだとすると異星人の宇宙船は雲みたいに見えるかもしれない、あるいは塵とか木の葉みたいなばらばらの物体でできているかもしれない。

それからぼくは庭の物音に耳をすました、鳥の鳴き声も聞こえた、海岸によせてくる波みたいな車の流れの騒音も聞こえた、だれかがどこかでかけている音楽や子どもがわめいている声も聞こえた。そうした音のあいまに、耳をじっとすませて、まったく身動きしないで立っていると、耳のなかのかすかにぶーんという音や鼻から空気が出たり入ったりする音も聞こえる。

そこでぼくは庭の空気がどんなにおいなのかたしかめるために空気をくんくんかいでみた。しかしなんのにおいもしなかった。それはにおいのないもののにおいだった。そしてこれはおもしろいことだった。

それからぼくは家のなかに入ってトビーに餌をやった。

107

『バスカヴィル家の犬』はぼくの好きな本である。

『バスカヴィル家の犬』のなかで、シャーロック・ホームズとワトスン博士はデヴォン州の荒れ地からやってきた医者のジェイムズ・モーティマーの訪問を受ける。ジェイムズ・モーティマーの友人、サー・チャールズ・バスカヴィルが心臓発作で死に、ジェイムズ・モーティマー医師は、彼は恐怖のあまり死んだのではないかと考えている。ジェイムズ・モーティマー医師はまたバスカヴィル家の呪いについて記した古文書をもってきた。

その古文書にはこう書いてある、サー・チャールズ・バスカヴィルにはサー・ヒューゴー・バスカヴィルと呼ばれる先祖がいて、そのひとは粗暴で神を信じない不敬な男だった。そして彼は郷士（ごうし）の娘とセックスをしようとした、しかし娘は逃れ、彼はそのあとを追って荒れ地へ出ていった、そして彼の友だちの命知らずののんだくれどもも彼のあとを追った。

そして彼らがサー・ヒューゴー・バスカヴィルを発見したとき、郷士の娘は恐怖と疲労のために死んでいた。そして彼らは犬の姿をした巨大な黒い野獣を見た、その姿は人間がこれまで目にしたいかなる犬よりも大きく、この犬はサー・ヒューゴー・バスカヴィルの喉首を食いちぎっているところだった。そして友だちのひとりはその晩恐怖のあまり死に、ほかのふたりはそれから一生のあいだ廃人となってしまった。

ジェイムズ・モーティマーは、バスカヴィル家の犬がサー・チャールズ・バスカヴィルをこわがらせて死に追いやったと考え、彼の息子であり相続人であるサー・ヘンリー・バスカヴィルがデヴォンの館におもむいたとき危険にさらされるかもしれないと心配している。

そこでシャーロック・ホームズはワトスン博士を、サー・ヘンリー・バスカヴィルとジェイムズ・モーティマーとともにデヴォンに送る。そしてワトスン博士はだれがサー・チャールズ・バスカヴィルを殺したのか突きとめようとする。そしてシャーロック・ホームズはロンドンに残ることにするというが、じつはこっそりひとりでデヴォンまで旅をし自分で調査をする。

そしてシャーロック・ホームズは、サー・チャールズを殺したのは蝶の蒐集家の隣人で、バスカヴィル家の遠縁にあたるステイプルトンという人物であることを発見した。そしてステイプルトンは貧乏なので、自分が館を相続できるようにサー・ヘンリー・バスカヴィルを殺そうとはかる。

この計画を果たすため、彼はロンドンから大きな犬を運んできて、それが暗闇でぼうっと光るようにその体に燐をぬった、それがサー・チャールズ・バスカヴィルをこわがらせて死にいたらしめた犬だった。そしてシャーロック・ホームズとワトスン博士とスコットランド・ヤードのレストレイド警部が彼を逮捕した。そしてシャーロック・ホームズとワトスン博士はその犬を拳銃で射殺した。この犬は、この物語で殺された犬のうちの一頭で、これはいい気分ではない、なぜかというと犬はなにも悪いことをしていないからだ。そしてステイプルトンは荒れ地の一部であるグリンペンの泥沼に逃げこみ、そこで死んだ、なぜかというと泥沼に吸いこまれたからだ。

この物語にはぼくのきらいなものがいくつかある。一つはあの古文書で、これは古い言葉で書かれているのでとてもわかりにくい。こんなふうに——

この物語より学ぶべし、過去の報いを恐れず、来るべき将来、慎重にことにあたることを。それによりてわが一族にかくも悲惨なる災厄をもたらした、かくも醜き人間の欲望が、わが一族の破滅を狙いふたたび解き放たれぬように。

そしてときどきサー・アーサー・コナン・ドイル（彼が作者だ）はこんなふうに人間を描写する。

その顔にはどこか暗い影があり、表情の卑しさ、おそらくは目の冷酷さ、締まりのない唇などが、その完璧な美しさを損なっていた。

お、そ、ら、く、は、目、の、冷、酷、さ、というのがどういうものかぼくにはわからない、そしてぼくはひとの顔には興味がない。

しかしときにはその言葉の意味がわからないというのもおもしろい、なぜかというとそうした言葉を辞書で引いてみることができるからだ、たとえば凹陥（これは深い窪みのこと）とか巖峻（これは岩がごつごつしている山の頂きのこと）とか。

ぼくは『**バスカヴィル家の犬**』が好きである、なぜかというとこれは探偵小説で、手がかりとか偽装がたくさんあるからだ。

これらは手がかりのいくつかです。

1　サー・ヘンリー・バスカヴィルの長靴が、ロンドンのホテルに滞在中になくなった

これはだれかがバスカヴィル家の犬に、ブラッドハウンドみたいに、この長靴のにおいをかがせようと思ったからだ、そうすれば犬は彼を追うことができる。ということは犬は超自然の存在ではなく、本物の犬ということである。

2　ステイプルトンは、グリンペンの泥沼を通りぬける道を知っているただひとりの人物で、彼はワトスン博士にあぶないからそこに近づいてはいけないという

これはステイプルトンが、グリンペンの泥沼のまんなかになにかをかくしているということで、彼はそれをだれかに発見されたくないのだ。

3　ステイプルトン夫人はワトスン博士に「すぐにロンドンにお帰りになって」という　これはなぜかというと彼女はワトスン博士こそサー・ヘンリー・バスカヴィルだと思いこんでいたからで、自分の夫が彼を殺そうとしていることを知っていたからである。

そしてこれらはいくつかの偽装です。

1　シャーロック・ホームズとワトスン博士はロンドンにいるとき、馬車に乗った黒ひげの男にあとをつけられた　これは、この男がバスカヴィル館の執事バリモアであると読者に思いこませる、なぜかというと黒いひげを生やしている男は彼だけだからである。しかしこの男はじつはつけひげで変装していたステイプルトンだった。

2　ノッティング・ヒルの殺人犯セルデン　これは近くの監獄から脱走してきた男で、荒れ地にひそんでいたところを追いまわされている、これは彼がこの物語となにか関係があるのではないかと読者に思わせる、なぜかというと彼は罪人だから、しかし彼はこの物語とはなんのかかわりもない。

3　岩山の上の男　これはワトスン博士が夜、荒れ地で見た男の影だが、ワトスン博士にはそれが何者かわからない、読者はこの影の男が殺人犯だろうと思う。しかしそれはデヴォンにひそかにやってきたシャーロック・ホームズだった。

ぼくが『**バスカヴィル家の犬**』が好きなもう一つの理由は、ぼくはシャーロック・ホームズが好きで、もしぼくが本物の探偵になれるとしたら、彼のような探偵になりたいからである。彼はとても頭がよくて謎を解いて、そしてこういう。

この世には、はっきり見えているのに、ひとびとがたまたま目にしてもぜったい気にとめないものがあふれている。

しかし彼はそれに気づく、ぼくが気づくように。そしてまた本ではこういっている。

シャーロック・ホームズは驚くほど自由自在に自分の意識を切りはなす能力をもっている。

これもまたぼくに似ている、なぜかというとぼくは、数学の問題を解くとか、アポロ宇宙計画やホホジロザメの本を読むとか、ほんとうに興味のあることをやっているときには、ほかのことにはなにも気づかなくて、お父さんが夕食だから来なさいと呼んでもぼくには聞こえない。そしてこれは、ぼくがチェスがとてもうまい理由である、なぜかというとぼくは自由自在に自分の意識を切りはなしてチェス盤に集中するからで、しばらくするとぼくの相手のひとは集中をやめて鼻をぼりぼり搔いたり、窓の外をながめたりして、しまいにまちがいをして、ぼくが勝つのだ。

そしてワトスン博士はシャーロック・ホームズについてこういっている。

……彼の頭は……これらの不思議な、一見関連のないできごとがぴったりとはまりあうような構図を組み立てるのに忙しかった。

そしてそれはぼくがこの本を書くときに試みようとしていることだ。

またシャーロック・ホームズは超自然的なもの、つまり神とかおとぎ話とか地獄の犬とか呪いとか、ばかばかしいことは信じていない。

そしてぼくはこの章をシャーロック・ホームズに関する二つの興味ある事実で結ぶつもりである。

1　シャーロック・ホームズの物語の原本では、シャーロック・ホームズは前後にひさしのある鳥打ち帽をかぶっているとはどこにも書かれていない、さし絵や漫画では彼はこれをいつもかぶっているけれど。この鳥打ち帽は、原本のさし絵をかいたシドニー・パジェットというひとによって考えだされたものである。

2　シャーロック・ホームズの物語の原本では、シャーロック・ホームズは「基本的なことだよ、ワトスン君」とは一度もいっていない。彼がこういうのは映画やテレビのなかだけである。

109

その晩ぼくは本をいくらか書いて、つぎの朝それを学校にもっていって、シボーン先生に読んでもらってつづりや文法がまちがっていないか教えてもらうことにした。

シボーン先生は午前中の休み時間のあいだに本を読んだ、休み時間のあいだ先生はほかの先生たちといっしょに運動場のはしにすわってコーヒーを飲む。そして休み時間がおわると先生がやってきてぼくのとなりにすわって、ぼくとミセス・アレグザンダーの会話の部分を読んだといって、それからこういった、「このことをお父さんに話したの？」

それでぼくは答えた、「いいえ」

そしたら先生はいった、「このことをお父さんに話すつもり？」

それでぼくは答えた、「いいえ」

そしたら先生はいった、「よかった、わたしもそのほうがいいと思うわ、クリストファー」それから先生はいった、「このことを知って悲しかった？」

それでぼくはきいた、「知ったって、なにを？」

そしたら先生はいった、「あなたのお母さんとミスタ・シアーズが浮気をしていたことを知って気持ちが動揺した？」

それでぼくはいった、「いいえ」

そしたら先生はいった、「ほんとうのことをいっているの、クリストファー？」

それでぼくはいった、「ぼくはいつもほんとうのことをいってます」

そしたら先生はいった、「それはわかっているわよ、クリストファー。でもときどき悲しくなっても、悲しいということを他人にいいたくないことがあるでしょ。それを秘密にしておきたいのね。あるいはときどき悲しいときがあるのに、自分は悲しいのだということがほんとにわかっていないこともある。だから悲しくないというのね。でもほんとうは悲しいのよ」

それでぼくはいった、「ぼくは悲しくない」

そしたら先生はいった、「もしそのことで悲しいと思うようになったら、あたしのところに来て話してほしいの。あたしに話すことであなたの悲しみが減ると思うから。それからもし悲しいと思わなくても、ただそのことについてあたしと話したいと思ったら、それでもいいから。わかった？」

それでぼくはいった、「わかった」

そしたら先生はいった、「よかった」

それでぼくは答えた、「でもぼくは悲しいとは思わない。なぜかというとお母さんは死んでいて、もう存在しないから。そしてなぜかというとミスタ・シアーズはもう近くにはいない。だからそれは現実ではないことや存在しないものについて悲しむということになる。そしてそれはばかなことです」

それからぼくは午前ちゅうは数学の練習問題をやって、昼食のキッシュは黄色だったので食べなかった、でもニンジンと豆にトマト・ケチャップをかけてどっさり食べた。それからデザートにはブラックベリーとリンゴのクランブル・ケーキを食べた、しかし上のつぶつぶは黄色だったので食べなかった、それでデイビス先生に、クランブルをぼくの皿におく前にそのつぶつぶを取ってもらった、なぜかというといろいろな種類の食べ物がくっつきあっても、それがぼくの皿にのる前ならばかまわないからである。

それから昼食のあと、午後はピーターズ先生と美術をやった。ぼくはこういう形の異星人の絵をかいた。

113

ぼくの記憶は映画のようだ。ぼくがものをおぼえるのがとてもうまいのはそれが理由だ、この本に書いてきた会話とか、ひとがなにを着ていたかとか、ひとがどんなにおいをさせていたかというようなことだ。なぜかというとぼくの記憶には音声記録帯のような臭気記録帯もあるからだ。

そしてひとがぼくになにかを思いだしなさいというとき、ぼくはビデオ・レコーダーを使うときのように、ただ**巻きもどし**や**早送り**や**一時停止**を押せばいいだけだ、しかしどちらかといえばDVDといったほうがいい、なぜかというと、ずっと昔に起こったことの記憶に達するまでに、そのあいだにあるすべての記憶をいちいち巻きもどしていく必要はないからだ。それにボタンもない、なぜかというとそれはぼくの頭で起こることだからだ。

だれかがぼくにいうとする、「クリストファー、あなたのお母さんはどんなひとだったか話して」するとぼくはたくさんのちがうシーンをいっぺんに巻きもどして、そうしたシーンのなかでお母さんがどんなふうだったか話す。

例をあげると、ぼくは一九九二年七月四日の記憶を巻きもどすことができる、ぼくはそのとき九歳で、この日は土曜日で、この休みはぼくたちはコーンウォールに来ていた、そして午後はポルペロというところの海岸にいた。お母さんは、デニムで作ったショートパンツに、明るい青のビキニ・トップを着て、ミント味のコンシュレートというたばこを吸っていた。それからお母さんは泳いでいなかった。赤と紫の縞のタオルの上で日光浴をしながら、『仮面舞踏会の人々』というジョージェット・ヘイヤーの書いた本を読んでいた。それから日光浴をおわりにして泳ぐために水のなかに入っていった。お母さんはいった、「うえっ、冷たい」それからぼくに水に入って泳ぐようにいった、しかしぼくは泳ぎはきらいだ、なぜかというと服をぬぐのがいやだからだ。そうしたらお母さんはぼくに、ズボンのすそをちょっと折って水のなかにちょっと入りなさいといったので、ぼくはそうした。そして水のなかに立っていた。そうしたらお母さんがいった、「ほら見て。なんてきれい」それからお母さんはあおむけにジャンプして水のなかに消えてしまった、ぼくはサメがお母さんを食べてしまったと思ってぎゃあぎゃあ悲鳴をあげた、するとお母さんは水のなかから出てきて、ぼくが立っているところにやってくると右手をあげて指を扇の形にひろげていった、「よしよし、クリストファー、あたしの手にさわって。さあさあ。さけぶのはやめなさい。あたしの手にさわって。あたしのいうことをおきき、クリストファー。あんたにはできるんだから」そしてしばらくしてぼくはさけぶのをやめて、左手をあげると指を扇の形にひろげて、ぼくたちは指と指をふれあわせた。そうしたらお母さんがいった。「だいじょうぶ、クリストファー。だいじょうぶ。コーンウォールにはサメはいないから」それでぼくはだいぶ気分がよくなった。

　ただしぼくは四歳より前のことはなにもおぼえていない、なぜかというとそのときまではちゃんとしたやり方でものを見ていなかったからだ、だからそれらはきちんと記録されなかった。

　そうしてぼくは相手のひとがだれだかわからないとき、こうやってひとを見わける。そのひとがなにを着ているかぼくは見る、あるいは、そのひとがステッキをもっているかどうか、あるいは変わった髪の毛かどうか、あるいは眼鏡の特別な形とか、腕の動かしかたが特別変わっているかとかいうところを見る、そしてそのひとに前に会ったことがあるかどうか調べるためにぼくの記憶のなかを**サーチ**する。

　そしてこれはまた、むずかしい状況にあってどうしていいかわからないとき、どう行動すればよいか知る方法でもある。

　例をあげると、もしひとが、わけのわからないことをいうとする、「あばよ、かばよ」とか「そんなかっこうしてたら風邪の神さまにつかまるよ」とか、そうしたらぼくは**サーチ**して、だれかが前にこういうことをいったのを聞いたことがあるかどうか調べる。

　それからもしだれかが学校の床の上でひっくりかえっているとすると、ぼくは自分の記憶を**サーチ**して、だれかがてんかんの発作を起こしている画像をさがして、それからその画像を、いまぼくの目の前で起こっているものとくらべて、そのひとがただ寝ころがってゲームをしているのか、眠っているのか、あるいはてんかんの発作を起こしているのかきめる。そしてもしそのひとがてんかんの発作を起こしているのだとすると、ぼくはそのひとが頭を打ちつけないようにそばにある家具を動かし、それからぼくのジャンパーをぬいでそのひとの頭の下に押しこんで、それから先生をさがしにいく。

ほかのひとたちも頭のなかに画像をもっている。しかしそれらはぼくのとはちがう、なぜかというとぼくの頭の画像はぜんぶじっさいに起こったことだ。しかしほかのひとたちの頭のなかにある画像のなかには、現実のことではなく、じっさいに起こったことではないものが多い。

例をあげると、ときどきお母さんはこういった、「もしあたしがあんたのお父さんと結婚していなかったら、あたしは、ジャンとかいう名前のひとといっしょに南フランスの小さな農家で暮らしていたかもしれないな。それで彼はね、ええと、土地の便利屋なの。そう、ひとのためにペンキをぬったり、家の装飾をしたり、庭仕事をしたり、塀をこしらえたりするの。それから家にはベランダがあっていちじくの木がその上にしげっていて、庭のはじっこにはひまわり畑があって、それから遠くの丘の上に小さな町があって、あたしたちは夕方になると外にすわって、赤ワインを飲みながら、ゴロワーズを吸って、お日さまが沈んでいくのをながめてるの」

それからシボーン先生は一度こういったことがある。気持ちが沈んだり悲しかったりすると、目を閉じて、自分はケープコッドの家に友だちのエリーといっしょにいると想像する、そしてふたりはボートに乗ってプロビンスタウンから湾のほうに出て、そこでザトウクジラを見るんだと想像すると、気分が落ち着いてとてもしあわせな気持ちになる。

そしてときどき、お母さんが死んだときみたいにだれかが死んだときひとはいう、「もしお母さんがいまここにいたらお母さんになんといいたい？」あるいは「あなたのお母さんだったらどう思うかしらね？」これはばかばかしいことだ、なぜかというとお母さんは死んでいるのだから、死んだひとに話しかけることはできないし、死んだひとは考えることはできないからだ。

そしておばあちゃんも頭のなかに画像をもっている、しかしおばあちゃんの画像はみんなごちゃごちゃになっている、だれかがフィルムをごたまぜにしてしまったみたいに。それでおばあちゃんはなにがどんな順番で起こったかということがわからない、だから、死んだひとがまだ生きていると思っていたり、それが現実に起こったことなのか、テレビのなかで起こったことなのかわからない。

127

学校から家に帰るとお父さんはまだ仕事から帰っていなかったのでぼくは玄関のドアの鍵を開けてなかに入ってコートをぬいだ。キッチンに行ってテーブルの上に自分のもちものをおいた。そのなかには学校にもっていってシボーン先生に見せたこの本も入っていた。ぼくはラズベリー・ミルクセーキをこしらえて電子レンジであたためて、それから居間へ行って、大洋のいちばん深いところにいる生物のビデオ、『**青い地球**』の一つを見ることにした。

このビデオは、硫黄孔のまわりにすんでいる海の生き物をとったものだ、硫黄孔というのは海底火山のことで、ここでは地殻からガスが水中に噴き出している。科学者たちは、そんなところに生命体が存在するとは思っていなかった、なぜかというとそこはとても熱くて毒があるところだから、しかしそこにも生態系があるのです。

ぼくはこのビデオが好きだ、なぜかというと科学はいつも新しいものを発見する、そしてあたりまえだと思っていた事実がまったくまちがいだということもありうるからだ。それにまたぼくは、彼らが、海面からたった数千メートルしかはなれていないのにエベレスト山の頂上よりもたどりつくのがたいへんな場所で撮影しているという事実が好きだ。そしてそこは地球の表面上でもっとも静かでもっとも暗くてもっとも神秘的な場所の一つだ。ぼくは、ときどきそこにもぐることを考えるのが好きだ、水圧で破裂しないように三十センチの厚さの窓をつけた球状の金属の潜水艇に乗って、そしてそのなかにいるのはぼくひとりだけで、それは大きな船と切りはなされていて自力で操縦することができて、ぼくはエンジンを操作して、海底のどこにでも好きなところに動いていけて、ぜったいに発見はされない、と想像する。

お父さんは午後五時四十八分に帰ってきた。玄関のドアから入ってくる物音が聞こえた。それからお父さんは居間に行った。お父さんは黄緑色と空色のチェックのシャツを着ていて、片方の靴のひもは二重結びにしていたけれども、もう片方のひもはしていなかった。お父さんはファッセルの粉ミルクの古い看板をもっていて、その看板は金属製で青と白のエナメルがぬってあり、銃弾の穴みたいな錆びてあいた小さな穴がいっぱいあった。しかしなぜそんなものをもってきたのかお父さんは説明しなかった。

お父さんはいった、「やあ、相棒」これはお父さんがよくいうジョークだ。

それでぼくはいった、「やあ」

ぼくはビデオを見つづけて、お父さんはキッチンに入っていった。

ぼくはぼくの本をキッチンのテーブルの上においたことを忘れていた、なぜかというと『**青い地球**』がとてもおもしろかったからだ。これがいわゆる、警戒をゆるめるということだ、そしてもし探偵なら、これはぜったいにやってはいけないことである。

午後五時五十四分、お父さんが居間にもどってきた。お父さんはいった、「こいつはなんだ？」しかしその声はとても静かだった。お父さんがどなっていないので怒っているということがわからなかった。

お父さんはあの本を右手にもっていた。

ぼくはいった、「それはぼくが書いている本です」

そしたらお父さんはいった、「これはほんとのことか？　ミセス・アレグザンダーとしゃべったのか？」お父さんはまたとても静かにいったので、ぼくはお父さんが怒っているということがまだわからなかった。

それでぼくはいった、「はい」

そうするとお父さんはいった、「このくそがきめ、クリストファー。おまえはなんてばかなんだ？」

これはシボーン先生がいう修辞的質問と呼ばれているものだ。最後に疑問符がついているけれども、それに答えなくてもいい、なぜかというと質問したひとはもうすでに答えを知っているからだ。修辞的質問を見わけるのはむずかしい。

するとお父さんはいった、「いったいおれはてめえになんといった、クリストファー？」

これはずっと大きな声だった。

それでぼくは答えた、「ミスタ・シアーズの名前をうちでは口に出さない。それからミセス・シアーズにもほかのだれにも、だれがあのくそ犬を殺したのかということをきいてはいけない。それから他人の家の庭に入りこんではいけない。それからこのあほらしい探偵ごっこはやめること。ただしぼくはそんなことはなにもしていない。ぼくはただミスタ・シアーズのことをミセス・アレグザンダーにきいただけで、なぜかというと……」

しかしお父さんはぼくをさえぎっていった、「そんなたわごとは聞きたくない、このくそがきが。てめえがどんなひでえことをやってたか、ちゃんとわかってるんだ。おれはこの本を読んだんだぞ」そしてお父さんはそういいながら、あの本を上にさしあげてふりまわした。「おれはほかになんといった、クリストファー?」

これもまた修辞的質問かもしれないと思った、しかしよくわからなかった。ぼくはなんといえばいいのかわからなくなった、なぜかというととてもこわくなって頭がごちゃごちゃしてきたからだ。

お父さんはその質問をくりかえした、「おれはほかになんといった、クリストファー?」

ぼくはいった、「わからない」

そしたらお父さんはいった、「おいおい。てめえは記憶屋なんだろ」

しかしぼくは考えることができなかった。

そしたらお父さんがいった、「他人ごとに首をつっこむなだ。それでてめえはなにをした。てめえは他人ごとにその首をつっこんでまわったんだ。過去のことをほじくりかえして、そいつをそんじょそこらのだれかれと見さかいなしにしゃべくりあった。いったいおれはおまえをどうすりゃいいんだい、クリストファー?　いってえてめえをどうすりゃいいっていってんだよ？」

ぼくはいった、「ぼくはただミセス・アレグザンダーとちょっとおしゃべりしただけです。調査なんかしていなかった」

そしたらお父さんはいった、「一つだけ、おれのいうことをきいてくれよ、クリストファー。一つだけでいい」

それでぼくはいった、「ぼくはミセス・アレグザンダーと話なんかしたくなかった。ミセス・アレグザンダーのほうが……」

しかしお父さんはぼくをさえぎり、それからぼくの腕をとても強くつかんだ。

お父さんはいままでこんなふうにぼくをつかんだことはない。お母さんはときどきぼくをぶった、なぜかというとお母さんはとても短気な人間なので、ということはほかのひとよりずっと怒りっぽくてすぐにどなるということだ。しかしお父さんはもっと冷静な人間で、ということはすぐには怒らないし、すぐにどなったりもしない。だからお父さんがぼくをつかんだときにはぼくはとても驚いた。

ひとに体をつかまれるのはいやだ。驚かされるのもいやだ。それでぼくはお父さんをなぐった、警官がぼくの腕をつかんでひっぱり起こそうとしたときぼくがなぐったみたいに。しかしお父さんは手をはなさなかった、そしてどなっていた。それでぼくはもう一度お父さんをなぐった。それからあとは自分がなにをしているのかわからなくなった。

しばらくのあいだなんの記憶もなかった。しばらくだけだったということはわかる、なぜかというとあとで時計を調べたからだ。まるでだれかがぼくのスイッチを切って、それからまたスイッチを入れたみたいだった。そしてだれかがもう一度スイッチを入れたとき、ぼくはカーペットの上にすわって背中を壁にもたせかけていて、右手から血が出ていて、頭の横のところが痛かった。そしてお父さんはぼくの前の一メートルはなれたカーペットの上に立ってぼくを見おろしていて、そして右手にはまだぼくの本をもっていた、しかし本は半分に折れていて、ページのはしがみんなめちゃくちゃになっていた。それからお父さんの首にはひっかいたあとがあって、黄緑色と空色のチェックのシャツの袖は大きく裂けていて、お父さんはとても荒い息をついていた。

一分ほどするとお父さんは背中をむけてキッチンのほうに歩いていった。それから庭に出る裏口のドアの鍵を開けて外に出ていった。お父さんがごみ缶のふたをもちあげて、そのなかになにかを落としてそれからまたふたをもどす音が聞こえた。それからまたキッチンにもどってきた、しかしもうあの本はもってはいなかった。それからお父さんは裏口のドアの鍵を閉めて、その鍵を太ったシスターみたいな形をした小さな陶器の水さしにほうりこんだ。それからキッチンのまんなかに立って目をつぶった。

それから目を開いていった。「ビールでもひっかけたいぜ」

それからお父さんはビールの缶をもってきた。

131

これはぼくが黄色と茶色がきらいな理由のいくつかです。

黄色

1 **カスタード**

2 **バナナ**（バナナは茶色にもなる）

3 **駐車禁止の黄色の二重線**

4 **黄熱病**（これはアメリカの熱帯と西アフリカにある病気で、これにかかると高熱が出て急性腎炎、黄疸、内出血が起こる。そしてこれはアエギス・アエギプティと呼ばれる蚊にさされることによってウイルスに感染して発病する。この蚊はかつてはステゴマイア・ファスキアタと呼ばれていた、そして腎炎とは腎臓の炎症である）

5 **黄色の花**（なぜかというとぼくは花粉で花粉症になるからで、これは三種類ある花粉症の一つで、あとの二つは草花の花粉ときのこ類の胞子で、花粉症のせいでぼくは気分が悪くなる）

6　とうもろこし（なぜかというとこれはうんちのなかにそのまま出てきて、消化しないので、草とか木の葉みたいに、ほんとうは食べることにはなっていないものだ）

茶色

1　泥

2　グレイビー

3　うんち

4　木材（なぜかというとひとはむかし器械や乗り物を木材で作っていた、しかしもう木材は使わない、なぜかというと木材は割れるし、腐るし、ときどき虫がつくことがある。それでいまは金属やプラスチックで機械や乗り物を作る、このほうがずっといいし、ずっと近代的である）

5　メリッサ・ブラウン（このひとは学校の女の子で、アニルやモハメドみたいにじっさいに皮膚が茶色なのではなく、名前がブラウンというだけだ。しかし彼女はぼくの大きな宇宙飛行士の絵を二つに破いてしまったので、ピーターズ先生がセロテープで二つをはりあわせてくれたけれども、ぼくは捨ててしまった、なぜかというとどう見ても破けているからだ）

フォーブズ先生は、黄色や茶色がきらいというのはばかげているといった。そしてシボーン先生は、そういうことはいうべきではない、だれにも好きな色がありますよといった。そしてシボーン先生は正しい。しかしフォーブズ先生もちょっとだけ正しい、なぜかというとそれはやっぱりばかげていることだから。しかし人生では、どちらかにきめなければならないことがたくさんある、そしてもしどちらかにきめないと、ずうっとなにもしないことになる、なぜかというと自分ができることのなかからどれかを選ぶのに時間をぜんぶ使ってしまうからだ。だから、なにかがきらいだとか、なにかが好きだとかいう理由があるのはよいことだ。お父さんがときどきバーニー・インに連れていってくれるときみたいに、レストランではよくあることだけれど、メニューを見て、なにを食べるか選ばなければならない。しかしいままで食べたことがないものが好きかどうかはわからない、だから自分の好きなものがあればそれを選ぶことになり、きらいなものは選ばない、だから簡単である。

137

つぎの日お父さんは、おまえをぶって悪かったな、ぶつつもりはなかったんだといった。そしてお父さんはぼくのほっぺたの切り傷を、ばい菌が入らないようにデトールで消毒してくれて、それから血が出ないように傷の上にばんそうこうをはってくれた。

それから、きょうは土曜日だから、おわびのしるしに遠出をしようといって、ぼくたちはトワイクロス動物園に行くことになった。そこでお父さんはぼくのために白パンとトマトとレタスとハムとイチゴジャムでサンドイッチをこしらえてくれた、なぜかというとぼくは知らない場所で売っている食べ物は食べたくないからだ。それからお父さんは天気予報は雨といっているから動物園にはひとはたくさんいないからだいじょうぶだといった。ぼくはそれを聞いてうれしかった、なぜかというとぼくはひとがおおぜいいるのはいやだし、雨降りは好きだから。そこでぼくはオレンジ色のレインコートを取ってきた。

それからトワイクロス動物園に車で行った。

ぼくはいままでにトワイクロス動物園には行ったことがなかったので、そこに着くまでは様子がわからなかった。そこでぼくたちは案内所でガイドブックを買ってそれから動物園のなかをぜんぶ歩いてまわった。そしてどれがいちばん好きな動物かぼくはきめた。
ぼくの好きな動物は――

1　ランディマン　これはいちばん年よりの**クロクモザル**（アテレス・パニスクス）ではじめて捕らえられたものである。ランディマンは四十四歳で、お父さんと同い年だ。彼はその昔は船で飼われていて、おなかのまわりに金属のベルトをしていた、海賊の物語のなかに出てくるみたいに。

2　パタゴニアアシカ　この二頭はミラクルとスターという名前である。

3　マリク　これは**オランウータン**である。ぼくはこれがとくに気に入った、なぜかというとこれは緑色の縞っぽいパジャマのズボンからこしらえたハンモックみたいなものに寝ていて、檻(おり)の横の青いプラスチックの看板には、オランウータンが自分でそのハンモックを作ったと書いてあったからだ。

それからぼくたちはカフェに行ってお父さんはフィッシュ・アンド・チップスとアップルパイとアイスクリームを食べて、アールグレイの紅茶をポットでもらって飲んで、それからぼくはぼくのサンドイッチを食べて、それから動物園のガイドブックを読んだ。

そしたらお父さんがいった、「おれはおまえをうんと愛しているんだよ、クリストファー。そのことをぜったい忘れないでくれよ。ときたまかんしゃくを起こすのはわかってる。怒っちゃうこともある。どなっちゃうこともある。やってはいけないということはわかってる。けどな、おまえのことが心配で、ついやっちゃうんだよ、おまえが面倒なことにまきこまれるのを見ていたくないんだ、おまえが痛いめにあうのを見たくないんだ。わかるかい？」

わかったかどうかぼくにはわからない。だからぼくはいった、「わからない」

そしたらお父さんはいった、「クリストファー、おれがおまえを愛していることはわかるかい？」

それでぼくはいった、「はい」なぜかというとだれかを愛するということは、そのひとが困ったときに、そのひとをたすけること、そのひとの世話をすること、そしてそのひとにほんとうのことを話すことだから、そしてお父さんはぼくが困ったことにまきこまれたとき、たとえば警察に連れていかれたときには、ぼくの面倒をみてくれるし、ぼくのために料理をしてぼくの世話をしてくれるし、いつでもほんとうのことをぼくに話す、ということはお父さんはぼくを愛しているということだ。

それからお父さんは右手をさしあげて指を扇の形にひろげた、ぼくは左手をさしあげて指を扇の形にひろげ、ぼくたちは指と指をたがいにふれあわせた。

それからぼくはカバンのなかから紙を出して、一つのテストとして動物園の地図をおぼえているままにかいた。その地図とはこうです。

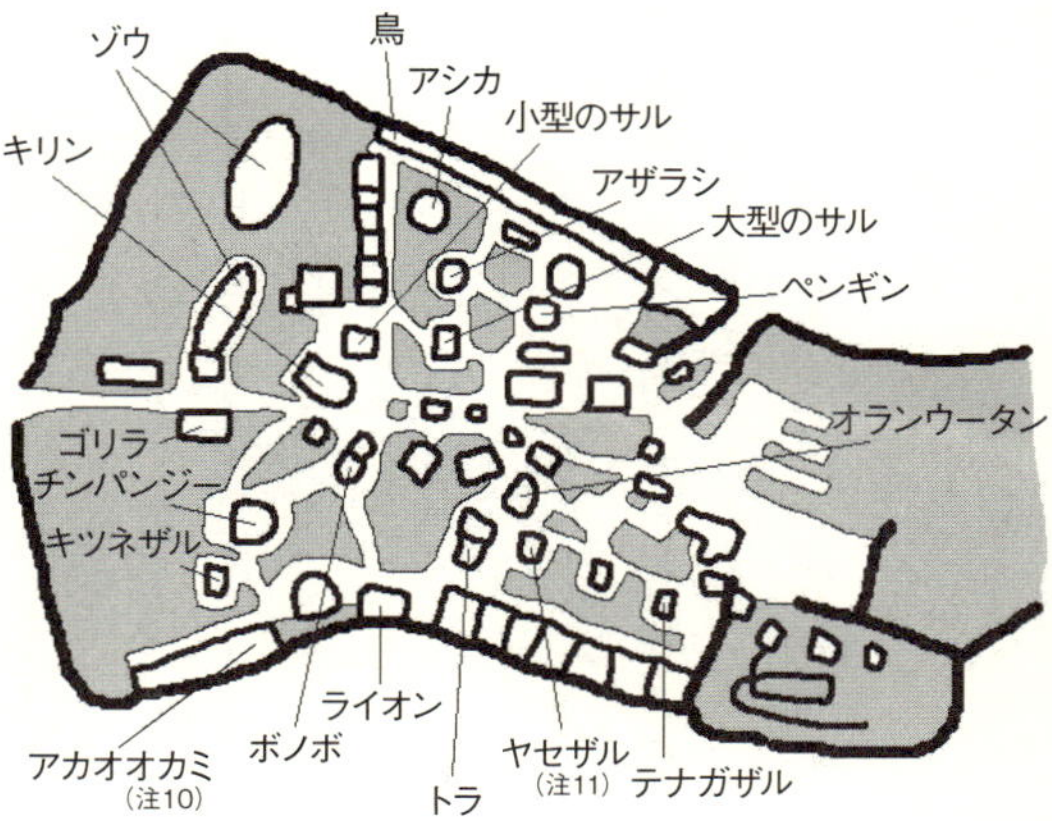

それからぼくたちはキリンを見にいった。キリンのうんちのにおいは、学校で飼っているアレチネズミの籠（かご）のなかのにおいと同じだった。キリンが走るときは、足がとても長いので、まるでスローモーションで走っているみたいに見える。

それからお父さんは道が混まないうちに家に帰ろうといった。

（注10）アカオオカミは、インディアン・ワイルド・ドッグの仲間で、キツネに似ている。
（注11）ヤセザルは、ハヌマンラングールともいう。

139

ぼくはシャーロック・ホームズが好きです、しかしシャーロック・ホームズの物語の作者であるサー・アーサー・コナン・ドイルは好きではない。なぜかというと彼はシャーロック・ホームズとはちがって超自然現象を信じていたからである。そして彼は年をとると降霊術（こうれいじゅつ）協会に入った、ということは彼は死者と連絡が取れると信じていたということだ。これは彼の息子が第一次世界大戦中にインフルエンザで死んだので、彼はまだ息子と話したかったからだ。

そして一九一七年に、**コティングリー妖精事件**と呼ばれているとても有名な事件が起こった。九歳のフランシス・グリフィスと十六歳のエルシー・ライトといういとこ同士のふたりが、自分たちはコティングリー・ベックという小川のそばで妖精たちと遊んでいるといったのだ、そしてふたりはエルシーのお父さんのカメラを使ってこんなふうな妖精の写真を五枚とった。

しかしそれは本物の妖精ではなかった。紙にかいた妖精の絵を切りぬいてピンを何本か使って立てたのだ。なぜかというとエルシーはとても絵がじょうずだったからです。

いんちき写真の専門家であるハロルド・スネリングはこういった。

踊っているこれらの画像は紙や布で作られたものではない。印画紙の上に絵をかいたのでもない。だがわたしをいちばん驚かせたのはこれらの画像がフィルムの露出中にみんな動いていたということだ。

しかし彼はばかである、なぜかというと紙は露出中でも動くことはあるし、この露出時間はとても長かった、なぜかというと写真を見ると、背景の小さな滝がぼやけているからだ。

そうしてサー・アーサー・コナン・ドイルはこ

の写真のことを聞くと、《ストランド》という雑誌に、これらは本物だと信じているという記事をのせた。だが彼もばかだ、なぜかというと、この写真をよく見ると、妖精たちは昔の本に出てくる妖精にそっくりで、翼があり、服を着てタイツや靴をはいている。これは、地球にやってきた異星人そっくりで、『ドクター・フー』のダレク族とか、『スター・ウォーズ』のデス・スターからやってきた帝国突撃隊とか、異星人をかいた漫画のなかに出てくる緑色の小人なんかにも似ている。

そして一九八一年に、ジョー・クーパーというひとがエルシー・ライトとフランシス・グリフィスにインタビューして、その記事が《アンイクスプレインド》という雑誌にのった。そこでエルシー・ライトは五枚の写真はぜんぶいんちき写真だといった、そしてフランシス・グリフィスは四枚はいんちき写真だけれども一枚は本物だといった。そしてエルシーはアーサー・シェパースンというひとが書いた『メアリー王女のギフト・ブック』という本にのっている妖精の絵をそのままかいたのだといった。

そしてこのことは、ときどき人間はばかになりたいと思うもので、真実を知りたいと思わないものだということを示している。

そしてこのことは〝オッカムのかみそり〟といわれているものはほんとうだということを示している。そして〝オッカムのかみそり〟というのは男のひとがひげをそるのに使うかみそりではなくて、法則で、それはこういうものだ。

エンティア・ノン・スント・ムルティプリカンダ・プラエテル・ネケシタテム。

これはラテン語で、その意味は——

絶対的に必然的なものでないかぎり、それらが存在すると推定すべきではない。

ということは殺人の被害者はふつう知っているひとに殺されるということで、妖精たちは紙でこしらえられたもので、死んだひとと話をすることはできないということだ。

149

月曜日に学校に行くとシボーン先生がどうしてあなたの顔の横にあざがあるのときいた。お父さんが怒ってぼくの腕をつかんだのでぼくがお父さんをなぐってそれから取っ組み合いになったのだとぼくはいった。シボーン先生はお父さんがぼくをなぐったのかきいたけれども、ぼくはかっとなって記憶がへんてこになってしまったのでぼくにはわからないといった。そうすると先生はお父さんは怒ったからあなたをなぐったのでしょうといった。それでぼくはいった、お父さんはぼくをなぐったのではなくてぼくの腕をつかんだ、でもお父さんは怒っていた。するとシボーン先生は、お父さんはあなたを強くつかんだのときいたので、強くつかんだとぼくはいった。そしたらシボーン先生は、家に帰るのがこわいですかときいたので、ぼくはこわくないといった。すると先生は、このことについてもっと話したいですかときいたので、ぼくは話したくないといった。すると先生は「わかった」といって、ぼくたちはそのことはもう話さなかった、なぜかというとつかむというのはかまわないから、怒っているとき、つかんでもそれが腕や肩ならかまわないから。しかしひとの髪の毛や顔をつかんではいけない。そしてなぐるのはいけない、ただしだれかと取っ組み合いのけんかをしていればべつで、そういうときはそれほど悪いことでもない。

そうしてぼくが学校から家に帰るとお父さんはまだ仕事から帰っていなかったのでぼくはキッチンに行ってシスターの形をした小さな陶器の水さしのなかから鍵を取り出して裏口のドアを開けて外に出てそれからごみ缶のなかをのぞいてぼくの本をさがした。

ぼくは本を取りもどしたかった、なぜかというとぼくはあれを書くのがたのしみだからである。やらなければならない研究課題があるというのはたのしみで、ことにそれが本を書くというようなむずかしい課題ならなおさらうれしい。それに、だれがウエリントンを殺したかということがまだわかっていないし、ぼくの本にはぼくが発見した手がかりがぜんぶ記録してあるので、それが捨てられてしまうのはいやだった。

しかしぼくの本はごみ缶のなかにはなかった。

ぼくはごみ缶のふたをもとにもどして、それからぼくは庭にまわってお父さんが庭で出るごみを、たとえば刈った芝草とか木から落ちたリンゴとかを入れておくごみ箱のなかを見てみた、しかしぼくの本はそのなかにもなかった。

お父さんはあれをバンにのせて道のむこうまで行ってそこにある大きなごみ箱にほうりこんだのかもしれない、しかしそうではないようにとぼくは願った、なぜかというともしそうならぼくはあの本と二度と会えないのだから。

もう一つの可能性は、お父さんがぼくの本を家のどこかにかくしたということだ。そこでぼくは調査をしてそれを発見できないかやってみることにした。ただしそのあいだずっと耳をすましていなければならない、そうすればお父さんが家の外にバンを止めたとき音が聞こえるのでそうすればお父さんはぼくが調査をしているところをつかまえることはできない。

ぼくはまずキッチンからはじめた。ぼくの本はおよそ**35センチ×25センチ×1センチ**で、だからうんとせまいところにはかくせない、ということはうんとせまいところは見る必要はないということだ。ぼくは、食器戸棚の上、引き出しのうしろのすきま、オーブンの下をさがした、それからぼくの特別のマグライトの懐中電灯と家事室にあった小さな鏡を使って食器戸棚のうしろの暗いすきまをのぞいてみた、ここはネズミが庭から入りこんで赤ん坊を産むところだ。

そうしてぼくは家事室を調査した。

そうしてぼくは食堂を調査した。

そうしてぼくは居間を調査した。そこでぼくはソファの下からエアフィックスのメッサーシュミットBf109G‐6モデルのなくなった車輪を発見した。

そのときお父さんが玄関のドアを開けて入ってくる音が聞こえたような気がして、ぼくはとびあがってあわてて立とうとしたらひざをコーヒー・テーブルの角にぶつけてしまってとても痛かった、しかしそれはとなりのドラッグのひとたちのひとりが床になにかを落とした音だった。

そこでぼくは二階へ行った、しかし自分の部屋ではなんの調査もしなかった、なぜかというとお父さんが、ぼくから取りあげたものをぼくの部屋にかくすはずはないとぼくは推理したからだ、お父さんがとても頭がよくて、ほんとうの殺人ミステリ小説に出てくるような裏の裏をかくというようなことをするひとでないならば。そこで本がもし万一ほかのどこでも見つからなかったら自分の部屋をさがしてみるということにした。

ぼくはバスルームを調査した、しかし見るべき場所は乾燥室だけで、そこにはなにもなかった。

ということは残る部屋はお父さんの寝室だけだ。あそこをさがしてもいいかどうかぼくにはわからなかった、なぜかというとお父さんは前に自分の部屋にあるものをひっかきまわしてはいけないといったからだ。しかしお父さんがぼくから取りあげたものをかくすつもりなら、いちばんいい場所はお父さんの部屋だ。

そこでぼくは、お父さんの部屋にあるものをひっかきまわさないようにしようと思った。なにかを動かしてもまたもとのところにもどしておく。そうすればお父さんには、ぼくが動かしたことはぜったいわからないだろう、それならお父さんは怒ることもない。

ぼくはまずベッドの下を見た。そこには靴が七個と髪の毛がいっぱいついた櫛(くし)が一つと銅管の切れはしが一つとチョコレート・ビスケットが一つと《**フィエスタ**》というポルノ雑誌が一冊と死んだ蜂が一匹と漫画のホーマー・シンプソンの模様のネクタイが一本と木製のスプーンが一本あった、しかしぼくの本はなかった。

それから化粧台の両わきの引き出しをのぞいた、しかしこのなかにはアスピリンと爪切りと電池とデンタル・フロスとタンポン一個とティッシュが何枚かと、お父さんが庭に鳥の巣箱を取りつけようとして梯子(はしご)から落ちたとき歯が折れてそのあとにできたすきまをうめるための入れ歯をなくしたとき困らないように予備に作った入れ歯があった、しかしぼくの本はそこにもなかった。

それからぼくはお父さんの衣装戸棚も見た。ここにはお父さんの服がいっぱいハンガーにかかっていた。上のほうに小さな棚があって、それはベッドに立てば見ることができた、しかしもしお父さんが調査をやるとしたらお父さんに手がかりをあたえてしまうような泥の足跡を残してしまう恐れがあるのでぼくは靴をぬぐことにした。しかし棚の上にあったのはまたポルノ雑誌が何冊かと、こわれたサンドイッチ・トースターと針金のハンガー十二本とお母さんのものだった古いヘアドライヤーがのっていただけだった。

戸棚の下のほうには大きなプラスチックの道具箱があって、それには日曜大工をやるためのドリル一本、ペンキのはけ一本、ねじまわし数本、ハンマー一本がつまっていた、しかし箱を開けなくてもぼくにはそれらが見えた、なぜなら箱は透明な灰色のプラスチック製だったからだ。

そのとき道具箱の下にもう一つ箱があるのが見えたので、ぼくは道具箱を戸棚から出した。もう一つの箱は古いボール紙の箱で、これはワイシャツ箱と呼ばれている、なぜかというとワイシャツがこの箱に入って売られているからだ。そしてそのワイシャツ箱を開けると、そのなかにぼくの本が入っていた。

それでぼくはどうしていいかわからなかった。

ぼくはうれしかった、なぜかというとお父さんはぼくの本を捨てなかったからだ。しかしもしぼくがこの本をもちだせば、お父さんにはぼくがこの部屋のものをひっかきまわしたことがわかってしまう、そしてお父さんはとても怒るだろう、ぼくはお父さんの部屋のものをひっかきまわさないと約束したのだから。

そのときお父さんのバンが家の外に止まる音が聞こえた、それでぼくは頭を急いで働かせて考えなければならなかった。そこでぼくは本をもとどおりにおいておくことにした、なぜかというとお父さんはぼくの本をワイシャツ箱に入れておいたのだから捨てるつもりはないだろう、ぼくは新しい本を書いて、それをぜったい秘密にしておけばいい、それから、たぶんあとになればお父さんは考えを変えてぼくにこの最初の本を返してくれるかもしれない、そうしたらぼくは新しく書いた本の中身をこの本に書きうつせばいい。そしてもしお父さんが返してくれなくても、ぼくはこれまで書いたことはほとんどぜんぶ思いだすことができるから、それを二冊めの秘密の本に書きうつせばいい、そしてもし自分が正しくおぼえているかどうかたしかめたい箇所があるなら、お父さんがいないときにこの部屋に入って調べればいい。

そのときお父さんがバンのドアを閉める音が聞こえた。

そのときだ、ぼくがあの封筒を見つけたのは。

それはぼく宛ての封筒でワイシャツの箱のなかにほかの封筒といっしょにぼくの本の下においてあった。ぼくはそれを取りあげた。封は開けられていなかった。封筒にはこう書いてあった。

クリストファー・ブーンさま
ウィルトシャー州スウィンドン市
ランドルフ・ストリート三十六番地

そのときぼくはほかにも封筒がたくさんあって、どれもみんなぼく宛てなのに気がついた。これはおもしろいことだが頭が混乱する。

そうしてまたぼくはクリストファーとスウィンドンという文字の書き方に気がついた。それらはこんなふうに書かれていた。

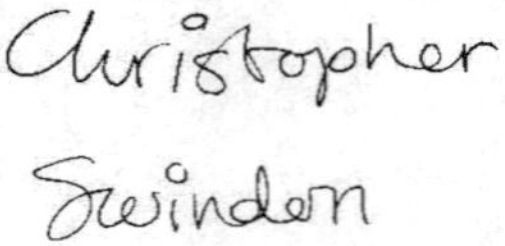

iという文字の点のかわりに小さな輪を書くひとは三人しか知らない。その一人はシボーン先生、もう一人はまえに教わっていたロクスレー先生、そしてあとの一人はお母さんだ。

そしてそのときお父さんが玄関のドアを開ける音がしたので、ぼくは本の下から封筒を一通だけ取ってからワイシャツ箱のふたを閉めて、その上に道具箱をおいて、戸棚の扉をそうっと閉めた。

そのときお父さんが大声で呼んだ。「クリストファー？」

ぼくはなにもいわなかった、なぜかというと、ぼくがどの部屋で返事をしているかお父さんにわかってしまうかもしれないからだ。ぼくは封筒をもったまま立ちあがってベッドのまわりをまわってドアのところへ行った、できるだけ音をたてないように注意した。

お父さんは階段の下に立っていたので、ぼくは見られたかもしれないと思ったが、お父さんはその朝配達された郵便物にざっと目を通しているところだったので、頭は下をむいていた。それからお父さんは階段の下からはなれてキッチンに行ったので、ぼくはお父さんの部屋のドアをそうっと閉めてから自分の部屋にもどった。

ぼくはあの封筒を見たかった、しかしお父さんを怒らせたくないので、封筒をベッドのマットレスの下にかくした。それから下におりていってお父さんにおかえりといった。

そうしたらお父さんはいった、「それで、きょうはなにをやったんだい？」

それでぼくはいった、「きょうはグレイ先生と**生活技術**をやった。これは**お金の使い方**と**交通機関**のことです。それからお昼はトマト・スープとリンゴ三つだった。それから午後は数学の練習問題をやって、それからピーターズ先生といっしょにみんなで公園まで歩いていって、コラージュを作るために木の葉を集めた」

そしたらお父さんはいった、「じょうでき、じょうでき。今晩はどんなおまんまがお望みだい？」

おまんまというのは食べ物のことだ。

ぼくは、煮豆とブロッコリーがいいといった。

そしたらお父さんはいった、「そんなものならお安いご用だ」

それからぼくはソファにすわって、ジェイムズ・グリックというひとが書いた『**カオス新しい科学をつくる**』という読みかけの本を読んだ。

それからキッチンに入っていくと、ぼくは煮豆とブロッコリーを食べ、お父さんはソーセージと卵と揚げパンを食べてお茶を飲んだ。

そうしてお父さんがいった、「おまえがいいというなら、居間に棚を取りつけちまおうと思うんだ。ちょっとばかり騒々しいから、もしテレビが見たいなら、二階に移さないとね」

それでぼくはいった、「自分の部屋にいるからいい」

そしたらお父さんはいった、「いい子だ」

それでぼくは、「ごちそうさま」といった。なぜかというとそういうのが礼儀正しいことだからだ。

そしたらお父さんはいった。「お安いご用さ、ぼうず」

それでぼくは自分の部屋にあがっていった。

そうしてぼくの部屋に入るとぼくはドアを閉めてあの封筒をマットレスの下から取り出した。封筒の中身がなにかわかるかもしれないと思って封筒を電灯にかざしてみた、しかし封筒の紙はとても厚かった。封筒を開けるかどうか迷った、なぜかというとこれはお父さんの部屋からもってきたものだからだ。しかしこれはぼく宛てになっているのでぼくのものだから開けてもいいだろうと考えた。

そこでぼくは封筒を開けた。

なかに入っていたのは手紙だった。

そしてこれがその手紙に書かれていたことだ。

ロンドン　NW2　5NG
ウィルズデン
チャプター・ロード451c
0208-887-8907

愛するクリストファー

この前あんたに手紙を書いてからすっかりごぶさたしてしまってごめんね。あたし、とても忙しかったの。鋼鉄でものを作る会社の秘書という新しい勤め先を見つけました。

あんたならうんと気に入ると思うな。この工場は、鋼鉄の板を作ってそれを切って思いどおりの形に曲げる大きな機械がたくさんあるの。今週はこの工場ではバーミンガムのショッピング・センターのカフェの屋根を作っています。それは大きな花みたいな形で、その上にキャンバス布をひろげて、巨大なテントに見えるようにするのよ。

それからあたしたち、住所でもわかるように新しいアパートに引っ越しました。前のところほどきれいでもないし、おまけにウィルズデンはあまり好きじゃないんだけど、ロジャーの勤め先に便利なところなんで、彼がこれを買ったの（前のは賃貸だった）。それで自分の家具とか買えるし、壁も好きな色にぬれるってわけ。

そんなわけでこの前あんたに手紙を出してからこんなに長い日にちがたってしまいました。だって荷物をぜんぶ箱につめたり、それからまた箱から出したりするのは重労働で、新しい仕事になれるのにも骨が折れたし。

いまはとっても疲れているのでもう寝ないといけないの。この手紙はあしたの朝ポストに入れるつもり、だから手紙はこれでおしまい、またじきに手紙を書きます。

あんたはまだ手紙をくれないけど、たぶんあたしのことをまだ怒っているんだろうな。ごめんね、クリストファー。でもあたしはまだあんたを愛しています。どうかこれから一生、あたしのことを怒っていたりしないようにと祈っています。あんたが手紙をくれたらうれしいです（でも新しい住所に送るように気をつけてね！）。

おまえのことをいつも思っています。

たくさん愛をこめて

お母さんより

×××××

そこでぼくの頭はとても混乱してしまった、なぜかというとお母さんは鋼鉄の板でものを作る会社で秘書なんかしていたことはないからだ。お母さんは、町のまんなかにある大きな自動車修理工場の秘書をやっていた。そしてお母さんはロンドンに住んでいたことはない。お母さんはいつもぼくたちといっしょに住んでいた。そしてお母さんはぼくに手紙を書いたことは一度もない。

手紙には日づけがなかったので、お母さんがこの手紙をいつ書いたのかぼくにはわからない、そしてだれかほかのひとがこの手紙を書いてお母さんのふりをしたのだろうかとも思った。

そのとき封筒の表を見ると、スタンプが押してあり、スタンプには日づけがあった、それはとても読みにくかった、しかしそれはこんなふうだ。

ということはこの手紙は一九九七年十月十六日に投函されたということで、それはお母さんが死んでから十八ヵ月もあとのことだ。

そのときぼくの寝室のドアが開いてお父さんがいった、「なにをしているんだ？」

ぼくはいった、「手紙を読んでる」

そしたらお父さんはいった、「穴あけがおわったぞ。デイビッド・アッテンボローの自然番組をテレビでやってるよ、もし見たいなら」

ぼくはいった、「わかった」

そしてお父さんはまた下へおりていった。

ぼくは手紙を見て、それからいっしょうけんめい考えた。これは謎だ、この謎は解けない。たぶんこの手紙は誤った封筒に入れられたのだろう、そしてこの手紙はお母さんが死ぬ前に書かれたものだったのだろう。しかしなぜロンドンから手紙を出したのだろう？　お母さんがいちばん長く家をあけていたのは、癌になったルースおばさんをたずねていったときの一週間で、でもルースおばさんはマンチェスターに住んでいた。

それからぼくは考えた、これはたぶんお母さんが書いた手紙ではないのだろう。たぶんクリストファーという名前のべつのひとに宛てた手紙で、そのクリストファーの母親からきた手紙なのかもしれない。

ぼくは興奮した。ぼくが本を書きだしたとき、解かなければならない謎はたった一つだった。いまや謎は二つになった。

ぼくは今夜はもうこれについては考えないことにきめた、なぜかというと、ぼくにはじゅうぶんな情報がなかったから、ロンドン警視庁のアセルネイ・ジョーンズ警部みたいに簡単に誤った結論にとびつくことになりかねないからこれは危険なことだ、なぜかというとなにごとも結論をみちびきだす前には、かならず手に入れられるだけの手がかりを集めるべきだからである。そうすればまちがいをおかす率はぐっと少なくなる。

ぼくはお父さんが出かけるまで待つことにきめた。それからお父さんの寝室の戸棚のなかをさがしてほかの手紙を見て、それがだれから来たものか、なにが書いてあるか調べてみよう。

ぼくは手紙がお父さんに見つかってお父さんが怒らないように、手紙をたたんでマットレスの下にかくした。それから下におりていってテレビを見た。

151

いろいろなものごとが謎です。しかしだからといってその謎に答えがないわけではない。それは科学者たちがその答えをまだ発見していないというだけです。

例をあげると、あるひとたちは死からよみがえったひとの幽霊を信じている。そしてテリーおじさんはノーサンプトンのショッピング・センターの靴屋で幽霊を見たといった、なぜかというとおじさんが地下におりていこうとすると、灰色の服を着たひとが、階段の下を横切っていくのが見えたからだ。しかし階段の下に行ってみると、地下にはだれもいなくて、ドアも一つもなかった。

彼が上の階にいるレジ係の女性にその話をすると、それはタックと呼ばれていて、何百年も前にその同じ場所にたっていた修道院に住んでいたフランシスコ会の修道士の幽霊だといった、だからそのショッピング・センターが**グレイフライアーズ・ショッピング・センター**と呼ばれているわけで、みんなはその幽霊は見なれているので、すこしもこわくないのだといった。

いまにきっと科学者たちが幽霊を説明するようなものを発見するだろう、雷を説明する電気を発見したように。もしかするとそれは人間の脳に関係があることかもしれないし、地球の磁場と関係があることかもしれないし、まったく新しい力かもしれない。そうすれば幽霊も謎ではなくなる。彼らは、電気のような、虹のような、テフロン加工のフライパンのような存在になるだろう。

しかしときどき謎が謎ではないときがある。そしてこれは、謎ではない謎の例である。ぼくたちの学校には池があって、そこにはカエルがいる、ぼくたちが、生き物をやさしく大切に扱うことを学ぶためだ、なぜかというと学校の生徒のなかには、生き物にひどいことをするひとたちがいて、虫をつぶしたり、猫に石を投げたりするのがおもしろいと思っている。

そしてある何年間かは、池にたくさんカエルがいて、ある何年間かはとても少なかった。それで池に何匹のカエルがいたかというグラフをかくとすると、こんなふうになる（しかし、このグラフはいわゆる仮定的なもの、ということは数字はじっさいの数字ではなくてただの例証である）。

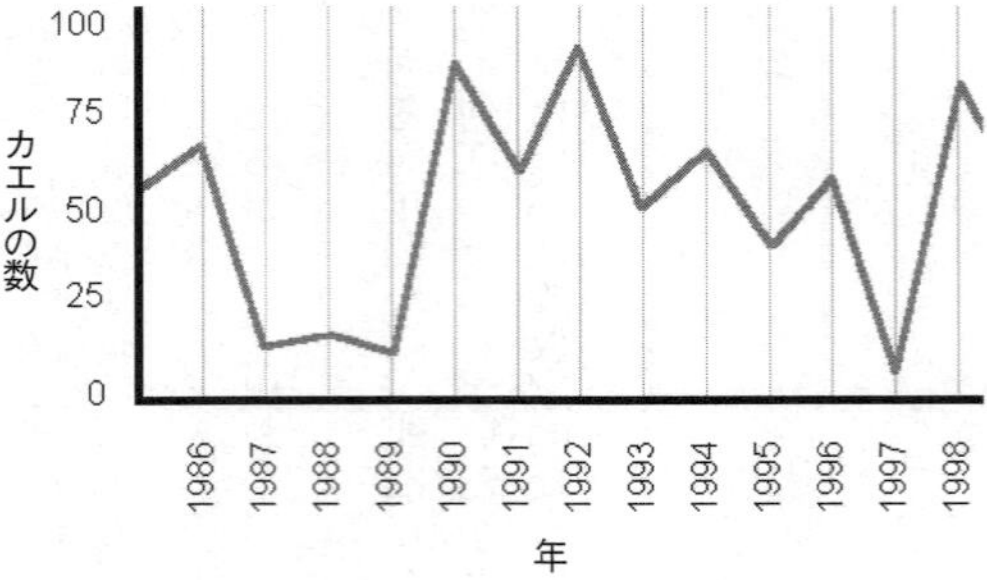

そしてこのグラフを見ると、一九八七年と一九八八年と一九八九年と一九九七年はとても寒い冬だったとか、アオサギがやってきてカエルをたくさん食べてしまったとか考えるかも

しれない（ときどきアオサギがやってきてカエルを食べようとする、しかしそれをふせぐために池の上に金網がはってある）。

しかしときどき寒い冬も猫もアオサギもまったくなんの関係もないときがある。ときどきそれはただの数学にすぎないことがある。

ここに生き物の数の公式がある。

$$N_{new} = \lambda (N_{old})(1 - N_{old})$$

そしてここでNは個体密度をあらわす。Nが1であるということは、存在しうる最大の個体密度をあらわし、Nが0であるということは個体が絶滅したことをあらわす。N_{new}はある年の個体密度をあらわし、N_{old}はその前年のそれをあらわす。λ（ラムダ）はある定数である。

λが1より小さいならば、個体数はだんだん減って絶滅に至る。λが1と3のあいだであれば、個体数は増え、つぎのような定常状態を保つようになる（そしてまたこれらのグラフも仮定的なグラフである）。

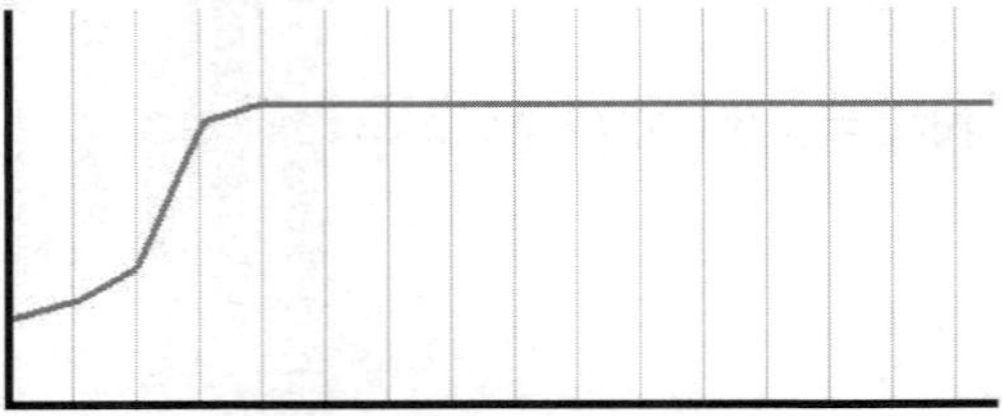

そしてλが3と3・57のあいだの場合は、個体数はつぎのように周期的に変動するようになる。

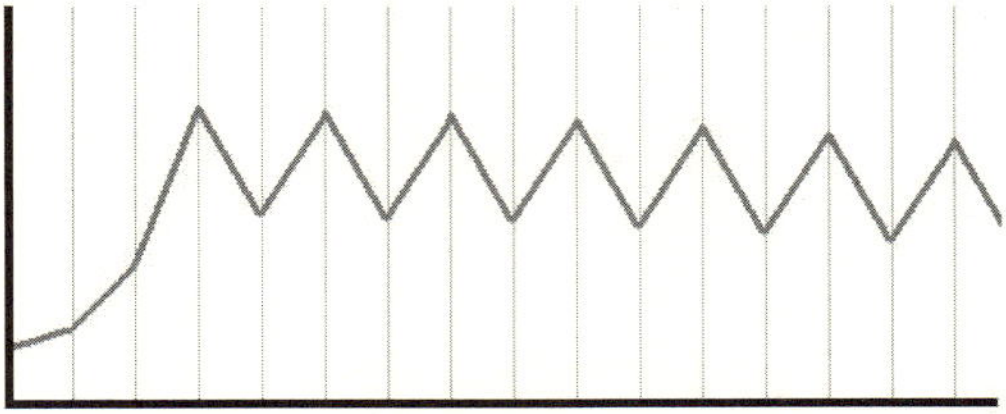

しかしλが3・57より大きいときは、個体数は最初のグラフのようにカオスになる。
これはロバート・メイとジョージ・オスターとジム・ヨークによって発見された。そしてときどきものごとは非常に複雑なものだから、それらがつぎにどうなるかを予言することは不可能に見えるが、じつはそれらはまったく簡単な法則にしたがっているのだ。
そしてそれはこういうことだ、ときどきカエルの全個体数、あるいは虫や人間の全個体数がなんの理由もなく死に絶えることはありうる、それが数字の動きだという理由だけで。

157

六日後にようやくお父さんの部屋にまた入って戸棚のなかにあるワイシャツ箱を調べた。

第一日目、それは水曜日だった、ジョーゼフ・フレミングが着がえ室でズボンをぬいで、床じゅうにうんちをしてそれを食べはじめた、しかしデイビス先生が彼をやめさせた。

ジョーゼフはなんでも食べる。あるときはトイレのなかにつるしてある青い殺菌剤の小さなかたまりを食べてしまった。そしてあるときは自分の母親の財布から五十ポンド札を取ってそれを食べてしまった。それから彼はひもや輪ゴムやティッシュや紙や絵の具やプラスチックのフォークも食べる。それにまた彼は自分のあごをごつんごつんとたたいて、ぎゃあぎゃあわめく。

タイロンは、そのうんちのなかにはウマが一頭とブタが一匹いたといったので、ぼくはおまえはばかだといった、しかしシボーン先生は彼はばかではないといった。それは図書館にある小さなプラスチックの動物で、図書館員がひとにお話をさせるときに使うものだった。そしてジョーゼフはこれも食べていたのだ。

そこでぼくはトイレに入るのはいやだといった、なぜかというと床の上にうんちがあったからで、そのことを考えると気分が悪くなる、用務員のエニソンさんがそれをすっかり掃除してくれたといってもいやだった。それでぼくはおもらしをしてしまったので、ガスコイン先生の部屋にある予備の服の入っているロッカーから予備のズボンを出してはくことになった。そこでシボーン先生は、二日のあいだ職員用のトイレを使ってもいいといった、ただしそれは二日だけで、あとはまた生徒用のトイレを使わなければならない。それでぼくたちはそういうことに話をきめた。

二日目、三日目、四日目、それは木曜日、金曜日、土曜日で、なにもおもしろいことは起こらなかった。

五日目、それは日曜日で、どしゃぶりの雨が降った。ぼくはどしゃぶりの雨が好きだ。どこもかしこも白色雑音(ホワイト・ノイズ)が鳴っている、それは静寂に似ているが、からっぽという感じはしない。

ぼくは二階に行って自分の部屋ですわって水が道路に落ちるのをながめていた。とてもはげしい勢いで落ちてくるので、あたかも白い火花のようだ（そしてこれは直喩で、隠喩ではない）。そして外にはだれひとりいなくて、みんな家のなかにひっこんでいる。それでぼくは、世界じゅうの水がどんなふうにつながっているかということを考えた、そしてこの水はメキシコ湾かバフィン湾のまんなかのどこかの大洋で蒸発したもので、それがいまうちの前に降っていて、それから側溝(そっこう)に流れこんで、汚水処理場まで流れていってそこで浄化されてから川に流れこんで、そうしてまた大洋にもどっていく。

月曜日の夕方、お父さんは、地下室が水びたしになってしまった家の女性から電話があって、緊急に出かけてそれを修理しなければならなくなった。

緊急の仕事が一つだけならロドリが行って修理してくる、なぜかというと彼の奥さんと子どもたちはサマーセットに引っ越してしまったので、彼は夜はビリヤードをやるか酒を飲むかテレビを見るほかにやることはなにもないし、それに彼は子どもの面倒をみている奥さんに送るお金をかせぐために超過勤務をしなければならない。そしてお父さんはぼくの面倒をみなければならない。しかしこの夜は、緊急の仕事が二つも来てしまったので、お父さんはぼくにおとなしく留守番するようにいって、もしなにか面倒なことが起きたら携帯電話にかけなさいといって、それからバンで出かけていった。

そこでぼくはお父さんの寝室に入って戸棚を開けて、ワイシャツ箱の上から道具箱をどけてワイシャツ箱を開けた。

ぼくは手紙を数えた。手紙は四十三通あった。どれもみんなぼく宛てで同じ人の字だった。

ぼくはそのなかの一通を取って開けてみた。

なかにはこの手紙があった。

五月三日　ロンドン　NW2　5NG
チャプター・ロード451c
0208・887・8907

愛するクリストファー

あたしたちはついに新しい冷蔵庫とガスレンジを買いました！　ロジャーとあたしは週末に車でごみ捨て場に行って古いやつを捨てました。そこはみんながなんでもかんでも捨てるところです。そこには大きなごみ箱がならんでいて、三種類の色のびん、ボール紙、エンジン・オイル、庭で出たごみ、家庭ごみ、大型ごみ（あたしたちは古い冷蔵庫とガスレンジをここに入れました）をそれぞれの箱に入れます。

それから中古品屋へ行って新しくレンジと冷蔵庫を買いました。ようやくわが家らしい感じになりました。

ゆうべ古い写真を見ていたら悲しくなりました。それから二年前のクリスマスにあたしたちが買ってやった電車セットであんたが遊んでいる写真を見つけました。それを見たらなんだかしあわせな気持ちになったの。だって、あのころはみんないっしょでとてもしあわせなころだったもの。

おぼえていますか。あんたはあれで一日じゅう遊んでいて、夜になってもそれで遊んでいてどうしても寝ないといいはったのよ。それからおぼえているかな、あたしたち、あんたに電車の時刻表のことを教えたら、あんたは自分で時刻表を作ったわね。あんたは時計をもっていたから、電車を時刻どおりに走らせたわね。それから木で作った小さな駅もあったでしょ。それで電車に乗ってどこか行きたいひとは、まず駅に行って切符を買ってそれから電車に乗るんだって、あんたに教えてあげたわね。それからあたしたちは地図を出してきて、駅と駅を結んでいる電車の路線の、細い線を見せてあげたよね。そうしたらあんたは何週間も何週間も何週間もそれで遊んでいて、あたしたちがまたあんたに新しい電車を買ってやったら、あんたはその電車の行き先をみんな知っていたわよね。

あのころのことをいろいろ思いだすとたのしくなります。

もう行かなくちゃ。いまは午後三時半です。あんたはいつも正確な時間を知りたがっていたものね。これから生協へ行って、ロジャーの夕食の用意をするためにハムを買ってこなければなりません。この手紙は店に行くとちゅうのポストに入れます。

愛をこめて、

おまえのママより

×××××

それからぼくはべつの封筒を開けた。これはそのなかに入っていた手紙である。

ロンドン　N8　5BV
ローザンヌ・ロード312
1号室
0208-756-4321

愛するクリストファーへ

あたしは、ちゃんと時間があるときに、なぜあたしが家を出たかあんたに説明したいといったわよね。いまは時間がたっぷりあるの。それでいまソファにすわって、ラジオをつけて、これからこの手紙で説明しようと思います。

あたしはあんまりいい母親じゃなかったよね、クリストファー。たぶん事情がちがっていたら、たぶんあんたがちがっていたら、あたしだってもっとうまくやったかもしれません。でもああなったのは、ただなりゆきだったの。

あたしはあんたのとうさんとはちがいます。とうさんはとっても辛抱強いひとよ。なんにでもうまく折り合いをつけていくひとで、動揺するようなことがあってもそれを表にあらわさない。でもあたしにはそうはできないし、それを変えようと思ってもどだいむりです。

いつかいっしょに町へ買い物にいったときのことおぼえていますか？　デパートのべ

ントールズに入ったらなかがとっても混んでいたけど、おばあちゃんのクリスマス・プレゼントをどうしても買わなきゃならなかったのよね？　そしたらあんたは店のなかにいるひとたちを見てこわがった。クリスマスの買い物の時期まっさかりで、町じゅうのひとたちが押しよせていたもの。それであたし、学校にいっしょに通ってたひとで、台所用品売場で働いているランドさんと話をしていた。するとあんたは両手で耳をふさいで床にしゃがみこんだから、通るひとたちのじゃまになったでしょ。それであたしはかっかしちゃった。だってあたしもクリスマスの買い物はきらいだったから、だからお行儀よくしなさいといってあんたを立たせて歩かそうとした。だけどあんたはわめいて、棚にならべてあったミキサーをはらいおとしたから、がしゃんとものが割れるすごい音がした。なにごとかとみんながこっちを見たわ。ランドさんはそりゃ親切にふるまってくれたけど、でもあたりいちめんに箱だの割れたボウルの破片だのが散らばっていて、みんながこっちを見ているし、おまけにあんたがおもらししているのがわかったので、あたしはますますかっかしちゃって。あんたを店から連れ出したかったのに、あんたは体にさわらせようとしなかった。ただ床の上にひっくりかえって悲鳴をあげて、両手と両足で床をばんばんたたいてたら、そこにおえらいさんがやってきてどうしたんですかときいたから、あたしはもうお手あげ。こわれたミキサー二台分のお金をはらうはめになっちゃったんだけど、とにかくあんたが悲鳴をあげるのをやめるまで待つしかなかった。それからあんたを連れて何時間もかかって家までずっと歩いたのよ、だってあんたがバスにもう乗らないのはわかっていたもの。

　あの晩のことはよくおぼえてる。あたしはただ泣いて泣いて泣きつづけて、あんたのとうさんははじめのうちはほんとにやさしくしてくれた。あんたの夕食をこしらえてくれてあんたをベッドに寝かせてくれて、こういうことはよくあることなんだから、だいじょうぶなんだといったわ。でもあたしはもうこれ以上がまんできないっていったの。そしたらとうさんはしまいにはほんとに怒りだして、おまえはなんてばかなんだ、もっとしっかり落ち着かなきゃいかんといったから、あたしはあのひとをなぐったの。いけないことだったけど、でもすっかり頭にきてたから。

　ああいう口げんかはしょっちゅうだった。だってもうたえられないって、よく思ったから。でもあんたのとうさんはとても辛抱強いひとで、でもあたしはだめ。すぐかっとするの、そのつもりがないときでも。そしてけっきょくあたしたち、くだくだ話しあうのはやめちゃったの。なぜってけっきょく最後は口げんかで、どっこにも行きつかないっておたがいわかったから。それであたしとってもさびしかった。

　そんなわけであたしはロジャーといっしょにすごすことが多くなったの。そりゃ、あたしたちロジャーとアイリーンとよくいっしょにすごしたものだけど。でもあたしはひとりでロジャーと会うようになったの、だってあのひととなら話ができたから。あたしがちゃんと話のできるのはあのひとだけだったのよ。あのひとといっしょにいるともうさびしくなかった。

あんたにはこんなことは理解できないかもしれないけど、どうしても説明したかった、あんたにもわかってもらえるように。たとえいま理解できなくても、この手紙をずっととっておいてあとで読んでくれれば、そのころにはあんたにも理解できるかもしれないものね。

そしたらロジャーが、自分とアイリーンはもう愛しあっていないんだって打ち明けてくれたの、もうずっとずっと前から愛しあっていないって。ということはあのひともさびしかったのね。だからあたしたち、通じあうところがいっぱいあったわけ。そうしたら、じつはあたしたちおたがいに愛しあっていることに気がついたの。そしたらあのひとが、あたしはあんたのとうさんと別れて、自分といっしょに暮らすほうがいいといったの。でもあたしはあんたを残しては行けないといったの。あのひと、悲しんだけど、あたしにとってあんたはほんとうに大切なんだってことを、あのひとはわかってくれたの。

それからあんたとあたしは、あの口げんかをしたわよね。おぼえてる？　いつかの晩の夕食のことだった。あんたのためになにかこしらえたのに、あんたは食べようとしなかった。それから何日も何日も食べなくて、とってもやせちゃったのよね。それからあんたがわめきだして、あたしはかっと頭にきて、その食べ物を部屋のむこうに投げつけたわね。そんなことしちゃいけないってわかっていたんだけどね。そしたらあんたはまな板をつかんで投げつけた、それがあたしの足にあたってつま先が折れちゃった。それでもちろん病院へ行かなくちゃならなくて、あたしは足にギプスをつけてもらった。そのあとうちに帰ってきて、あんたのとうさんとあたしは大げんか。とうさんはあんたにあたったといってあたしを責めたの。そしてあいつには食べたいものを食べさせればいいんだとあのひとはいったの、たとえそれがレタス一皿でもストロベリー・ミルクセーキでもって。それであたしは、体にいいものを食べさせようとしてたんだっていったのよ。そうしたらあのひと、あいつはどうにもほかにやりようがないんだっていった。それであたしもどうにもほかにやりようがないから、かんしゃく起こしたっていったのよ。そしたらあのひと、おれだってこらえているんだから、きさまもぐっとこらえたらどうなんだといったのよ。けんかはこんなふうにえんえんつづいた。

　それであたしは一カ月もまともに歩けなかったけど、あんたおぼえてるかな、それでとうさんがあんたの世話をすることになったでしょ。あたしおぼえてるけど、あんたたちふたりをながめていて、ふたりがいっしょにやってるのを見てて、とうさんといっしょのときのあんた、まるでちがうなって思ったの。ずっと静かだし。どなりあったりしないし。それであたしとても悲しくなった、だってあんたにはあたしなんかいなくてもいいみたいなんだもの。なんだか、あんたとあたしとしじゅういがみあってるより、これはもっとひどいことだなあって思った。だってまるであたしの姿が目に見えないみたいだったもの。

　そのときあたし悟ったのよ、あたしがあの家にいないほうが、あんたとあんたのとうさんはきっとうまくやっていくんじゃないかって。そうすればあのひとは、ふたりも面倒みないですむ、ひとりだけ面倒みればいいだろうって。

そのころロジャーが、銀行に転任願いを出したっていったの。つまりね、ロンドン勤めにしてもらえないかってたのんで、それであのひとは家を出ることにしたの。いっしょに来ないかって、あのひとといったわ。あたしは長いあいだそのことを考えたのよ、クリストファー。ほんとに考えたんだから。胸がはりさけそうだった、でもけっきょくあたしが家を出るのが、あたしたちみんなのためにいいんだと思ったの。だからあたしはうんといったの。

さよならはいうつもりだったのよ。あんたが学校から帰ってくるころに、あたしは着るものを取りにもどってこようと思ったの。そのときに自分のすることを説明するつもりだった。できるだけちょくちょくもどってきてあんたに会うつもりだって、あんたもときどきロンドンに来て、うちに泊まればいいって、そういうつもりだった。でもあんたのとうさんに電話したら、もどってきちゃならんといったのよ。かんかんに怒ってた。あんたと話してはいかんといったわ。あたし、どうしていいかわからなかった。あたしは自分勝手だって、この家のなかには二度と入るなってあのひとといったわ。だからあたしは入ってない。でもそのかわりにこういう手紙を書いてきたわけ。

あんたにこれがどれだけわかるかあやしいものね。あんたにはとてもむずかしいことだと思う。でもちょっぴりでも理解してくれたらいいなと思います。

クリストファー、あんたを傷つけるつもりはなかったのよ。あたしのしたことは、たぶんあたしたちみんなにとっていちばんいいことだったのよ。そうだといいと思ってる。こうなったのはあんたのせいじゃないってこと、わかってもらいたいです。

あたしはいつも、なにもかもがよくなってくれればいいと夢に見てきたわ。あんたおぼえてる、宇宙飛行士になりたいってあんたよくいってたのを？　でね、あたしよく夢を見たの、あんたが宇宙飛行士になってテレビに出て、あれはあたしの息子なんだって思ってる夢。いまあんたはなにになりたいと思っているのかな。なりたいものが変わったのかな？　数学はまだやってますか？　やってるといいけど。

おねがい、クリストファー、ときどき手紙をちょうだい。さもなけりゃ電話でもいいから。番号は手紙のいちばんあたまに書いてあるからね。

愛をこめてキスをいっぱい

あんたのお母さんより

×××××

それからぼくは三通めの封筒を開けた。これがなかに入っていた手紙だ。

九月十八日　ロンドン　N8
ローザンヌ・ロード312
1号室
0208-756-4321

愛するクリストファーへ

ねえ、あたしはあんたに毎週手紙を書くといって、ほんとに書いてきたわね。これなんか今週二通めの手紙だから、あたしは自分でいったよりよくやってるわけね。

ついに仕事が見つかったのよ！　カムデンのパーキン・アンド・ラシドという、不動産鑑定士事務所で働いているの。どういう事務所かというと、ほうぼうの家を見てまわって、どれだけの値うちがあるかとか、どんな修理や補修が必要かとか、そのための費用はどのくらいかかるかというようなことを調べるわけ。それから、新しい住宅や事務所や工場を建てるのにどれだけ費用がかかるかということを調べるの。

とてもきれいな事務所です。もうひとりの秘書はアンジーというひと。彼女の机は小さなテディ・ベアやふわふわしたぬいぐるみや彼女の子どもたちの写真でいっぱい（だからあたしもあんたの写真を額に入れて机にかざったの）。彼女はとてもいいひと、いつもいっしょにお昼を食べに出るの。

でもどれぐらいここにいられるかわからない。なにしろお客さんに請求書を送るとき、たくさん数字の足し算をしなけりゃならないの。あたしってこういうの苦手だから（あんたならあたしよりずっとうまくやるよね！）。

事務所は、ミスタ・パーキンとミスタ・ラシドというふたりの男のひとが経営しています。ミスタ・ラシドは、パキスタン人で、とってもきびしいひと。いつも仕事を早くしろってうるさいの。それからミスタ・パーキンは、気持ちの悪いひと（アンジーは彼のことを変態パーキンって呼んでる）。あたしの横にきてなにか質問するとき、いつもあたしの肩に手をついてかがみこんでくるので、彼の顔があたしの顔のすぐそばに近づいて彼の歯みがき粉のにおいがして、ぞっとしちゃうのよ。それに給料もそんなによくないしね。だからできるだけ機会を見てもっといいところをさがすつもりでいます。

このあいだアレクサンドラ・パレスに行ってきました。あたしたちのアパートから角を一つ曲がったところにある大きな公園です。この公園は大きな丘になっていて、丘のてっぺんには大きな会議場があります。ここにくるとあんたのことを思いだします、だってもしあんたがこっちに来たらあそこに行って凧（たこ）あげしたり、ヒースロー空港におりていく飛行機をながめたりできるもの。きっと気に入ると思います。

さあもう行かなくちゃ、クリストファー。あたしはこれを昼休みに書いています（アンジーは風邪で病欠、だからいっしょにお昼を食べられなかったの）。どうかいつか手紙を書いてね。あんたの様子や学校でどんなことをしているか知らせてちょうだい。

あたしが送ったプレゼントは受け取ってくれたと思うけど。もうあれは解けたかな。ロジャーとあたしと、カムデン・マーケットのお店であれを見つけたの、あんたがパズルが好きなの知ってたから。あれを包装する前にロジャーが二つに引きはなそうとやってみたけど、あのひとにはできなかったわ。もしあんたにこれができたら、あんたは天才だって、ロジャーはいってました。

たんとたんと愛をこめて

あんたのお母さんより
××××

八月二十三日　ロンドン　N8
ローザンヌ・ロード312
1号室

それからこれは四通めの手紙——

愛するクリストファーへ

先週は手紙が書けなくてごめんなさい。歯医者にいって親知らずを二本も抜きました。あんたを歯医者に連れていかなくちゃならなかったときのこと、あんたはおぼえてはいないかもしれない。あんたはだれの手も口に入れさせなくて、だからあんたを眠らせてそのあいだに歯医者があんたの歯を一本抜いたのよ。まあ、あたしは眠らされなかった、ただ部分麻酔とかいうものをやって、それをやると口のなかはなにも感じなくなるんだけど、それでほんとによかった。だって歯を抜くのに骨をのこぎりでごりごり切り取ったんだもの。そんなことをしてもちっとも痛くなかったわ。ほんというと、あたし笑ってたの。だって歯医者ったら大ふんとうで歯を抜いているんだもの、その格好がとってもおかしくて。でも家に帰ってきたら、そこが痛みだして二日もソファに寝て鎮痛剤をどっさり飲まなくちゃなりませんでした……

そこでぼくは手紙を読むのをやめた、なぜかというと吐きそうになったからだ。

お母さんは心臓発作を起こしたのではなかった。お母さんは死んではいなかった。お母さんはずうっと生きていた。そしてお父さんはそのことで嘘をついた。

ぼくはほかに説明がつかないかといっしょうけんめい考えてみた、しかし説明は一つしか思いつかなかった。それからぼくはなにも考えることができなくなった、なぜかというとぼくの脳はちゃんと働かなくなったからだ。

頭がくらくらした。部屋が左右に揺れているみたいだった、うんと高いビルのてっぺんにいてそのビルが強い風で前後に揺れているみたいだった（これも直喩である）。しかし部屋が前後に揺れることはありえない、だからぼくの頭のなかでなにかが起こったにちがいない。

ぼくはベッドの上にころがって、ボールみたいに体をまるめた。

おなかが痛かった。

そのときなにが起こったのかぼくにはわからない、なぜかというとぼくの記憶がとぎれていたからだ、テープの一部が消されたみたいに。しかし長い時間がたったにちがいない、なぜかというとあとになってまた目を開けたとき、窓の外が暗くなっているのが見えた。それからぼくはげろを吐いていた、なぜかというとベッドの上も両手も両腕も顔もいたるところげろだらけだった。

しかしその前にお父さんが家に入ってきてぼくの名前を呼んでいるのが聞こえた、それがなぜ長い時間がたったかぼくにわかったもう一つの理由だ。

それになんだかへんだった、なぜかというとお父さんは「クリストファー……？　クリストファー……？」と呼んでいて、お父さんが呼んでいるぼくの名前が目の前に書かれていくのが見えるのだ。ぼくはよく、だれかがいっていることが、コンピュータの画面に印字されていくみたいに文字になって見える、とくにひとがべつの部屋にいるときに。しかしこれはコンピュータの画面ではない。バスの横腹の大きな広告に書いてあるみたいにすごく大きく書いてあるのが見えた。それもぼくのお母さんの手書きの文字で、こんなふうに――

Christopher Christopher

そのときお父さんが階段をあがってきて部屋のなかに入ってきた。

お父さんはいった、「クリストファー、いったいなにやってるんだ？」

それでぼくは、お父さんが部屋のなかにいるのがわかった、しかしお父さんの声はとても小さく遠くのほうで聞こえた、ぼくがうなり声をあげているときとか、ひとにそばによってもらいたくないとき、ひとの声がそんなふうに聞こえることがある。

そうしたらお父さんがいった、「くそ、いったいなにやらかした……？　そこはおれの戸棚だぞ、クリストファー。あれは……ああなんてこった……くそっ、くそっ、くそっ、くそっ」

それからお父さんはしばらくなにもいわなかった。

それからぼくの肩に手をおいて、ぼくの体を横むきにして、そしていった、「ああ、なんてこった」しかしお父さんがぼくにさわったとき、いつもみたいに痛くはなかった。お父さんがぼくにさわるのが見えた、この部屋で起きていることをとった映画を見ているようだった、しかしその手はほとんど感じられなかった。風がぼくにむかって吹いてくるような感じだけだった。

それからお父さんはまたしばらくのあいだだまっていた。

やがてお父さんはいった、「ごめんな、クリストファー。ほんとにほんとにごめんな」

そのときぼくはげろを吐いたことに気がついた、なぜかというと体じゅういたるところがぬれていて、だれかが学校でげろを吐いたときみたいなにおいがした。

そのときお父さんがいった、「手紙を読んだんだな」

それからお父さんが泣いている声が聞こえた、なぜかというと、息がぶくぶくいってぬれているみたいに聞こえたから、だれかが風邪をひいて鼻水がたくさん鼻にたまっているときみたいに聞こえたから。

それからお父さんがいった、「おまえのためを思ってやったんだ、クリストファー。ほんとだよ。嘘をつくつもりはこれっぽっちもなかった。ただおれは考えた……ただ、その、おまえは知らないほうがいいだろうって……ほんとに……ほんとに……そんなつもりはなかったよ……おまえがおとなになったときに見せてやるつもりだった」

　そしてお父さんはまただまりこんだ。

　やがてお父さんはいった、「あれは思いがけないできごとだった」

　そしてお父さんはまただまりこんだ。

　やがてお父さんはいった、「なんといっていいかわからなかった……おれはすっかりおたおたしてたしな……あいつは置き手紙をしてった……それからあいつは電話をかけてきて……おれはおまえにあいつが入院したといった、なぜって……なぜってどう説明していいかわからなかったんだ。とってもこみいった話だしな。とっても説明しにくいしな。それでおれは……あいつが入院したといったんだ。たしかにほんとじゃなかったよ。だけどいったんそういってしまったら……どうにも……どうにも変えるわけにはいかなかった。わかるかい……クリストファー……？　クリストファー……？　これはただ……これはもうどうしようもなくて、おれはただ……」

　それからお父さんはとても長いことだまりこんでいた。

　それからまたぼくの肩にさわってこういった、「クリストファー、おまえの体を洗わないとな、いいかい？」

　お父さんはぼくの肩をちょっとゆすった、しかしぼくは動かなかった。

　それでお父さんはいった、「クリストファー、バスルームに行ってお湯を入れてくるよ。

それからここにもどってきておまえをバスルームに連れていく、いいかい？　そのあとでこのシーツやなんかを洗濯機にほうりこむからな」

それから立ちあがってバスルームに行ってお湯の栓をまわす音が聞こえた。お湯が浴槽にそそぐ音にぼくは耳をすませた。お父さんはしばらくのあいだもどってこなかった。それからようやくもどってくるとぼくの肩にまたさわっていった。「さあ、そうっとそうっとやろうな、クリストファー。おまえの体を起こして、それから着ているものをぬがせて、それからおまえを浴槽に入れる、いいかい？　どうしてもおまえにさわらなくちゃならないが、だいじょうぶだから」

それからお父さんはぼくを抱き起こしてぼくをベッドのはしのほうにすわらせた。ぼくのジャンパーとシャツをぬがせて、それをベッドの上においた。それからぼくを立たせてバスルームのほうに連れていった。それでぼくは悲鳴をあげなかった。それでぼくはあばれなかった。それでぼくはお父さんをなぐらなかった。

163

ぼくが小さいとき、そしてはじめて学校に行ったとき、ぼくの担任の先生はジュリーという名前だった。なぜかというとシボーン先生はそのころはまだ学校に来ていなかったからです。先生がはじめて学校に来たのは、ぼくが十二歳のときだ。

そしてある日ジュリー先生がぼくのとなりの席にすわって机の上に粒チョコレートのスマーティーズの筒をおいて、それから先生はいった、「クリストファー、このなかになにが入っていると思う？」

それでぼくはいった、「スマーティーズ」

すると先生はスマーティーズの筒のふたを取って筒をさかさまにした、するとなかから小さな赤い鉛筆が出てきて、それで彼女は笑った、それでぼくはいった、「これはスマーティーズじゃない、これは鉛筆だ」

それから先生は小さな赤い鉛筆をスマーティーズの筒のなかにもどしてまたふたをした。

そして先生はいった、「もしあなたのママがいまここに入ってきて、このスマーティーズの筒のなかになにが入っているかってママにきいたら、ママはなんていうと思う？」なぜかというとぼくはそのころはお母さんのことをママと呼んでいた。

それでぼくはいった、「鉛筆」

それはなぜかというと、ぼくが小さいときは、ほかのひとたちも頭脳があるということがわからなかったからだ。それでこの子にはこの問題がとてもむずかしいのです、とジュリー先生はぼくのお母さんとお父さんにいった。しかしいまのぼくにはむずかしくはない。なぜかというとこの問題はパズルのようなもので、もしそれがパズルなら、それを解く方法はかならずあるからだ。

それはコンピュータみたいなものである。みんなコンピュータは人間とはちがうと考えている、なぜかというとコンピュータには頭脳がないと思っているからだ、たとえチューリング・テストでコンピュータが、天候やワインやイタリアについて会話をしても、そしてジョークまでいえてもだ。

しかし頭脳は複雑な機械にすぎない。

それでぼくたちがものを見るとき、小さな窓から外を見るように自分たちの目で見る、そして自分たちの頭のなかにはひとがいると思っている、しかしそうではない。ぼくたちは頭のなかのスクリーンを見ているのだ、コンピュータのスクリーンみたいに。

それでどうしてこういえるかといえば、ぼくがテレビで見た『**頭脳はいかに働くか**』というシリーズの実験のおかげだ。この実験では、頭を特別な器具に入れたひとが、コンピュータのスクリーンの上に書いてあるページを見る。それは文字が書いてあるふつうのページのように見える、そしてそれはまったく変化しない。しかししばらくすると、目がページの上を動いているうちになにかがすごくへんだということに気づく、なぜかというと前に読んだページの一部を読もうとすると、そこが変わっているからだ。

　そうしてこれはなぜかというとひとの目がある一点から一点にちらりと移る瞬間には、その目にはなにも見えなくて、盲目と同じだからだ。そしてこのちらりと移る瞬間は断続的運動、あるいはサッカードと呼ばれている。なぜかというともし目が一点から一点に瞬間的に移るとき、すべてを見ようとするとくらくらめまいがする。それでその実験では、目がいつ一点から一点に移るかということがわかるセンサーがあって、その目の動きが起こっているときに、ページのある場所の言葉をそのひとが見ていないあいだに変えてしまう。

　しかしサッカードのあいだはなにも見えていないということにひとは気づかない、なぜかというとひとの脳は、頭にある二つの小さな心の目からのぞいているように思わせるために、脳内のスクリーンをうずめるからだ。それでページのほかの部分の言葉が変わったことに気づかない、なぜかというとひとの頭脳は、その瞬間に見ていなかったものの映像をおぎなってしまうからだ。

　それでひとは動物とはちがう、なぜかというとひとは頭のなかのスクリーンに、見ていなかったものも映し出すことができるからだ。ひとはべつの部屋にいるだれかの姿を頭のなかのスクリーンに映し出すことができる。あるいは、あした起ころうとしていることを映し出すこともできる。あるいは、宇宙飛行士になった自分の姿を映し出すこともできる。あるいは、とても大きな数を映し出すこともできる。あるいは、なにかを解き明かそうとしているときに、理論のつながりを映し出すこともできる。

　そしてそのため、犬は獣医のところに行ってとても大きな手術をして、足から金属の針が突きだしていても、猫を見たら、足から針が突きだしていることを忘れて猫を追いかける。しかし人間が手術をしたら、頭のなかにその傷を何カ月も何カ月も映しだしている。足の傷を縫ったあとや折れた骨や針の映像が頭のなかにあって、たとえ乗らなくてはならないバスを見ても走ったりしない、なぜかというと頭のなかには、がりがり嚙みあう骨や破けた縫い目やひどい痛みなどの映像が映しだされているからだ。

　そしてそのため、ひとはコンピュータには頭脳がないと思っている、人間の脳は特別でコンピュータとはちがうと思っている。なぜかというとひとは頭のなかのスクリーンを見て、頭のなかにはだれかがすわっていてそれがスクリーンを見ているのだと思っているからだ、**『新スタートレック』**に出てくるジャン＝リュック・ピカード艦長が艦長席にすわって大きなスクリーンを見ているのと同じように。そしてひとびとは、これは小人という意味のホムンクルスと呼ばれる、人間のとくべつな頭脳なのだと考えている。そしてコンピュータにはこのホムンクルスがいないのだと考えている。

　しかしこのホムンクルスも、ひとの頭のなかのスクリーンにいる映像の一つにすぎない。そしてホムンクルスが頭のなかのスクリーンに映っているときは（なぜかというとそのひとはそのホムンクルスのことを考えているから）スクリーンを見ているのは頭脳のほかの部分だ。それでそのひとがその頭脳の一部（スクリーンに映っているホムンクルスを見ている一部）のことを考えると、そのまた一部がスクリーンに出て、それをまた見つめている頭脳のべつの一部がある。しかし頭脳自体はこの起こっている現象が見えない、なぜかというと目が一つの場所からまたほかの場所へとちらっと動くときと同じように、人間の頭のなかは、ある一つの考えからほかの考えに移るとき、一瞬盲目になるからだ。

そしてこれがなぜ人間の頭脳がコンピュータに似ているかという理由なのだ。それは人間の頭脳が特別なものだからでなく、それは画面が変わる瞬間に、画面が空白になるからだ。それでひとびとはなにか見えないものがあるとき、それは特別なものだと考える。なぜかというと人間は自分の目に見えないものには、なにか特別なものがあるといつも考えるから、それは月の裏がわとかブラックホールのむこうがわとか、夜、目がさめたときにこわいと感じる暗闇とかと同じだ。

それにまたひとびとが、自分たちはコンピュータではないと考えるのはなぜかというと、ひとには感情があってコンピュータには感情がないと思っているからだ。でも感情というのは、あしたとか来年とかになにが起こるかということや、起こったことではなく起こったかもしれないことについてスクリーンに映しだされたものだ、そしてもしそれがしあわせな映像ならば、ひとは笑うし、もしそれが悲しい映像ならひとは泣く。

167

お父さんはぼくをおふろにいれて、げろをすっかり洗いながしてそれからタオルでふいたあとに、ぼくを寝室に連れていって、きれいな服を着せてくれた。

それからお父さんはいった、「今晩はなにか食べたのか?」

しかしぼくはだまっていた。

それからお父さんがいった、「なにか食べるものを作ろうか、クリストファー?」

しかしぼくはまだだまっていた。

それでお父さんはいった、「わかった。いいかい。おれはこれから下に行っておまえの服やベッドのシーツを洗濯機に入れてくる、それからまたここにもどってくる、いいな?」

ぼくはベッドの上にすわって、ぼくのひざを見つめていた。

そこでお父さんは部屋から出ていってバスルームの床からぼくの着ていたものを拾いあげてそれを階段の手前においた。それからお父さんは自分のベッドのシーツをもってきて、それをぼくのシャツやジャンパーといっしょにおいた。それからそれをぜんぶもって下におりていった。やがて洗濯機をまわす音が聞こえた、ボイラーがごうーっと鳴って、水道管のなかのお湯が洗濯機にそそぐ音が聞こえた。

長いあいだその音しか聞こえなかった。

ぼくは頭のなかで2を倍数にしていった、なぜかというとそうしていると気持ちが落ち着くからだ。とうとう**2の25乗**の**3355 4432**までたどりついた、それはたいしたことではない、なぜかというとぼくは前に**2の45乗**までたどりついたことがあるからだ、しかしぼくの脳はあまりよく働いていなかった。

それからお父さんがまた部屋にもどってきていった、「気分はどうだい？　なにかもってこようか？」

ぼくはだまっていた。ぼくはひざを見つめつづけていた。

そしてお父さんもだまっていた。ベッドのぼくの横にすわってひざの上にひじをのせて、脚のあいだのカーペットを見おろしていた。そこには八つのいぼのついた小さな赤いレゴ・ブロックが一つ落ちていた。

そのときトビーが目をさました物音がした、なぜかというとトビーは夜行性なので、檻のなかでがさごそいうのが聞こえた。

それからお父さんはとても長いあいだだまりこんでいた。

やがてお父さんはいった、「なあ、もしかするとこれはいってはならんことかもしれない、だがな……おまえに知ってほしいのは、おまえはおれを信用していいということだ。そして……そうだな、おれはたぶんいつもほんとうのことを話してはいなかったかもしれない。そうしようと努力はしてるんだ、誓うよ、クリストファー、誓ってそうしてる、だが……人生はやっかいなのさ。いつもほんとうのことを話すというのは、そりゃやっかいでなあ。ときにはそれが不可能なときもあるんだよ。だけどおれは話そうと思う、ほんとうに話そうと思うんだ、わかってくれ。それにたぶんこんなことを話すのは、いまがいい潮時だとはいえないしな、おまえもきっといやだろう、だがな……おまえにはちゃんと知っておいてもらいたいんだ、これからおまえにほんとうのことを話そうと思ってるから。なにもかもだよ。だってさ……もしいまほんとのことを話しておかなかったら、あとになって……あとになったらますますつらいことになる。だから……」

お父さんは両手で顔をごしごしこすって指であごをひっぱって、それから壁をじっと見つめた。目のはしにお父さんが見えた。

そうしてお父さんはいった、「おれがウエリントンを殺したんだよ、クリストファー」

これはジョークじゃないかとぼくは思った、なぜかというとぼくにはジョークは理解できないからだ、そしてひとがジョークをいうときは、本気でいっているのではないからだ。

しかしお父さんはいった、「たのむ。クリストファー。ただ……説明をさせてくれ」それからお父さんは空気をいくらか吸いこんでいった、「おまえのママが出ていったとき……アイリーンは……ミセス・シアーズは……あのひとはとてもおれたちによくしてくれた。おれにはとてもよくしてくれた。とても苦しい時期におれを助けてくれた。あのひとがいなかったら、うまくやっていけたかどうかわからない。なあ、おまえも知ってるな、あのひとはほとんど毎日ここに来てくれただろ。料理をしてくれて掃除もしてくれた。おれたちがだいじょうぶかどうか、なにかいるものはないかって、よく顔を出してくれたよな、で……おれは思った……ちくしょう、クリストファー、話を簡単にしようとしているんだが……おれは思った、あのひとはずっと来てくれるもんだと。おれは思った……まあおれがばかだったんだろう……おれは思った、あのひとはもしかすると……そのうちに……ここに移ってきたいと思ってるんじゃないかってな。そうじゃなかったらおれたちがあのひとの家に移ってもいい。おれたちは……おれたちはほんとに、ほんとにうまくやってきた。おれたちは友だちだと思ってた。おれの考えはまちがいだったのかもな。たぶん……けっきょくは……話の落ち着くところはだな……ちくしょう……おれたちは口論したんだ、クリストファー、そして……あの女は、おまえにはとてもいえないようなひでえことをいいやがった、心を突きさすようなことをな、だが……あの女はおれより、おれたちよりあのくそ犬のほうが大事なんだ、とおれは思った。いま考えてみりゃ、それはそれほどあほなことでもなかったかもしれない。たぶんおれたちゃ手に負えないやっかいものだったかもしれないんだ。そりゃきっと、赤の他人といっしょに暮らすより、あのばか犬の世話をするほうがよっぽど楽かもしれないよなあ。つまりだ、ちくしょう、あのなあ、おれたちゃ、はっきりいって手のかからない連中とはいえない、そうだろ……？　とにかくおれたちゃ、口げんかをしたんだ。正直いってどえらい大げんかを何度もしたんだよ。だがあの特別ひどい大爆発のあとで、あの女はおれをあの家から閉め出したのさ。それであの駄犬が手術のあとどんなふうだったかおまえも知ってるよな。ひでえ狂犬野郎さ。ごきげんでひっくりかえって、腹をくすぐらせるかと思えば、つぎの瞬間は脚にがぶりとかみつく。とにかく、おれたちゃ、たがいにどなりあう、あいつは庭でしょんべんしやがる。それであの女がおれのうしろで玄関のドアをたたきつけて閉めたとき、あの野郎がおれを待ちかまえてた。それで……わかってる、わかってるよ。たぶんあいつをひとけりけとばしてやりゃあ、おそらくしりごみしただろうな。だけど、ちくしょう、クリストファー、あの赤い霧がおりてきて……ちくしょう、おまえならどういうことかわかるだろ。つまり、おれたちゃ、それほどちがいがないってことよ、おれとおまえはな。それでおれは思った、あの女はおまえやおれの世話をするよりあのくそ犬のほうがかわいいんだと。まるで、おれが二年間おさえにおさえてきたあらゆるもんがなあ……」

そしてお父さんはちょっとだまりこんだ。

やがてお父さんはいった、「ごめんよ、クリストファー。誓っていうよ、あんなことになるとは夢にも思わなかったんだ」

それで、これがジョークではないことがわかって、ぼくはものすごくこわくなった。

お父さんがいった、「おれたち、だれでもまちがいはするもんだよ、クリストファー。おまえ、おれ、おまえのママ、みんながだ。そしてときどきそれはどでかいまちがいなんだ。おれたちはただの人間だからな」

そうしてお父さんは右手をさしあげ、指を扇の形に開いた。

しかしぼくは悲鳴をあげ、お父さんを押したのでお父さんはベッドから床の上にころげ落ちた。

お父さんは体を起こしていった、「わかった。いいかい、クリストファー。悪かった。今夜はここまでということにしておこう、いいな？　おれは下に行く、おまえはすこし眠るといい。朝になったら話しあおう」それからお父さんはいった、「だいじょうぶだからな。ほんとだ。おれを信じろ」

それからお父さんは立ちあがり深呼吸をして部屋から出ていった。

ぼくは長いあいだベッドにすわって床を見つめていた。それからトビーが檻のなかでがりがりやっている音が聞こえた。ぼくが顔をあげると、トビーは金棒のあいだからぼくを見つめていた。

ぼくはこの家から出ていかなくてはならない。お父さんはウエリントンを殺したのだ。ということはぼくも殺すかもしれない、お父さんが「おれを信じろ」といったってもう信じられない、なぜかというと大事なことで嘘をついたからだ。

しかしぼくはすぐに家から出ていくことはできない、なぜかというとお父さんに見つけられるからだ、だからお父さんが眠るまで待たなければならない。

時間は午後十一時十六分だった。

ぼくはまた2の倍数を考えはじめた、しかし**2の15乗の32768**より先には行けなかった。それでぼくは時間が早く過ぎるように、考えなくてもいいように、うなり声をずっとあげていた。

やがて午前一時二十分になった、しかしお父さんが二階の自分のベッドに寝にきた物音はしなかった。下で眠っているのか、この部屋に入ってきてぼくを殺す機会を待っているのか、ぼくにはわからなかった。そこでぼくはスイス・アーミー・ナイフを出して、鋸歯を開いておいた、そうすれば身を守ることができる。それから自分の寝室からそうっと音をたてずに出て耳をすませた。なにも聞こえなかったので、うんとしずかにうんとゆっくり階段をおりていった。下に来てみるとお父さんの足が居間のドアのすきまから見えた。ぼくは足が動くかどうか見るために四分間待った、しかし足は動かなかった。そこでぼくは玄関ホールまで歩いていった。

お父さんはソファに横になって目を閉じていた。

ぼくは長いことそれを見ていた。

するとお父さんがいびきをかいたので、ぼくはとびあがった、耳のなかで血がどくどくと音をたてて、ぼくの心臓の音はものすごく早くなって、だれかがすごく大きな風船をぼくの胸のなかで破裂させたみたいに胸が痛くなった。

心臓発作を起こすのではないかと心配だった。

お父さんの目はまだ閉じていた。眠っているふりをしているのではないかとぼくは疑った。

そこでぼくはナイフをしっかりにぎりしめてドアの枠をたたいた。

お父さんは頭をこちらからむこうに動かし足がぴくりと動いた、そしてこういった、「ぐうう」しかし目は閉じたままだ。それからまたいびきをかいた。

お父さんは眠っていた。

ということは、お父さんを起こさないようにそうっと動けばこの家を出ていけるということだ。

ぼくは玄関のドアの横のフックにかけてあるコートを二着とマフラーを取ってぜんぶ着こんだ、なぜかというと夜の外は寒いだろうから。それからまたそうっと二階にあがっていった、しかしぼくの脚はふるえていたので、そうっと歩くのはむずかしかった。自分の部屋に入ってトビーの檻をもちあげた。彼はがりがりという音をたてたので、コートを一着ぬいで、音が聞こえないようにそれを檻にかけた。それから檻を下に運んだ。

お父さんはまだ眠っていた。

ぼくはキッチンに入って、ぼくの特別の食料箱をもちだした。裏口のドアの鍵を開けて外に出た。それからドアを閉めるとき、かちりと大きな音がしないように把手(とって)をさげたまま押さえて閉めた。それから庭の奥へ歩いていった。

庭の奥には物置小屋があった。そこには芝刈り機や剪定(せんてい)ばさみが入れてあった、それからお母さんがよく使っていた園芸用品、植木鉢とか堆肥(たいひ)の袋とか竹ざおとかひもとか手鋤(てすき)なんかが入っていた。小屋のなかのほうがすこしあたたかいだろうと思ったけれども、お父さんが小屋のなかはさがすだろうと思ったので、ぼくは小屋の裏のほうにまわって、小屋の壁とフェンスのあいだ、雨水を集める黒い大きなプラスチックの桶(おけ)のうしろのすきまにむりやりもぐりこんだ。それからそこにしゃがみこむと、ちょっと安心した。

ぼくは一着のコートはトビーの檻にかけておくことにした、風邪をひいて死んでしまうと困るから。

ぼくは特別の食料箱を開けた。なかにはミルキー・バーとひもあめが二本とオレンジ三個とピンクのウエハースが一枚とぼくの赤い着色料が入っていた。空腹は感じなかったけれども、なにか食べておかないといけない、なぜかというと、もしなにも食べないでいると体が冷えるからだ、そこでぼくはオレンジを二個とミルキー・バーを食べた。

それからつぎになにをすればいいか考えた。

173

物置小屋の屋根と、となりの家からうちのフェンスにおおいかぶさっている大きな植物のあいだから**オリオン座**が見えた。

オリオン座がオリオンと呼ばれるのは、オーリーオーンという狩人(かりうど)がいて、この星座が棍棒(こんぼう)と弓と矢をもっている狩人みたいに見えるからだ、こんなふうに——

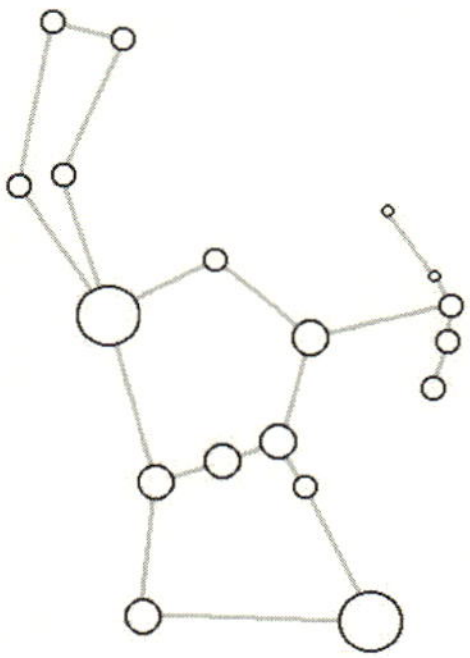

しかしこれはまったくばかばかしい、なぜかというとこれは星の集まりにすぎない、それでそのいくつかの点は自分の好きなように結ぶこともできる、雨傘をもって手をふっている女のひとに見えるように点を結んでもいいし、ミセス・シアーズがもっているイタリア製の把手のついたスチームが出るコーヒーメイカーに見えるように結んでもいいし、あるいは恐竜みたいでもいい。

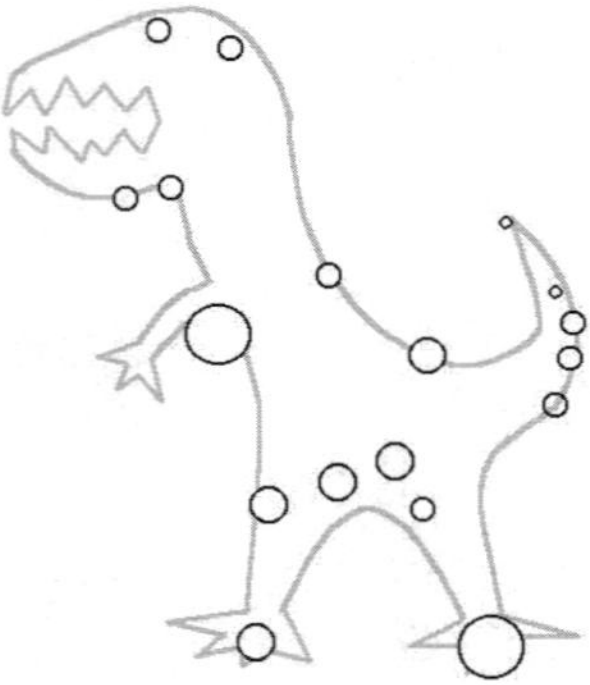

それに宇宙には線なんかないから、**オリオン座**の星と**うさぎ座**や**牡牛座**(おうし)や**双子座**の星を結んで、これは**ぶどうの実座**だとか**イエス・キリスト座**とか**自転車座**（ただしギリシア・ローマ時代、彼らが**オリオン座**をオリオンと呼んだところに自転車はなかった）とか呼んでもいいわけだ。

それにとにかく、**オリオン座**は狩人でもコーヒーメイカーでも恐竜でもない。これはベテルギウスとベラトリックスとアルニラムとリゲルとぼくが名前を知らない十七の星にすぎない。そしてそれらの星は何百億キロもかなたの核爆発なのだ。

そしてそれは真実である。

179

ぼくは三時四十七分まで目をさましていた。眠ってしまう前に時計を見たのはそれが最後だった。これは発光式の文字盤なので、ボタンを押すと文字盤が明るくなって暗くても数字が読める。ぼくはとても寒くて、それにお父さんが出てきてぼくを見つけるかもしれないと思うとこわくてたまらなかった。しかし庭にいれば安全だ、かくれているのだから。

ぼくは空をずうっと見ていた。ぼくは夜、庭で空を見るのが好きだ。夏には懐中電灯と星座早見盤をもってときどき外に出る。この星座早見盤は、プラスチックの二枚の円盤がかさなっていて、まんなかがピンでとめてある。それから下になっている円盤には天空図がかいてあって、上になっている円盤にはパラボラ型の窓があって、それをまわして日にちと、スウィンドンの緯度である北緯51度5分にあわせると、その窓にそのときのスウィンドンの天空図が見える。なぜかというと天空の大部分は、いつも地球の反対がわにあるからだ。

それでぼくたちが空を見るとき、ぼくたちが見ているのは地球から何万光年もはなれたところにある星なのだ。そしてその星のあるものは、もう存在していない、なぜかというとその光は、ぼくたちのところにとどくのにとても長いことかかるので、その星はもう死んでいるか、爆発して縮んで赤色矮星（せきしょくわいせい）になっているからだ。そう考えるとぼくたちはとても小さな存在に思われるし、もし人生で難しいことに出あっても、それは取るに足らないことだと思えるのはすばらしい、つまりそれはとても小さなものなので、なにかを計算するときに無視してもよいということだ。

　ぼくは寒いのと地面がとてもでこぼこしているのと、トビーが檻のなかでがりがりやってばかりいるのとでよく眠れなかった。しかしぱっちり目がさめたときは夜明けで、空はオレンジ色や青や紫色で、暁の合唱と呼ばれているあの鳥の鳴き声が聞こえた。ぼくはそれから二時間三十二分のあいだそのままじっとしていた。そうしたらお父さんが庭に出てきて大声で呼ぶのが聞こえた。「クリストファー……？　クリストファー……？」

　そこでぼくは横をむくと、肥料を入れるのに使った泥だらけの古いビニールの袋が見つかったので、ぼくは、トビーの檻とぼくの特別の食料箱をもって体を縮めて小屋の壁とフェンスと雨水桶のあいだにもぐりこんで、その肥料の袋をかぶった。やがてお父さんが庭を歩いてくる足音が聞こえたので、ぼくはスイス・アーミー・ナイフをポケットから出して鋸歯を起こして、お父さんに見つかったときのためにそれをにぎりしめた。お父さんが小屋のドアを開けてなかをのぞく音がした。それから、「ちくしょう」という声が聞こえた。それから小屋の横のほうの茂みのなかを歩きまわる足音がしたので、ぼくの心臓はものすごい早さで打って、また胸のなかで風船がふくらむような感じがした、そしてお父さんが小屋のうしろをのぞくかもしれないと思った、しかしぼくはかくれているので外が見えない、しかしお父さんは見なかった、なぜかというとお父さんがまた庭を歩いてもどっていく足音が聞こえたからだ。

そこでぼくはそのままじっとしていて、ぼくの時計を見ると、ぼくは二十七分間じっとしていたことになる。やがてお父さんがバンのエンジンをかける音がした。それがお父さんのバンだということはわかっていた、その音をいつもよく聞いていたし、それは近くで聞こえたし、近所のひとの車ではないからだ、なぜかというとドラッグをやっているひとたちの車はフォルクスワーゲンのキャンパー・バンだし、四十番地に住んでいるミスタ・トムソンの車はボクソール・キャバリエだし、三十四番地に住んでいるひとの車はプジョーで、みんなちがう音がするからだ。

それでぼくはお父さんが車で家から出ていったとき、もうここから出ても安全だということがわかった。

それからぼくはこの先どうするかきめなければならなかった、なぜかというとこの家にお父さんといっしょに暮らすのは危険だからだ。

そこでぼくは決心した。

ミセス・シアーズのドアをノックして、彼女といっしょに暮らすということにきめた、なぜかというとぼくは彼女を知っているから、彼女はよその知らないひとではない、通りのうちのがわが停電したとき彼女の家に泊まったこともある。それにこんどは彼女も帰れとはいわないと思う、なぜかというとぼくはだれがウエリントンを殺したか教えてあげられるから、そうすればぼくは味方だということが彼女にもわかるだろうから。それにまたぼくがなぜお父さんともういっしょに暮らせないか彼女は理解してくれるだろう。

ぼくはひもあめとピンクのウエハースと最後のオレンジをぼくの特別の食料箱から出して、それをポケットのなかに入れ、特別の食料箱は肥料袋の下にかくした。それからトビーの檻とコートをもって、小屋のうしろからはいだした。庭を歩いていって家の横に出た。ぼくは庭の木戸のかけ金をはずして、家の表にまわった。

通りにはだれもいなかったので通りをわたってミセス・シアーズの家の前まで行き、玄関のドアをノックしてそして待った、そして彼女がドアを開けたときになんといおうかと考えていた。

だが彼女は出てこなかった。そこでぼくはまたノックした。

それからうしろをふりむくと、何人かのひとが通りを歩いてくるのが見えたのでこわくなった、なぜかというとそのうちのふたりはとなりの家のドラッグをやるひとだったから。そこでぼくはトビーの檻をもってミセス・シアーズの家の横をまわって、彼らに見つからないようにごみ缶のかげにしゃがみこんだ。

それからぼくはこれからどうするかきめなければならなかった。

それでぼくはどうやってきめたかというと、ぼくにできることをぜんぶ考え出して、どれが正しい選択か考えてみた。

そしてぼくは自分の家にはもう帰らないことにきめた。

それからシボーン先生のところに行っていっしょに暮らすこともできないときめた、なぜなら学校がないときにぼくの世話をすることはできない、なぜなら彼女は先生で、友だちでも家族でもないからだ。

それからテリーおじさんといっしょに暮らすこともできないときめた、なぜかというとおじさんはサンダーランドに住んでいて、ぼくはサンダーランドにどうやって行くのかわからないし、テリーおじさんはたばこを吸うし、ぼくの髪の毛をなでるので、ぼくはテリーおじさんがきらいだった。

それからミセス・アレグザンダーといっしょに暮らすこともできないときめた、なぜかというと彼女がたとえ犬を飼っているといっても友だちでも家族でもない、なぜかというとぼくは彼女の家に泊まることもできないし彼女のトイレを使うこともできない、なぜかというと彼女がそれを使ったから、彼女は知らないひとだから。

それからぼくはお母さんといっしょに暮らせるかもしれないと思った、なぜかというとお母さんはぼくの家族で住んでいるところもわかる、あの手紙の住所は、ロンドン　NW2　5NG　チャプター・ロード　451cとおぼえているからだ。ただお母さんはロンドンに住んでいて、ぼくはロンドンには一度も行ったことがない。ぼくが行ったことがあるところは、フランスに行くときにドーバーに行ったのと、テリーおじさんをたずねるためにサンダーランドに行ったのと、それから癌になったルースおばさんをたずねるためにマンチェスターに行っただけだ、ただぼくがそこに行ったときおばさんは癌にはかかっていなかった。それにぼくはうちの通りのはずれにある店のほかは自分ひとりではどこにも行ったことがない。それで自分ひとりでどこかへ行くことを考えるととてもおそろしかった。

それからぼくは自分の家にもどることを考えた、あるいはいまいるところにそのままいるか、あるいは毎晩庭にかくれて、そしてお父さんにさがしだされるか、そんなことを考えたらもっとおそろしくなった。そしてそんなことを考えたとき、ゆうべみたいにまたげろを吐きそうになった。

それからぼくは、ぼくにできることで安心していられることはなに一つないのに気がついた。それでぼくは頭のなかにこういう絵をかいた。

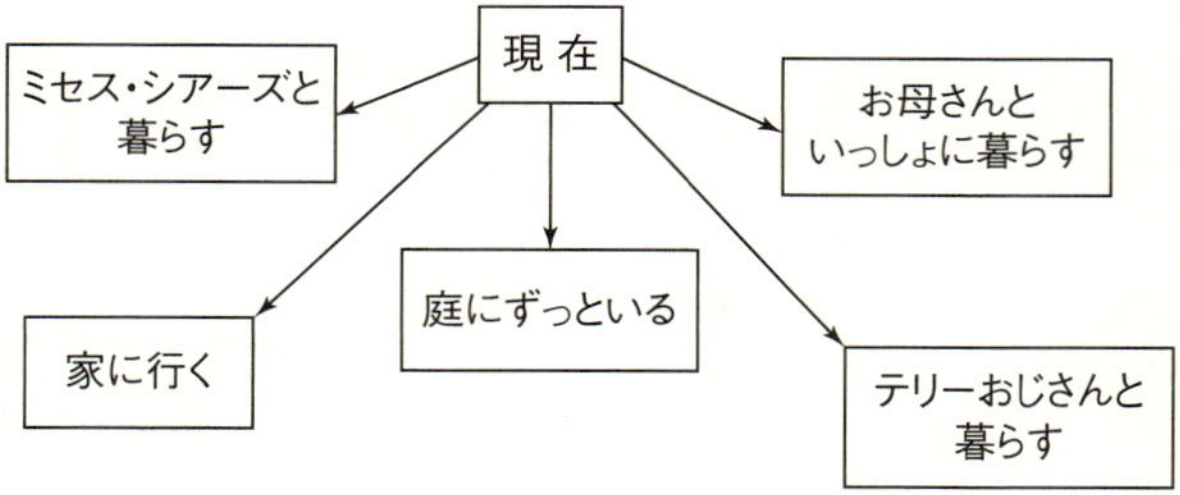

それから頭のなかで、あらゆる可能性のうちで不可能なものをぜんぶ消していった、それは数学のテストみたいなもので、問題をぜんぶ見たとき、どの問題をやるか、どの問題をやらないかきめて、やるつもりのない問題はぜんぶ消していく、なぜかというとそうすればきめたことはもうぜったいで、気持ちを変えることはできないからだ。それはこんなふうだった。

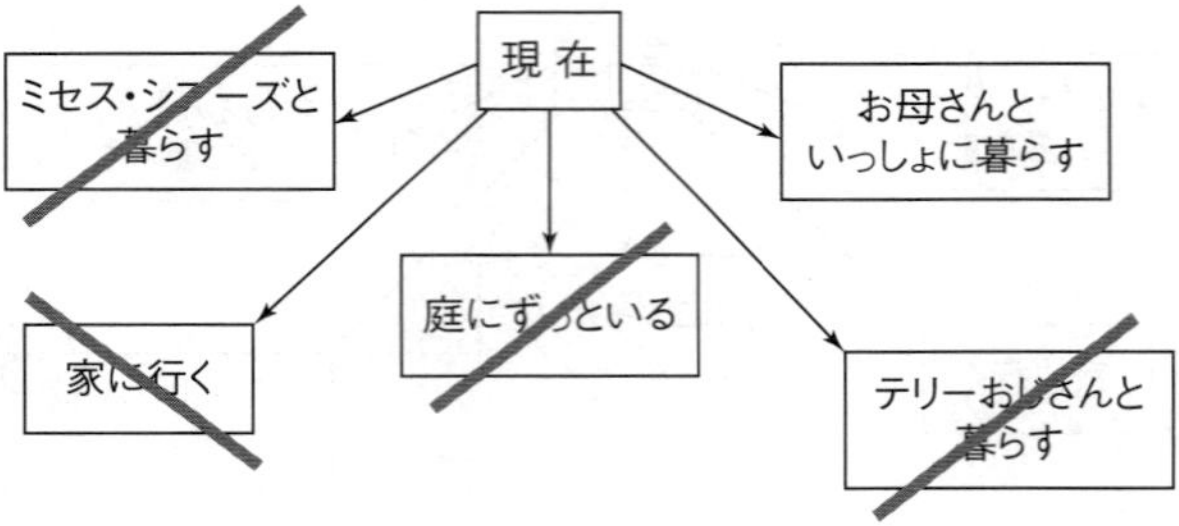

つまりぼくはロンドンへ行ってお母さんと暮らさなければならないということだ。それで電車でならロンドンに行けるはずだ、なぜかというと電車セットで電車のことならなんでも知っているし、時刻表の見方や駅まで行く方法も知っているし、切符の買い方も知っているし、発着時刻掲示板を見て、ぼくの電車が時間どおりに出るのか調べることも、それからプラットホームに行って電車に乗る方法もみんな知っている。それでぼくはスウィンドン駅から出発する、この駅にはシャーロック・ホームズとワトスン博士が、**『ボスコム渓谷の惨劇』**でパディントンからロスに行くとちゅう昼食を取るために立ちよっている。

そのときぼくはさっきからしゃがんでいるミセス・シアーズの家の横の細い道のむこうがわの壁を見た、その壁にはとても古い鉄鍋のまるいふたが立てかけてあった。それは錆だらけだった。それはまるで惑星の表面みたいだった、なぜかというとその錆が、国とか大陸とか島の形をしていたからだ。

そのときぼくは、とても宇宙飛行士にはなれないなと思った、なぜかというと宇宙飛行士になるということは、家から何万キロもはなれたところにいるということだ、そしてぼくの家はいまはロンドンで、それはスウィンドンから約百六十キロはなれているけれど、もしぼくが宇宙に行ったら、ぼくの家はその千倍も遠いことになる、そのことを考えると痛みを感じた。いつかぼくが運動場のはしの芝生の上でころんだときに、だれかが塀ごしに投げこんだ割れたびんのかけらでひざを切って、皮膚の一部がぺろんとはがれてしまって、デイビス先生が皮膚がはがれている肉のところにばい菌が入らないように消毒薬で洗ってくれて泥もきれいに落としてくれたとき、ぼくはとっても痛くて泣いた。しかしいまのこの痛みはぼくの頭のなかの痛みだった。宇宙飛行士にぜったいなれないと思うととても悲しくなった。

それからぼくは、シャーロック・ホームズみたいにならなくてはいけないと思った、ぼくの頭のなかの痛みに気づかないように、自由自在に自分の頭を切りはなさなければならない。

それからもしロンドンに行くならお金がいると思った。長い旅なので食べ物もいる、食べ物をどこで手に入れればいいかわからないからだ。それからぼくがロンドンに行くときは、トビーを連れていくわけにはいかないので、だれかにトビーの世話をしてもらう必要があると思った。

そこでぼくは策定した。それで気分がいくらかよくなった、なぜかというと頭のなかにきちんとした秩序とパターンができたから、ぼくはそれにしたがって進めばいいだけだ。

ぼくは立ちあがって通りにだれもいないことをたしかめた。それからミセス・シアーズの家のとなりのミセス・アレグザンダーの家に行ってドアをノックした。

するとミセス・アレグザンダーがドアを開けていった、「クリストファー、いったいぜんたいどうしたっていうの？」

それでぼくはいった、「ぼくのかわりにトビーの世話をしてくれますか？」

そしたら彼女はいった、「トビーってだれ？」

それでぼくはいった、「トビーはぼくのペットのネズミです」

するとミセス・アレグザンダーはいった、「ああ……ああそう。思いだした。あんたそういってたわね」

そこでぼくはトビーの檻をもちあげてみせていった、「これがトビーです」

ミセス・アレグザンダーは玄関ホールのほうに一歩さがった。

それでぼくはいった、「トビーは特別のラット・フードを食べます、それはペット・ショップで買えます。でもビスケットも食べるしニンジンもパンもトリの骨も食べます。でもチョコレートはやってはだめ、なぜかというとチョコレートにはカフェインとテオブロミンが入っていて、これはメチルキサンチンなので、それはどっさりやるとネズミには毒になります。それからびんのなかに毎日新しい水を入れてやらなければなりません。トビーはよその家にいても平気です、なぜかというと動物だから。それから檻の外に出すとよろこびます、でもあなたが外に出さないならそれでもかまわないけど」

するとミセス・アレグザンダーはいった、「なぜトビーの世話をひとにたのまなければならないの、クリストファー？」

それでぼくはいった、「ロンドンに行くから」

そしたら彼女はいった、「どのくらい行っているの？」

それでぼくはいった、「ぼくが大学に行くまで」

そしたら彼女はいった、「トビーをいっしょに連れていったらどう？」

それでぼくはいった、「ロンドンは遠いところで、ぼくはトビーを電車に乗せたくない、どこかに行ってしまうかもしれないから」

そしたらミセス・アレグザンダーはいった、「なるほど」それから彼女はいった、「あなたとあなたのお父さんはお引っ越しするの？」

それでぼくはいった、「いいえ」

そしたら彼女はいった、「それなら、なぜあなたはロンドンに行くの？」

それでぼくはいった、「お母さんといっしょに暮らすから」

そしたら彼女はいった、「お母さんは亡くなったと、あんた、いったわよね」

それでぼくはいった、「死んだと思っていたけど、でもお母さんはまだ生きていました。そしてお父さんはぼくに嘘をついた。それにお父さんはウエリントンを殺したといいました」

そしたらミセス・アレグザンダーはいった、「あらまあ、なんてこと」

それでぼくはいった、「ぼくはお母さんといっしょに暮らすことにした、だってお父さんはウエリントンを殺した、嘘をついた、だからお父さんといっしょの家にいるのはこわいです」

そしたらミセス・アレグザンダーはいった、「お母さんはここにいるの？」

それでぼくはいった、「いいえ、お母さんはロンドンにいます」

そしたら彼女はいった、「それであなたはひとりでロンドンに行くの？」

それでぼくはいった、「はい」

そしたら彼女はいった、「ねえ、クリストファー、ちょっとなかに入ったらどうかしら、そしてこのことをよく話しあって、どうすればいちばんいいか考えましょう」

それでぼくはいった、「いいえ。ぼくはなかに入れません。トビーの世話をしてくれますか？」

そしたら彼女はいった、「それはいい考えだとは思えないのよ、クリストファー」

それでぼくはなにもいわなかった。

そしたら彼女はいった、「いまお父さんはどこにいるの、クリストファー？」

それでぼくはいった、「わかりません」

そしたら彼女はいった、「それならお父さんに電話をしたほうがいいわ、連絡がつくかどうか。お父さんはあなたのことを心配してると思うわ。それにきっとひどい思いちがいがあるのよ」

そこでぼくはくるりと背中をむけると通りをわたってぼくの家にもどった。それでぼくは道路をわたる前によく見なかったので、黄色のミニがきいっとタイヤの音をさせて止まった。

ぼくは家の横を走りぬけて庭の木戸を通ってかけ金をかけた。

キッチンのドアを開けようとしたけれども鍵がかかっていた。それで地面にあったれんがをひろってそれで窓をたたきやぶったのでガラスがいたるところに散らばった。それからこわれたガラスのところに腕をつっこんで内がわからドアの鍵を開けた。

家のなかに入ると、トビーをキッチンのテーブルの上においた。それから二階にかけあって、学校のかばんをつかんで、トビーの食べ物をそのなかに入れて、それから数学の教科書を何冊か、洗ったパンツを何枚か、それからベスト一枚と洗ったシャツ一枚を入れた。それから下におりると、冷蔵庫を開けて、オレンジ・ジュースのパックを一つとまだ開けていないミルクを一びんかばんに入れた。それからオレンジも二個と、カスタード・クリームのパックと煮豆の缶詰を二つ戸棚から出してそれもかばんに入れた、なぜかというとぼくはスイス・アーミー・ナイフの缶切りでそれを開けることができるからだ。

それから流し台の上を見ると、お父さんの携帯電話と財布とアドレス帳がのっていた、それを見るとぼくの皮膚は……『**四つの署名**』のなかのワトスン博士みたいに着ているものの下で冷たくなった。ワトスン博士が、ノーウッドのバーソロミュー・ショルトの家の屋根の上にアンダマン諸島の島民トンガの小さな足跡を見たときのように。なぜかというとお父さんがもどってきて、家のなかにいるのではないかと思ったからだ、頭の痛みはますますひどくなった。しかしそのときぼくの記憶の映像を巻きもどして見たら、お父さんのバンは家の外に駐車していなかった、だからお父さんは家を出るときに携帯電話と財布とアドレス帳をおいていったにちがいない。それでぼくはお父さんの財布を取りあげて、キャッシュ・カードを出した、なぜかというとこれでお金を引き出せるからで、カードには暗証番号というのがあってこれは秘密の暗号で、お金を引き出すためには銀行の機械でこれを入力する、でもお父さんは、みながやるように安全な場所にその暗証番号を書きとめてはおかなかった。ぼくがぜったい忘れないからといってぼくにその暗証番号を教えた。それは3558だ。それでぼくはカードをポケットに入れた。

それからトビーを檻から出して、片方のコートのほうのポケットに入れた。なぜかというと檻は、ロンドンまでもっていくには重すぎるからだ。それからぼくはキッチンのドアから庭に出た。

ぼくは庭の木戸から外に出て、だれも見ていないかよくたしかめてから、学校のほうに歩きだした、なぜかというとそれがぼくの知っている方向で、学校につけばシボーン先生に電車の駅がどこにあるかきくことができる。

もしぼくが学校に歩いていくとするとふつうならだんだんこわさが増すはずだった、なぜかというとこういうことは前に一度もしたことがなかったからだ。しかしぼくは二つのちがった意味でこわかった。一つはぼくが日ごろ慣れている場所からはなれるのがこわいこと、そしてもう一つは、お父さんが住んでいる場所の近くにいること、そしてその二つはたがいにに反比例しているので、こわさの総和は家から遠くはなれるにつれ、そしてお父さんから遠ざかるにつれて一定になった、こんなふうに——

$$\text{恐怖}_{\text{総和}} \approx \text{恐怖}_{\text{新しい場所}} \times \text{恐怖}_{\text{お父さんに近い}} \approx \text{一定}$$

ぼくの家から学校まではバスで十九分かかる、しかし同じ距離を歩いていくと四十七分かかって、学校に着いたときはぼくはとても疲れてしまったので、学校にしばらくいてウエハースを食べてオレンジ・ジュースを飲んでから電車の駅に行きたいと思った。しかしそれはできなかった、なぜかというと学校に着いてみるとお父さんのバンが駐車場に止まっていたからだ。それでそのバンがなぜお父さんのバンだとわかったかというと、**エド・ブーン暖房装置保守点検・ボイラー修理**とバンの横腹に書いてあって、スパナを交差させたマークがついていたからだ、こんなふうに——

そしてぼくはバンを見たときにまたげろを吐いてしまった。しかしこんどはげろを吐くことがわかっていたので、体じゅうにげろを吐かないですんで、壁や地面にげろを吐いただけだった、それにあまりたくさん食べていなかったのでげろは多くはなかった。そしてげろを吐いたときは地面にころがってうなり声をあげたかった。しかしもしここで地面にころがってうなり声をあげたら、お父さんが学校から出てきてぼくを見つけてぼくをつかまえて家に連れていくだろう。だからぼくは、シボーン先生が、もしほかの生徒がぼくをぶったらそう

しなさいといったように息を五十回数えながら深く吸うことに頭を集中させて、口に出して数えながらその数の三乗の計算をやった。そのおかげで痛みはあまり強くなかった。

それからぼくは口についたげろをきれいにふいて、それから電車の駅に行く行き方を見つけなければならないと思った、それはだれかにきけばいい、そしてきく相手は女のひとがいい、なぜかというと学校で先生たちが、知らないひとは危険の話をするとき、もし男のひとが近づいて話しかけてきて、それでこわくなったら、大声をあげて女のひとを見つけてそのひとのところに走っていきなさい、女のひとのほうが安全だから、といったからだ。

そこでぼくはスイス・アーミー・ナイフを出して鋸歯をぱちんと出してそれをトビーがいないほうのポケットのなかに入れてぎゅっとにぎりしめた、そうすればもしだれかがぼくをつかんでもそのひとを刺すことができるから、そのとき通りのむこうに、乳母車に赤ん坊を乗せて、おもちゃのゾウをもっている男の子といっしょに歩いている女のひとが見えた、それでぼくはそのひとにたずねることにした。それからこんどは車にひかれないように左と右を見て、それからまた左を見て、そして道をわたった。

そうしてぼくはその女のひとにいった、「ぼくはどこで地図を買えますか?」

すると女のひとはいった、「なんですって?」

それでぼくはいった、「ぼくはどこで地図を買えますか?」そしてナイフをにぎっている手が、自分ではふるわせていないのにふるえているのを感じた。

すると女のひとはいった、「パトリック、それをはなして、汚いから。どこの地図?」

それでぼくはいった、「ここの地図」

すると彼女は、「わからないわ」といった。それからこういった、「あなたはどこに行きたいの？」

それでぼくはいった、「電車の駅に行きたい」

するとと彼女は笑っていった、「電車の駅に行くのに地図はいらないわ」

それでぼくはいった、「ぼくはいります、だって電車の駅がどこにあるか知らないから」

そしたら彼女はいった、「ここから見えるわよ」

それでぼくはいった、「いいえ、見えません。それにぼくはどこに銀行のキャッシュ・ディスペンサーがあるか知る必要があるのです」

そしたら彼女は指さしていった、「あそこ。あの建物。てっぺんに信号所って書いてある。その反対がわのはしにイギリス鉄道のマークが見えるでしょ。駅はあそこの下よ。パトリック、もういったでしょ、何千回もいったはずよ。落ちてるものを拾って口のなかにつっこまないの」

それでぼくは見た、するとてっぺんに文字が書いてある建物が見えた、しかしそれはとても遠くのほうにあるので、文字を読むことはできなかった、それでぼくはいった、「縞っぽい模様の建物で、横長の窓のある建物のことですか？」

そしたら彼女はいった、「そうそう」

それでぼくはいった、「あの建物までどうやって行けばいいんですか？」

そうしたら彼女は、「おんやまあ」といった。それからこういった、「あのバスについていきなさい」そして彼女は通りすぎたバスを指さした。

そこでぼくは走りだした。しかしバスというのはとても速いし、トビーがポケットから落ちないように注意しなければならなかった。しかしなんとかずうっとバスを追いかけて走って、六つの交差点をわたって、それからバスが角を曲がったので、そうするとバスはもう見えなくなった。

それからぼくは走るのをやめた、なぜかというと息がとても苦しくて、脚も痛くなったからだ。それからぼくは店がたくさんある通りにいた。そしてぼくは、お母さんといっしょに買い物をしたときこの通りに来たのを思いだした。そして通りには買い物をしているひとがたくさんいた、しかしぼくはそのひとたちにさわられたくなかったので、道のはしのほうを歩いた。それからぼくはおおぜいのひとがそばにいるのはいやだし、この騒音もいやだ、なぜかというと頭のなかにとてもたくさんの情報が入ってくるので、考えることができなくなる、頭のなかでなにかがさけんでいるみたいになる。そこでぼくは両手で耳を押さえて、それからそうっとうなり声をあげた。

それから、あの女のひとが指さしたあの⇌のマークがまだ見えるのに気がついたので、ぼくはそのほうにむかって歩きつづけた。

それからあの⇌マークが見えなくなった。それでぼくは、それがどこにあるかおぼえておくことを忘れていた、それでぼくはこわくなった、なぜかというとぼくは迷子になってしまったのだ、ぼくはものを忘れないはずだったのに。ぼくはふつうは頭のなかに地図をかいて、その地図にしたがって歩いて、そしてその地図の上でぼくがいまどこにいるか小さいばってんをつけておく、しかしいまは頭のなかにいっぱいじゃまものが入っているので、それでぼくは混乱してしまった。そこでぼくは緑色のビニール製のふわふわした敷物がしいてある箱に入ったニンジンやタマネギやサトウニンジンやブロッコリーがならんでいる青果店の外の緑と白のキャンバス地の屋根の下に立って計画を立てた。

電車の駅がこの近くのどこかにあることは知っている。そしてもしある場所が近くにある場合、時計の針と同じ方向にらせん状に動いていって、角に来るたびに右折してもといた道にもどるまで歩きつづける、そうしてこんどは左折して、その先をこんどもずうっと右折していく、といったぐあいに次の図のようにやる（しかしこれも仮定の図で、スウィンドンの地図ではない）。

ぼくはこうやって電車の駅を見つけた。このルールにしたがって歩きながら頭のなかに町の中心部の地図をかくことに集中した。こうするとまわりにいるおおぜいのひとや騒音を楽に無視できる。

それからぼくは電車の駅に入っていった。

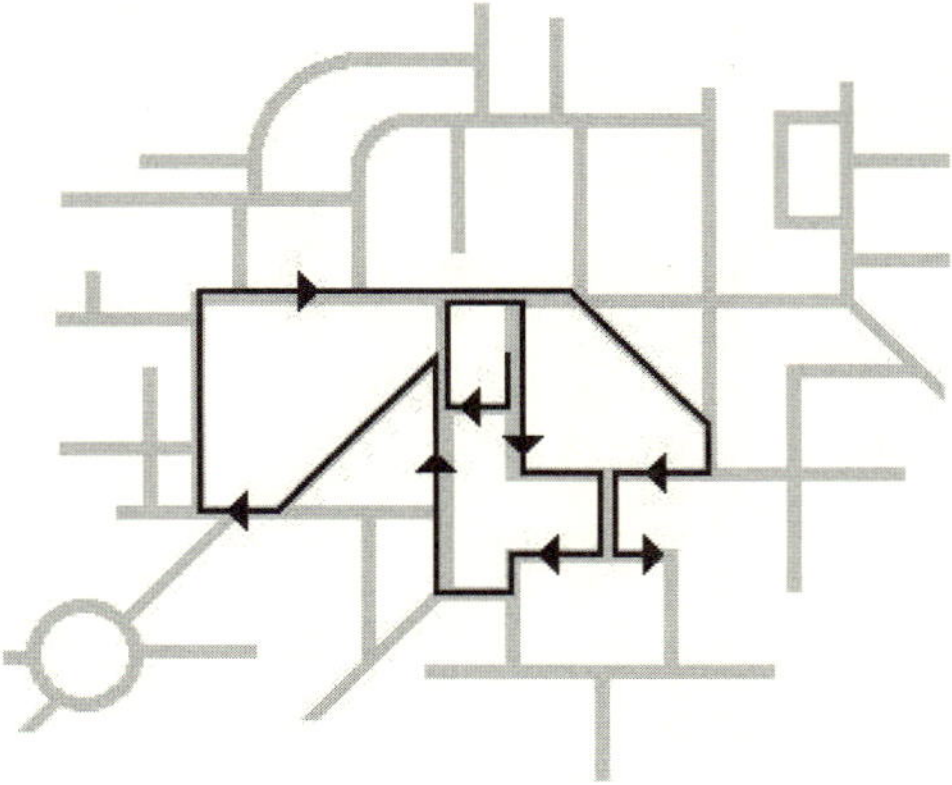

181

ぼくにはあらゆるものが見える。

それでぼくは新しい場所がきらいなのです。もし知っている場所、たとえば家とか学校とかバスとか店とか通りとかにいるとすると、ぼくはもうすでにほとんどあらゆるものを見てしまっているので、ぼくが見るのは、変わったところとか、場所が動いたものだけでいい。例をあげると、ある週には、**シェイクスピアのグローブ座**のポスターが学校の教室の床に落ちた、それがなぜわかるかというと、ポスターがやや右よりにはりなおされていたからで、ポスターの左がわの壁に画びょうの小さなまるいあとが三つ残っていたからだ。それからつぎの日にだれかがうちの通りの三十五番地の家の外に立っている四三七号の電柱に**CROWAPTOK**といいたずらがきをした。

しかしほとんどのひとはなまけものだ。みんなはぜったいぜんぶを見ようとはしない。みんなはちらりと見るということをする、これはものの表面をかすめてそのまま同じ方向に進んでいくようなもので、たとえばビリヤードの玉がもう一つの玉をかすめていくのと似ている。そしてそのひとの頭のなかにある情報はきわめて単純だ。例をあげると、もしそのひとが田舎にいるとすると、その情報はこんなふうかもしれない。

1　ぼくは草がいっぱい生えている草原にいる。
2　草原には牛が何頭かいる。
3　晴れていて雲がすこしある。
4　草には花が咲いている。
5　遠くのほうに村がある。
6　草原のまわりには柵（さく）があり、それには木戸がついている。

それからそのひとはなにかに目をとめることをやめる、なぜかというとそのひとはこんなようなことを考えるからだ、「ああ、なんて美しいところだろう」とか「ガスレンジをつけっぱなしにしてきたかもしれない、心配だ」とか「ジュリーはもう赤ちゃんを産んだだろうか[注12]」

しかしもしぼくが田舎の草原に立っているとすると、ぼくはあらゆるものに気がつく。例をあげると、ぼくは一九九四年六月十五日水曜日に野原に立っていたことをおぼえている、

（注12）これはまったくほんとうのことだ、なぜかというとぼくがシボーン先生に、ひとびとはものを見ているときにどんなことを考えているかときいたとき、先生はこう答えたからだ。

なぜかというとお父さんとお母さんとぼくはフランス行きのフェリーに乗るためにドーバーまで車で行った、そしてぼくたちはお父さんが景色をたのしむと呼ぶことをした、それはどういうことかというと細い道をいろいろ通って、昼食を取るためにパブの庭に車を止めるということだ、それからぼくは車を止めておしっこをしなければならなかった。そしてぼくは牛のいる草原に入っていって、おしっこをすませたあと、草原を見てこういうことに気がついた。

1　草原には十九頭の牛がいて、そのうちの十五頭は黒と白で、残りの四頭は茶色と白だ。

2　遠くのほうに村があり、その村には三十一軒の家が見えていて、尖塔（せんとう）ではなく四角い塔をもった教会が一つある。

3　草原にはいくつかの畝（うね）があって、それは中世に畝と溝の畑と呼ばれたもので、村に住んでいたひとたちは、一人につき一つの畝を耕すことになっていた。

4　生け垣のなかにスーパーのアスダの古いビニール袋が一つある、それから押しつぶされたコカコーラの缶が一つ、その缶にはかたつむりがついている、それから長いオレンジ色のひもが一本ある。

5　草原の北東のすみがいちばん高く、南西がいちばん低い（ぼくは羅針盤（らしんばん）をもっていた、なぜかというとぼくたちは休暇の旅に出ていて、ぼくはフランスにいるときスウィンドンがどこにあるか知りたかった)。そして草原はこの二つのすみを結ぶ線にそって両がわに折ったような形になっていて、そのために北西と南東のすみは、たんに平面が傾斜していた場合とくらべると、いくらか低くなっている。

6　三種類の草があり、二色の花がある。

7　牛はほとんどが丘の上のほうをむいている。

それでぼくが気づいたもののリストにあげたのはあと三十一もあった、しかしシボーン先生は、そういうものをぜんぶ書く必要はないといった。それはつまり、ぼくが新しい場所にいるときは、とても疲れるということだ、なぜかというとそこにあるものがぼくにはぜんぶ見えるからだ、そしてもしだれかがあとになって、あの牛たちはどんなふうだったかとたずねたとすると、ぼくはそれはどの牛かときいて、それから家にいてもその牛をかくことができる、そしてある一頭の牛の体はこういう模様だったということができる。

それでぼくは、**13章**で嘘を書いてしまったことに気づいた、なぜかというとぼくは、「ぼくはジョークがいえない」といってしまったからだ、なぜかというとぼくが知っていて話せるジョークが三つあって、その三つだけはぼくにも理解することができる、その一つは牛についてのジョークだけれど、シボーン先生は、前にさかのぼ

って13章に書いたことを訂正する必要はないといった、なぜかというとそれは嘘ではなく、ただはっ、き、り、し、た、説明だからかまわないのです。

それでこれがそのジョークである。

三人の男のひとが電車に乗っていた。そのうちの一人は経済学者で、もう一人は論理学者で、あとの一人は数学者だった。そして彼らはちょうど国境をこえてスコットランドに入ったところだった（なぜ彼らがスコットランドに行くのか、ぼくは知らない）。そして彼らは電車の窓から草原に立っている茶色の牛を見た（そしてその牛は電車と平行に立っていた）。

それで経済学者がいう、「ほら、スコットランドの牛は茶色だ」

そしたら論理学者がいう、「いや。スコットランドにいる牛のなかにはすくなくとも茶色の牛が一頭いる」

そしたら数学者がいう、「いいや。スコットランドには、片がわが茶色に見える牛がすくなくとも一頭いる」

これはおもしろい、なぜかというと経済学者は本物の科学者ではない、そして論理学者は考え方が経済学者よりはっきりしているが、数学者の考え方がいちばんいい。

それで新しい場所にいるときは、ぼくにはあらゆるものが見えるので、こういうときコンピュータがとてもたくさんのことを同時にやるときのようなもので、コンピュータは中央処理装置がつまってしまって、ほかのことを考える余地がない。それでぼくが新しい場所にいるとき、そこにおおぜいのひとがいるとすると、さらに面倒なことになる、なぜかというとひとびとは牛や花や草とはちがって話しかけてきたり、思いもよらないことをしたりする、したがってその場所のあらゆることに目をとめていなければならない、そしてまた起こるかもしれないことにも気をつけていなければならない。それでときどき、ぼくが新しい場所にいて、そこにおおぜいのひとたちがいるときは、コンピュータがクラッシュしたようなもので、ぼくは目を閉じて両手で耳をふさいでうなり声を出す、それは**CTRL**と**ALT**と**DEL**をいっぺんに押して、そのプログラムを強制終了させて、コンピュータのスイッチを切って、再起動させるようなもので、そうすればぼくは自分がなにをしているところか、どこへ行こうとしているのか思いだすことができる。

だからぼくはチェスや数学や論理が得意だ、なぜかというとほとんどのひとたちがだいたい盲目で、ほとんどのものが見えないし、その頭には余分なものを受け入れる場所がたくさんあり、かかわりもなくてばかげたこと、たとえば、「ガスレンジをつけっぱなしにしてきたかもしれない、心配だ」というようなことがたくさんつまっている。

191

ぼくの電車セットには、廊下でつながれた二つの部屋からなる建物がついている。一つは切符売場でこれはぼくたちが切符を買うところで、もう一つはぼくたちが電車を待つための待合室だ。しかしスウィンドンにある電車の駅はそれとはちがう。そこにはトンネルが一つ、いくつかの階段、店とカフェが一軒、待合室が一つあって、こんなふうだ。

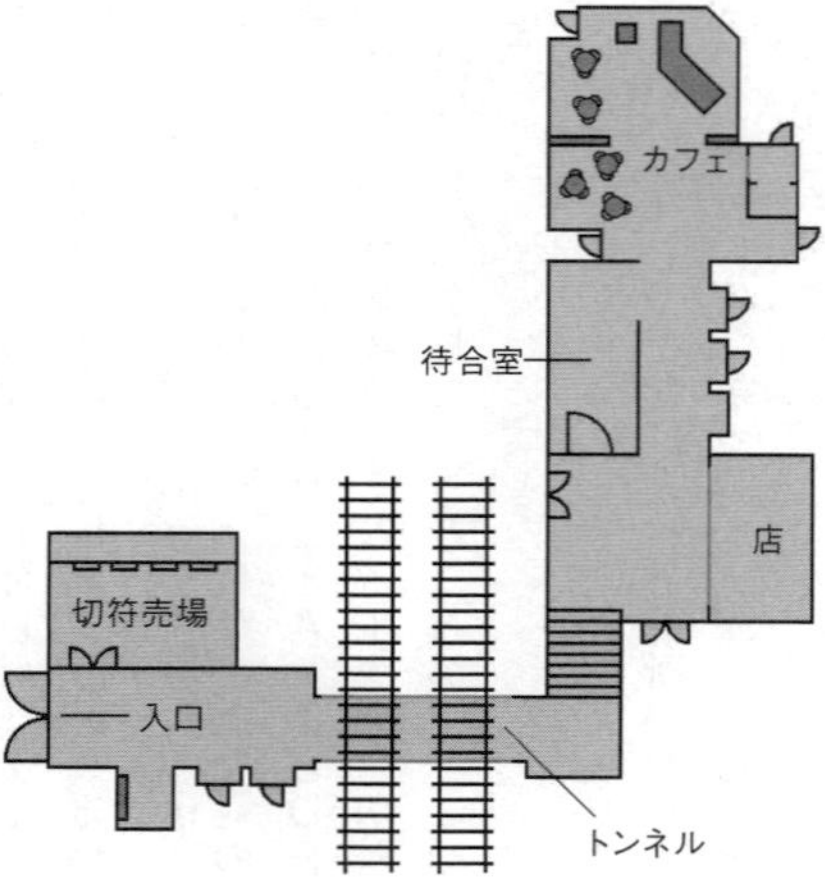

しかしこれは駅のとても正確な地図ではない、なぜかというとぼくはとてもこわかったので、まわりのものをよく見ていなかった、それでこれはぼくが記憶しているもので、おおよその見取り図である。

そしてこれはまるですごい強風のなかで崖っぷちに立っているみたいなものだ、なぜかというとめまいがして吐きそうになる、なぜかというとたくさんのひとたちがトンネルに入っていったり出てきたりする、そしてトンネルはとても反響するし、道は一つしかなくて、それはトンネルをくだっていく道で、そこはトイレとたばこのにおいがした。そこでぼくは壁によりかかって、**駐車場への入り口をおさがしのお客様は反対がわの切符売場の右にある補助電話をお使いください**と書いてある看板のふちをつかんで、前にたおれて地面にしゃがみこんでしまわないように気をつけた。そしてぼくは家に帰りたかった。しかし家に帰るのはこわいので、ぼくはどうすべきか、頭のなかで計画を立てようとした、しかし見るものがたくさんありすぎるし、聞こえる音がたくさんありすぎた。

そこでぼくは騒音を閉め出して考えるために両手で耳をふさいだ。そこで電車に乗るためにはこの駅にいなければならないと思った、そしてどこかに腰をおろさなければならないのに、駅のドアの近くには腰をおろすところはまったくなかったので、ぼくはトンネルを歩いてくだっていかなければならなかった。そこでぼくは頭のなかで自分にいった、声を出さないで、「ぼくはトンネルをくだっていく、そうすればどこかに腰をおろして目を閉じて考えることができる場所があるかもしれない」といった、そしてぼくはトンネルのはしのほうに見える**警告　監視カメラ作動中**という表示板に注意を集中しながらトンネルをおりていった。まるで綱わたりの綱に乗って崖から一歩ふみだすような気がした。

　それからとうとうトンネルのはしにたどりついて、そこには階段があって、その階段をのぼっていくと、そこにはとてもたくさんのひとたちがいるのでぼくはうなり声を出した、それから階段の上には店と椅子がいくつかおいてある部屋があったけれども椅子のあるその部屋にはたくさんひとがいたので、ぼくはそこを通りすぎた。それからこんな広告板があった、**グレート・ウェスタン**それから**冷たいビールとラガー**それから**ぬれている床に注意**それから**あなたの50ペンスが未熟児の命を1・8秒のばす**それから**心いやす旅行を**それから**気分一新**それから**おいしいクリーミーなデラックス・ホット・ココアたったの1ポンド30ペンス**それから**0870-777-7676**それから**レモン・ツリー**それから**禁煙**それから**精選紅茶**、それからその広告のとなりに椅子と小さなテーブルがいくつかあって、だれもすわっていないテーブルが一つあって、それはすみのほうにあったのでぼくはそのテーブルの前の椅子にすわってそして目を閉じた。それから両手をポケットに入れるとトビーがぼくの手のなかに乗ってきたのでぼくはラット・フードを二粒かばんから出してやり、もう片方の手でスイス・アーミー・ナイフをにぎった、それから聞こえてくる騒音を閉め出すためにうなり声をあげた、なぜなら両手を耳からはなしていたからだ。しかしそれほど大きな声は出さなかった、ほかのひとたちがぼくのうなり声に気がついて話しかけてこないように。

　それでぼくはこれからしなければならないことを考えるようにした、しかし頭のなかにはとてもたくさんのことがいっぱいあって考えることができなかったので、ぼくは頭をはっきりさせるために数学の問題をやることにした。

ぼくがやった数学の問題というのは**コンウェイの兵隊**と呼ばれるものだった。**コンウェイの兵隊**では、四方にむかってどこまでもひろがるチェス盤があって、水平な線の下はつぎのようにぜんぶ色つきのタイルになっている。

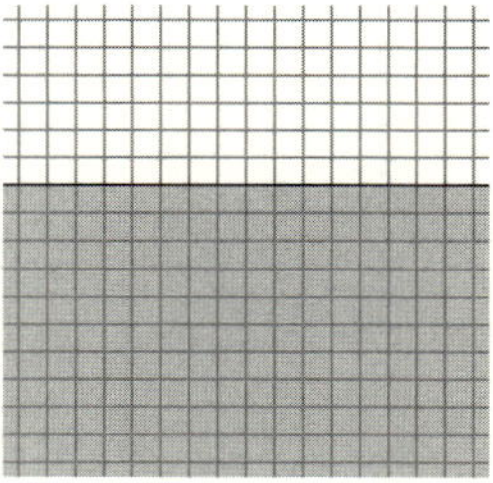

そして色つきのタイルは、水平か垂直か（ななめはだめ）どっちか一つ色つきタイルの上を飛びこえて、二つめの白い四角のなかに飛びこむことができる。そして一つの色つきタイルをそういうふうに動かしたとき、飛びこえられた色つきタイルはつぎのように取りのぞかなければならない。

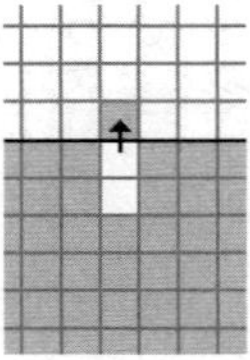

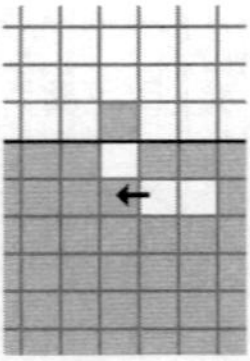

それで出発点の水平な線からどのくらい上まで先に色つきタイルを動かせるか見てみなければならない、それでこんなふうにはじめてみる。

それからこんなふうにやってみる。

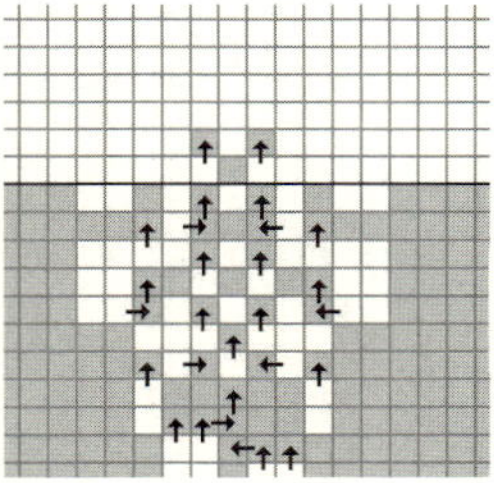

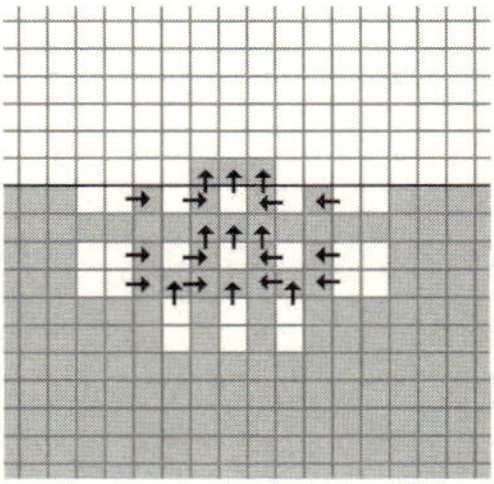

そしてぼくには答えがわかっている、なぜかというとどんなふうに色つきタイルを動かしても、出発点の水平な線の上、四段以上にはぜったいに色つきタイルは進めないからだ、しかしなにかほかのことを考えたくないときに頭のなかでやるにはとてもいい数学問題だ、なぜかというとチェス盤を思いきり大きくして、思いきり複雑な動きにしてすごく複雑な問題にすれば脳のなかはそれでいっぱいになるから。

それでぼくはここまで来た。

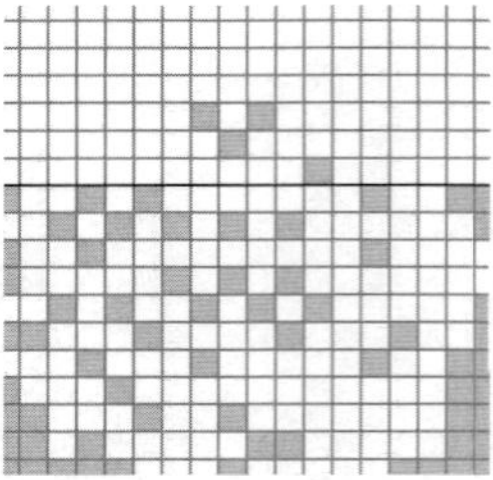

それから顔をあげると、目の前に警官が立っていた。彼はいった、「頭のなかにだれかご在宅かな？」しかしぼくにはその意味がわからなかった。

それから彼はいった、「だいじょうぶか、ぼうや？」

ぼくは彼を見て、それから質問に正しい答えができるようにちょっと考えてからいった、

「いいえ」

そしたら彼はいった、「ちょっとばかしくたびれているようだね」

彼は指に金の指輪をしていて、その上にはくねった文字がついていたが、その文字がなにかは見えなかった。

それから彼はいった、「カフェのおばさんがいうには、きみはもう二時間半もここにいて、おばさんが話しかけても、まったくもうろうとしてたそうだけど」

それから彼はいった、「きみの名前は？」

それでぼくはいった、「クリストファー・ブーン」

そしたら彼はいった、「家はどこ？」

それでぼくはいった、「ランドルフ・ストリート三十六番地」それからすこし気分がよくなった、なぜかというとぼくは警官が好きだし、これは簡単な質問だったから、それからぼくは彼にお父さんがウエリントンを殺したことを話すべきかどうか、彼はお父さんを逮捕するかどうか考えた。

そしたら彼はいった、「ここでなにをしているの？」

それでぼくはいった、「腰をおろして静かにして考える必要がありました」

そしたら彼はいった、「ようし、話を簡単にしよう。きみは鉄道の駅でなにをしているの？」

それでぼくはいった、「お母さんに会いに行くところです」

そしたら彼はいった、「お母さん？」

それでぼくはいった、「ええ、お母さん」

そしたら彼はいった、「何時の電車なの？」

それでぼくはいった、「わかりません。お母さんはロンドンに住んでいます。ロンドン行きの電車は何時なのかわかりません」

そしたら彼はいった、「すると、きみはお母さんといっしょに住んではいないんだね？」

それでぼくはいった、「はい。でもこれからそうするつもりです」

すると彼はぼくの横にすわりこんでいった、「するときみのお母さんはどこに住んでいるの？」

それでぼくはいった、「ロンドン」

そしたら彼はいった、「ああ、それでロンドンのどこ？」

それでぼくはいった、「ロンドン　NW2　5NG　チャプター・ロード　451c」

そしたら彼はいった、「あれっ。そりゃなんだ？」

それでぼくは下を見ていった、「これはぼくのペットのネズミのトビーです」なぜかというとトビーはぼくのポケットから首を出して警官をながめていたからだ。

そしたら警官はいった、「ペットのネズミ？」

それでぼくはいった、「はい、ペットのネズミです。とても清潔で、腺ペストの病菌はもっていません」

そしたら警官はいった、「ほう、そりゃ助かった」

それでぼくはいった、「はい」

そしたら彼はいった、「切符はもっているの？」

それでぼくはいった、「いいえ」

そしたら彼はいった、「切符を買う金はあるの？」

それでぼくはいった、「いいえ」

そしたら彼はいった、「するときみは、いったいどうやってロンドンまで行くつもりかな？」

するとぼくはなんていったらよいかわからなかった、なぜかというとぼくはお父さんのキャッシュ・カードをポケットのなかにもっている、そしてものを盗むのは不法行為だ、しかし彼は警官だから、ぼくは真実を話さなければならない、そこでぼくはいった、「キャッシュ・カードをもっています」そしてぼくはポケットからそれを出して彼に見せた。そしてこれは罪のない嘘だった。

しかし警官はいった、「これはきみのカードか？」

そのときぼくは逮捕されるかもしれないと思った、それでぼくはいった、「いいえ、これはお父さんのカードです」

そしたら彼はいった、「お父さんの？」

それでぼくはいった、「はい、お父さんのです」

そしたら彼はいった、「なるほど」しかし彼はこれをとてもゆっくりといって、親指とひとさし指で鼻をぎゅっとつまんだ。

それでぼくはいった、「お父さんはぼくに暗証番号を教えてくれました」これもまた罪のない嘘だった。

そしたら彼はいった、「それじゃ、おれといっしょに、キャッシュ・ディスペンサーのところまでぶらりと行くかい、ええ？」

それでぼくはいった、「ぼくにさわらないでください」

そしたら彼はいった、「なんでおれがきみにさわりたいと思うんだい？」

それでぼくはいった、「わからない」

そしたら彼はいった、「おれにもさっぱりだよ」

それでぼくはいった、「なぜかというとぼくは警官をなぐったので警告をあたえられました、でもぼくは本気でなぐるつもりなんかなかったのに、でももう一度やったら、ぼくはもっと面倒なことになります」

すると彼はぼくを見ていった、「本気でいっているんだね？」

それでぼくはいった、「はい」

そしたら彼はいった、「先に行け」

それでぼくはいった、「どこへ？」

そしたら彼はいった、「切符売場まで」彼は親指で示した。

それからぼくたちはトンネルを歩いてもどったが、こんどはそれほどこわくなかった、なぜなら警官がいっしょだったから。

そしてぼくはキャッシュ・カードを機械に入れた、お父さんといっしょに買い物に行ったときときどきやらせてもらったように。**暗証番号を押してください**という文字が出た、それで**3558**とキーを打ちこんで**確認**を押すと、画面にこう出た。**金額を押してください**それから選ぶ表示があった。

10ポンド	**20ポンド**
50ポンド	**100ポンド**
	上記以外の金額（10ポンド単位で）

それでぼくは警官にきいた、「ロンドン行きの電車の切符はいくらですか？」

そしたら彼はいった、「二十クイドぐらいだろ」

それでぼくはいった、「それはポンドのことですか？」

そしたら彼はいった、「こりゃたまげたぜ」そして彼は笑った。しかしぼくは笑いはきらいだ、なぜかというとひとに笑われるのはいやだから、たとえ相手が警官でも。すると彼は笑うのをやめてこういった、「ああ。二十ポンドだ」

そこで**50ポンド**という文字のところを押すと、十ポンド札が五枚と利用明細が機械から出てきた、それでぼくはお札と利用明細とカードをポケットに入れた。

そしたら警官がいった、「さてと、もうこれ以上きみをしゃべらせてもしょうがないな」

それでぼくはいった、「電車の切符はどこで買えますか？」なぜかというともし道に迷って方角をききたいときには、警官にきけばいいからだ。

そしたら彼はいった、「きみの話は懸賞つきのお手本だなあ」

それでぼくはいった、「電車の切符はどこで買えますか？」なぜかというと彼はぼくの質問に答えなかったからだ。

そしたら彼はいった、「あそこだ」そして彼は指さした、駅のドアのむかいがわにガラスの窓のある大きな部屋があった、それから彼はいった、「さて、きみはいったい自分でなにをしているかよくわかっているんだろうな？」

それでぼくはいった、「はい。お母さんといっしょに暮らすためにロンドンに行くところです」

そしたら彼はいった、「きみのお母さんのところに電話はあるのかね？」

それでぼくはいった、「はい」

そしたら彼はいった、「番号を教えてもらえるかな？」

それでぼくはいった、「はい。0208－887－8907です」

そしたら彼はいった、「それじゃなにか面倒なことにまきこまれたらお母さんに電話をするんだよ、いいね？」

それでぼくはいった、「はい」なぜかというとお金があれば公衆電話を使って電話をかけられることを知っていたからだ、それでぼくにはいまお金がある。

そしたら彼はいった、「よし！」

それでぼくは切符売場に入っていって、うしろをふりむくと、警官がまだぼくのほうを見ていたので安心した。それからこの大きな部屋のむこうがわに長い机があり、机の上に窓があり、それからその窓のこちらがわに男のひとがひとり立っていて、それから窓のむこうがわにも男のひとが立っていたので、ぼくは窓のむこうがわにいる男のひとにいった、「ロンドンに行きたいです」

そしたら窓のこちらがわにいた男のひとが「いいかい」といって、それからむこうをむいたので彼の背中がぼくの目の前に来て、窓のむこうの男のひとは、彼に小さな紙をさしだして、彼はその紙に署名をしてそれを窓の下から押しもどすと、窓のむこうの男のひとは彼に切符をわたしした。それから窓のこちらがわの男のひとはぼくを見ていった、「なにをじろじろ見てるんだよ?」そうして彼は歩いていってしまった。

その男のひとは髪の毛をなわ編みにしていて、それは黒人がよくやっている編み方だけど、でも彼は白人で、なわ編みをした髪の毛はぜったい洗わないから古いロープみたいに見える、それから彼は星がいっぱいついている赤いズボンをはいていた。ぼくにさわるかもしれないので、ぼくはスイス・アーミー・ナイフに手をやっていた。

それから窓の前にはだれもいなくなったので、ぼくは窓のむこうがわにいる男のひとにいった、「ロンドンに行きたいです」ぼくは警官がそばにいたときにはこわくなかったのに、ふりかえってみたらもういなかったので、ぼくはまたこわくなった、それでぼくはコンピュータでゲームをしているつもりになろうとした、〈**ロンドン行きの電車**〉というゲームで〈**ミスト**〉とか〈**イレブンス・アワー**〉とかに似たゲーム。つぎのレベルに進むにはいろいろな問題を解決しなければならない、それにコンピュータはいつでも消すことができる。

そしたらその男のひとがいった、「片道、往復？」

それでぼくはいった、「片道、往復というのはどういう意味ですか？」

そしたら彼はいった、「行きだけなのか、それとも行って帰ってくるの？」

それでぼくはいった、「ぼくはあっちに行ったら、そのままそこにいたいです」

そしたら彼はいった、「どのくらいのあいだ？」

それでぼくはいった、「ぼくが大学に行くまで」

そしたら彼はいった、「それじゃ、片道だね」それから彼はいった、「運賃は十七ポンド」

それでぼくは彼に五十ポンドわたすと、彼は三十ポンドをぼくに返してこういった、「金をばらまいてまわるんじゃないぞ」

そうして彼は黄色とオレンジ色の小さな切符と三ポンドのおつりをくれたのでぼくはそれをナイフの入っているポケットにぜんぶ入れた。ぼくは切符が半分黄色なのが気に入らなかった、しかしこれはぼくの電車の切符なのでもっていなければならない。

それから彼がいった、「カウンターからどいてくれないか」

それでぼくはいった、「ロンドン行きの電車は何時ですか?」

そしたら彼は自分の時計を見ていった、「一番線、あと五分」

それでぼくはいった、「一番線というのはどこですか?」

そしたら彼は指さしていった、「地下道をくぐってあの階段をあがる。標識が見えるだろ」

そして地下道というのはトンネルのことだ、なぜかというと彼が指さしたほうが見えたから、だからぼくは切符売場を出た、しかしこれはコンピュータ・ゲームとはまるでちがう、なぜかというとぼくはそのなかにいて、あらゆる標識がぼくの頭のなかでわめいているみたいだし、歩いているひとがぼくにぶつかったりするので、ぼくはそのひとたちをおどして追いはらうために犬みたいに吠えた。

それでぼくは頭のなかで、ぼくの足もとから前にむかって床の上に太い赤線を引いてそれからトンネルをくぐり、「ひだり、みぎ、ひだり、みぎ、ひだり、みぎ」といいながら頭のなかのその赤線にそって歩きだした、なぜかというとこわくなったときとか怒ったときには、なにかリズムのあるもの、音楽とかドラムを鳴らすみたいなことをすると落ち着くのだ、これはシボーン先生がそうしなさいとぼくに教えてくれたことである。

そしてぼくは階段をのぼり、そこで**← 一番線**という標識を見た、この**←**は、ガラスのドアのほうをさしていたので、ぼくはそのドアをくぐった、するとだれかがスーツケースをぼくにぶつけたので、ぼくはまた犬が吠えるみたいな音を出した、するとそのひとがいった、

「どこに目をつけてやがるんだ」しかしぼくはそのひとが〈ロンドン行きの電車〉というゲームに出てくる〈悪魔の番人〉のひとりだと思うふりをした、そして電車があった。新聞とゴルフ・クラブの入ったバッグをもった男のひとが電車のドアの前に立って、それからドアの横についている大きなボタンを押した、ドアは電動式ですするすると開いた、ぼくは気に入った。それから彼がなかに入るとドアは閉まった。

それからぼくは自分の時計を見た、あの切符売場にいたときからもう三分がすぎていて、それは電車があと二分で出発するということだった。

それでぼくはドアのところに立って大きなボタンを押すとドアがするすると開いたのでぼくはドアをくぐった。

そしてぼくはロンドン行きの電車に乗っていた。

193

むかし電車セットで遊んだとき、ぼくは電車の時間表を作った、なぜかというとぼくは時間表が好きだった。それでぼくが時間表が好きなのは、いろいろなことがこれからいつ起こるのか知りたいからだ。

そしてこれはぼくがお父さんと家で暮らしていたときの、そしてお母さんは心臓発作で死んだと思っていたときのぼくの時間表だ（これは月曜日の時間表で、これもまたおおよそのところだ）。

am 7:20　起床
am 7:25　歯をみがき顔を洗う
am 7:30　トビーに餌と水をやる
am 7:40　朝食
am 8:00　着がえをする
am 8:05　学校かばんに持っていくものをつめる
am 8:10　本を読むかビデオを見る
am 8:32　スクール・バスに乗る
am 8:43　熱帯魚の店の前を通る
am 8:51　学校に着く
am 9:00　朝礼
am 9:15　一時間目
am 10:30　休み時間
am 10:50　ピーターズ先生の美術の授業（注13）
pm 12:30　昼食
pm 1:00　二時間目
pm 2:15　三時間目
pm 3:30　帰りのスクール・バスに乗る
pm 3:49　家の前でスクール・バスを降りる
pm 3:50　ジュースを飲みスナックを食べる
pm 3:55　トビーに餌と水をやる
pm 4:00　トビーを檻から出す
pm 4:18　トビーを檻に入れる
pm 4:20　テレビかビデオを見る
pm 5:00　読書
pm 6:00　夕食
pm 6:30　テレビかビデオを見る
pm 7:00　数学の練習問題をやる
pm 8:00　風呂に入る
pm 8:15　パジャマに着がえる
pm 8:20　コンピュータ・ゲームをやる
pm 9:00　テレビかビデオを見る
pm 9:20　ジュースを飲みスナックを食べる
pm 9:30　ベッドに入る

（注13）美術の授業ではぼくたちは美術をやる、しかし一時間目と二時間目と三時間目では、**読書**や**テスト**や**ひととのつきあい方**や**動物の飼育**や**週末にしたこと**や**作文**や**数学**や**知らないひとは危険**や**金銭の扱い方**や**身のまわりの衛生**といったようないろいろなことをやる。

それで週末にはぼくは自分の時間表を作ってそれをボール紙に書いて壁にはっておく。それには**トビーに餌**とか**数学をやる**とか**お菓子を買いにいく**とかいうようなことが書いてある。ぼくがフランスがきらいな理由の一つは、休暇になると時間表がないことだ、そしてぼくはお母さんやお父さんに、毎朝ぼくたちがその日なにをするのか教えてもらわないと落ち着かなかった。

なぜかというと時間は空間とはちがう。そしてぼくたちがなにかを、たとえば分度器とかビスケットとかをどこかにおいたとき、それをどこにおいたかということがわかるように頭のなかに地図がある、しかしたとえ地図がないとしても、それはちゃんとそこにある、なぜかというと地図はじっさいに存在するものを表示しているだけで、だからぼくたちは分度器もビスケットもまた見つけることができる。そして時間表は時間の地図で、ただしもし時間表がないと、時間は、階段の踊り場や庭や学校へ行く道とちがってそこにはない。なぜかというと時間はいろいろなものが変化する、その変化のしかたの関係でしかない、たとえば地球が太陽のまわりをまわったり、原子核が振動したり、時計がチクタクいったり、昼になったり夜になったり、目をさましたり寝たりというような変化。そしてそれは西とか北北東みたいなもので、地球が存在することをやめて太陽のなかに墜落していったときには存在しなくなるもの、なぜかというと西とか北北東という方角は、北極や南極やその他あらゆる場所、たとえばモガディシオやサンダーランドやキャンベラと同じように、ただそのあいだの関係にすぎない。

そしてこれはぼくたちの家とミセス・シアーズの家のあいだの関係のような固定した相関関係ではない、あるいは7と865というような関係ではなく、それはぼくたちがある特定の地点から見てどれだけ速く動いているかということに依存している。そしてもしぼくたちが宇宙船で出発し、光速に近い速度で旅行したら、ぼくたちが帰ってきたときには家族はぜんぶ死んでいるのに、ぼくたちはまだ若く、そしてそこは未来なのに、ぼくたちの時計によるとぼくたちはほんの数日とか数カ月とかしか地球をはなれていなかったことになる。

そしてなにものも光速より速く旅行することはできないので、これはぼくたちが宇宙で起こっていることのほんのひとかけらしか知ることができないということだ、こんなふうに――

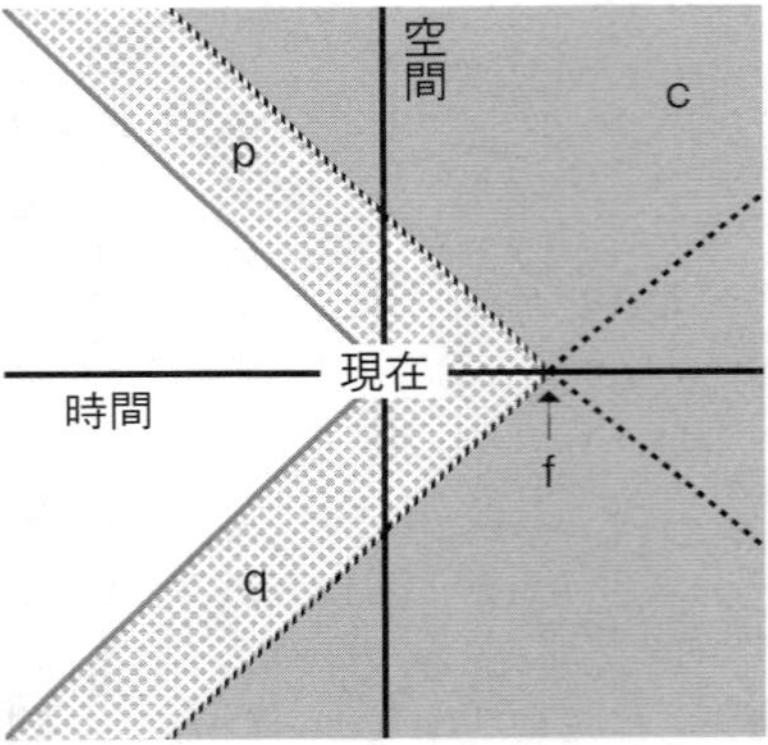

そしてこれはあらゆるもの、あらゆる場所の図解で、未来が右がわにあり、過去が左がわで、c線の勾配は光の速度をあらわす、しかしぼくたちは影になった部分で起こることは、たとえもうすでに起こってしまっていることでも、知ることができない。

しかしぼくたちがf点に達したとき、もうすこし明るい部分のpとqのところで起こったことを知ることはできるだろう。

　そしてこれは、時間は謎だということで、時間はものでさえなく、そしていままでだれも時間とはなにかというパズルを正確に解いたものはいない。そんなわけで、もしぼくたちが時間のなかで迷子になると、それは砂漠で迷子になったようなものだ、ただし時間の砂漠は目に見えない、なぜかというとそれは物体ではないからだ。

　そういうわけでぼくは時間表が好きだ、なぜかというと時間のなかで迷子にならないようにしてくれるからだ。

197

電車にはおおぜいのひとがいた、ぼくはそれがいやだった、なぜかというとぼくはおおぜいの知らないひとたちはきらいで、そういう知らないおおぜいのひとたちといっしょに一つの部屋に押しこまれるのはもっといやだ、そして電車は一つの部屋と同じでそれが動きだしたらそこから出ることができない。そしてそれは、ある日学校からうちの車で家に帰らなければならなかったときのことを思いださせる、なぜ車で帰ったのかというと、スクール・バスが故障してお母さんが車でむかえにきてくれて、ピーターズ先生がお母さんに、ジャックとポリーもいっしょに車に乗せていってくれないかとたのんだ、なぜかというと彼らのお母さんたちがむかえにくることができないからで、お母さんはいいですよといった。しかしぼくは車のなかでぎゃあぎゃあ泣きさけんだ、なぜかというと車のなかにいっぱいひとがいて、それにジャックとポリーはぼくのクラスではないし、ジャックはなんにでも頭をごつんごつんとぶつけて動物みたいな声で吠えたりする、だからぼくは車からおりようとした、しかし車は走りつづけていたので、ぼくは道路にころげ落ちて頭を何針も縫わなければならなかった、そのとき頭の毛をそらなければならなかったので、もとどおりに毛がのびるまでには三カ月もかかった。

そこでぼくは電車の車輛のなかでじっと動かずに立っていた。

するとだれかが、「クリストファー」というのが聞こえた。

それでぼくは、それはぼくが知っているだれかだろうと思った、たとえば学校の先生とかうちの通りに住んでいるひととか、しかしそうではなかった。それはまたもやあの警官だった。そして彼は、「やっとつかまえたぞ」といった。そしてすごく大きな息をつくと、かがみこんでひざに手をついた。

それでぼくはなにもいわなかった。

そしたら彼はいった、「きみのお父さんが署に来ているんだ」

それでぼくは、彼らがお父さんをウエリントン殺害のかどで逮捕したというと思った、しかしそうはいわなかった。「お父さんはきみをさがしているよ」と彼はいった。

それでぼくはいった、「わかっています」

そしたら彼はいった、「じゃあ、なんだってロンドンに行くんだ？」

それでぼくはいった、「なぜならお母さんといっしょに暮らすから」

そしたら彼はいった、「ふむ、きみのお父さんはそれについてなにか言い分があるかもな」

それから、彼はぼくをお父さんのところに連れていくつもりなんだと思ってこわくなった、なぜかというと彼は警官で、警官は正義の味方と思われているからだ、だからぼくは逃げようとした、しかし彼はぼくをつかまえたので、ぼくはぎゃーっとさけんだ。すると彼は手をはなした。

そうして彼はいった、「わかった、ここでさわぎを起こさないようにしよう」それから彼はいった、「きみを署まで連れていく、それからきみとおれときみのおやじさんとで腰をおろして、だれがどこへ行くかという件についてちょっとばかし話しあおう」

それでぼくはいった、「ぼくはお母さんとロンドンで暮らす」

そしたら彼はいった、「いまのところ、まだそういうわけにはいかないよ」

それでぼくはいった、「お父さんを逮捕しましたか？」

そしたら彼はいった、「逮捕だと？　なんの容疑で？」

それでぼくはいった、「犬を殺しました。園芸用のフォークで。犬はウエリントンという名前だった」

そしたら警官はいった、「そうなのか？」

それでぼくはいった、「はい、そうです」

そしたら彼はいった、「じゃあ、それについても話しあえばいい」それから彼はいった、「よし、ぼうや、きみはもうきょう一日でじゅうぶんな冒険をやったと思うよ」

それから彼はまたぼくにさわろうと手をのばしてきた、ぼくはまた悲鳴をあげはじめたので、彼はいった、「まあ聞けよ、このちびざるめ。おれのいうとおりにするか、さもなきゃ……」

そのとき電車ががたがたといって動きだした。

すると警官はいった、「ちくしょう」

そうして彼は電車の天井を見て、それからひとが天の神さまにお祈りをするときのように口の前で両手を組んで、それからその手のなかに大きな息を吹きこんで笛のような音を出して、それからそれをやめた、なぜかというと電車がまた揺れたので、彼は天井からさがっている吊り革につかまらなければならなかったからだ。

それから彼はいった、「動くな」

それから彼はトランシーバーを取り出してボタンを押していった、「ロブ……？　ああ、ナイジェルだ。おれはこのくそ電車のなかで立ち往生さ。ああ。よけいなお世話……いいから聞けよ。電車はディドコット・パークウェイに停車する。だからだれかにいって車でおれをむかえにこさせてくれよ……そうさ。こいつのおやじさんに、つかまえたからっていってくれ、ただしそっちに行くまでしばらく時間がかかるとね、いいな？　よし」

それから彼はトランシーバーのスイッチを切っていった、「腰をかけようじゃないか」そして彼は近くにあるたがいにむきあっている二つの長いシートを指さしていった、「すわれよ。ばかなまねはするな」

そうしてそのシートにすわっていたひとたちは立ちあがってはなれていった、なぜかというと彼が警官だからだ、そしてぼくたちはむきあってすわった。

それから彼はいった、「ほんと世話の焼けるやつだな、まったく」

それでぼくは、この警官が、ロンドン　NW2　5NG　チャプター・ロード　451cをさがすのを手伝ってくれるかどうか疑った。

それでぼくは窓の外をながめた、ぼくたちは工場や古自動車がいっぱいの廃車置場を通りすぎていくところだった、それからぬかるんだ原っぱにトレイラーハウスが四軒あって犬が二匹いて洗濯ものが干してあった。

そして窓の外は地図のようだった、ただしそれは三次元で実物大だった、なぜかというとそれは地図にのっている実物だったからだ。それからとてもたくさんのものがあって頭が痛くなった、それでぼくは目を閉じて、それからまた開けた、なぜかというとそれは飛んでいるような感じだったけど、地面の近くを飛んでいるようで、飛ぶというのはいいものだとぼくは思う。それから田舎の風景になって、畑があって牛や馬がいて橋が一つと農場が一つと家が何軒もあって車が走っている小さな道がたくさんあった。それを見てぼくは考えた、世界じゅうには電車の線路が何百万キロもあるにちがいないし、その線路は家や道路や川や畑を通りすぎていく、それでぼくはまた考えた、世界じゅうにはいったい何人の人間がいるのだろう、彼らはみんな家があり、旅行する道路があり車もペットも服もあって、みんな昼食を食べて寝てそして名前もある、と考えていくと頭が痛くなったのでぼくはまた目を閉じて数をかぞえてうなり声をあげた。

それから目を開けてみると警官は《ザ・サン》という新聞を読んでいた、新聞の一面には、**三百万ポンド　アンダースンのコールガール・スキャンダル**と書いてあって、そこには男のひとの写真と、下のブラジャーがすけて見える女のひとの写真がのっていた。

それからぼくは頭のなかで数学の問題をやり、公式を使って二次方程式を解いた。

$$x = \frac{-b \pm \sqrt{(b^2 - 4ac)}}{2a}$$

それからぼくはおしっこに行きたくなった、しかしここは電車のなかだ。それにロンドンに着くまであとどのくらいの時間がかかるのかわからない、それでパニックが起きはじめるのを感じたので、ぼくはおしっこに行きたいことを考えないで待っていられるように指のふしでガラスをこつこつたたきはじめた、それから時計を見て十七分間待った、しかしぼくはおしっこに行きたいときは大急ぎで行かなければならないからぼくは家や学校にいるのがい い、それからバスに乗る前にはかならずおしっこに行っておく、それでぼくはちょっとおもらしをしてズボンをぬらしてしまった。

そのとき警官がぼくを見ていった、「やっ、なんてこった、きさま……」それから彼は新聞をおいていった、「たのむからトイレに行ってこい、いいな」

それでぼくはいった、「でもぼくは電車のなかにいます」

そしたら彼はいった、「電車にもトイレはあるんだよ」

それでぼくはいった、「電車のなかのトイレはどこにありますか？」

そしたら彼は指さしていった、「あのドアのむこうだ、あそこ。けどおれはおまえから目をはなさないからな、わかったか？」

それでぼくはいった、「いいえ」なぜかというとだれかから目をはなさないという意味をぼくは知っていたから、しかし彼はぼくがトイレにいるあいだはぼくを見ることはできないはずだ。

そしたら彼はいった、「なんでもいいからトイレに行ってこい」

そこでぼくはシートから立ちあがって、ほんのかすかなすきましか開いていないように目を細くした、こうすれば電車に乗っているほかのひとたちは見えない、それでぼくはドアのところまで歩いていってそのドアを出ると、右のほうにもう一つドアがあってそのドアが半分開いていて、そのドアには**トイレ**と書いてあったのでぼくはなかに入った。

トイレのなかはすごかった、なぜかというと便座の上にうんちがついていて、うんちのにおいがした、ジョーゼフが一人でうんちにいったときの学校のトイレみたいだ、なぜって彼はうんちで遊ぶから。

うんちがあるのでぼくはそのトイレを使いたくなかった、そのうんちはぼくの知らないひとのうんちで色は茶色だ、しかしほんとにおしっこをしたくてたまらなかったのでトイレを使わなければならなかった。それでぼくは目をつぶっておしっこをした、電車がぐらぐら揺れたので、おしっこがたくさん便座や床にこぼれてしまった、しかしぼくはトイレット・ペーパーでおちんちんをふいて、水を流し、それから流しで手を洗おうとしたけれども、蛇口から水が出てこなかった、それでぼくは両手に唾を吐いてティッシュで手をふいて、それを便器に捨てた。

それからトイレを出ると、トイレのむかいがわに棚が二段あってそこにスーツケースやリュックサックがおいてあるのが見えた。それは家の乾燥室を思いださせた、ぼくはときどき乾燥室のなかにもぐりこんだけれども、そこはなんだか落ち着けた。そこでぼくはまんなかの棚によじのぼって、スーツケースの一つを引きよせてドアみたいにしたのでぼくはまわりをかこまれてしまった、そこは暗くてだれもそばにいないし、ひとの話し声も聞こえないので、ぼくはとても落ち着いて気分がよかった。

それでぼくはまた二次方程式を解いた、こんなふうな——

$0=79x^2+43x+2089$

それから――

$0=437x^2+103x+11$

それからぼくは係数のいくつかを大きくしたので、とてもむずかしい問題になった。そのとき電車が速度を落とし、だれかがやってきて棚の近くに立ってトイレのドアをノックした、それはあの警官だった、彼はいった、「クリストファー……？　クリストファー……？」それから彼はトイレのドアを開けて、こういった、「なんてえこった」彼はとても近くにいたのでぼくには彼のトランシーバーとベルトにつけている警棒も見えたし彼のひげそりローションのにおいもした、しかし彼はぼくを見なかったのでぼくはなにもいわなかった、なぜかというとぼくは彼にお父さんのところに連れていかれたくなかったからだ。

それから彼はまた走っていってしまった。

それから電車が止まった、ここがロンドンかどうか迷ったけれどもぼくは動かなかった、なぜかというと警官に見つけられたくなかったからだ。

そのとき毛糸でこしらえた蜂と花のついたジャンパーを着た女のひとがやってきてぼくの頭の上の棚からリュックサックを取った、そして彼女はいった、「ああ、びっくりした、腰がぬけるかと思ったわよ」

しかしぼくはなにもいわなかった。

それから彼女はいった、「ホームでだれかがあんたのことさがしてるみたいだけど」

しかしぼくはだまりつづけた。

そうしたら彼女がいった、「ま、どうでもいいけど」それから彼女は行ってしまった。

それから三人のひとたちがそばを通りすぎた、一人は長くて白い服を着た黒人で、彼は大きな包みをぼくの頭の上の棚においたけれども彼はぼくを見なかった。
そのとき電車がまた動きだした。

199

ひとびとは神を信じている、なぜかというとこの世界は非常に複雑だからです、そしてムササビとか人間の目とか脳のように複雑なものが、偶然に発生するということはまったくありえないと考えるからです。しかしひとは論理的に考えるべきで、もし論理的に考えれば、こういう疑問が生まれるのは、それがもうすでに発生して存在しているからだということがわかる、宇宙には生命の存在しない何兆という惑星がある、それでもそれに気づく脳をもったものは、その惑星には存在しない。これは世界じゅうのすべてのひとたちが、コインをほうりつづけたとしたら、そのなかのだれかがいつかは、五千六百九十八回つづけて表を出すようなもので、みんなはそのひとはたいそう特殊だと考える。しかしそのひとは特殊ではない、なぜかというと五千六百九十八回表を出さなかったひとも何百万人いるだろうから。

そして地球上に生き物がいるのは偶然によるものだ。でもそれは特別な種類の偶然だ。この特別な形の偶然が起こるためには三つの条件が必要である。そしてそれらは――

1　生き物はすべて自分たちのコピーを作らなければならない（これは**複製**と呼ばれ

る）

2　その過程で生き物は小さなまちがいをおかすことがある（これは**突然変異**と呼ばれる）

3　それらのまちがいは自分たちの複製の場合も同じでなければならない（これは**遺伝率**と呼ばれる）

そしてこれらの条件がそろうのは非常にまれだ、しかしないわけではない、そしてそれらが生命を生み出す。そしてそれはとにかく起こる。しかしそれはサイや人間やクジラになるとはかぎらない。それはなにになるかわからない。

そしてたとえばあるひとびとは、いったいどうやって人間の目が偶然発生したのか？　という、なぜかというと目というものは目に非常に近いなにかから進化しなければならないので、遺伝のまちがいのせいでたんに偶然発生したものではない、それに半分の目はなんの役に立つか？　しかし半分の目はとても役に立つ、なぜかというと半分の目ということは、ある動物は自分を食べようとしている動物の半分が見えるから逃げられる、それでかわりにたった三分の一か四十九パーセントの目しかもっていない動物が食べられるだろう、なぜかというとそれはすばやく逃げなかったからだ、それで食べられてしまった動物たちは死んでいるから赤ん坊を産まない。それから一パーセントの目はまったく目がないよりはましだ。

そして神を信じているひとたちは、神が人間を地上に作ったと考えている、なぜかというと人間はもっともすぐれた動物だと思っているからだ、しかし人間はただの動物で、そのうちにほかの動物に進化するだろう、そしてその動物はもっと頭がいいので、人間を動物園に入れるだろう、ぼくたちがチンパンジーやゴリラを動物園に入れるように。あるいは人間は病気にかかって絶滅するか、あるいは汚染物質をたくさん作って自分たちを殺してしまうだろう、そうすれば世界には昆虫しかいなくなって、彼らがもっともすぐれた生き物ということになるだろう。

211

それでぼくは電車をおりるべきだったのだろうかと思った、なぜかというと電車はさっきロンドンに停車した、それでぼくはこわかった、なぜかというと電車がどこかほかの場所に行ってしまったら、そこはぼくが知っているひとのいないところだろう。

そのときだれかがトイレに行ってそれからまた出てきたけれどもぼくを見なかった。それでそのひとのうんちのにおいがした、それはぼくがトイレに入ったときにおったうんちのにおいとはちがっていた。

それからぼくは目をつぶって数学のパズルをもっとやったので電車がどこへ行くかということは考えなかった。

それから電車がまた止まった、それでぼくは棚からおりてぼくのかばんを取ってきて電車をおりようかと思った。しかしあの警官に見つかってお父さんのところに連れていかれたくなかったので、棚の上でじっとしていた、こんどはだれもぼくを見なかった。

それからぼくは、学校の教室の壁に地図がはってあったのを思いだした、それはイングランドとスコットランドとウエールズの地図で、それにはすべての町がどこにあるか示してあった、それでぼくはスウィンドンとロンドンがある地図を頭に思いうかべた、ぼくの頭のなかの地図はこんなふうだ。

それでぼくは電車が**午後十二時五十九分**に発車してからずっとぼくの時計を見ていた。最初に停車したのは**午後一時十六分**で、十七分後だった。それからいまは**午後一時三十九分**で、前に止まったときから二十三分後だ、ということはもし電車が大きなカーブを描いて進まなかったら、ぼくたちは海に出てしまうということだ。しかしぼくは電車が大きなカーブを描いて進んでいるのかどうか知らなかった。

それからさらに四度停車して、四人のひとがやってきて棚からスーツケースをもっていき、それから二人のひとが棚にスーツケースをおいた、しかしぼくの前にある大きなスーツケースはだれももっていかなかった、それから一人のひとだけはぼくを見て、そしていった、

「へんな野郎だな、おまえさん」それはスーツを着ている男のひとだった。それから六人のひとがトイレに入ったけれどもだれもうんちはしなかったので、においもしなくてよかった。

それから電車が止まって、黄色のレインコートを着た女のひとが大きなスーツケースをおろしてこういった、「あんた、これにさわった？」

それでぼくはいった、「はい」

そしたら彼女は行ってしまった。

それから男のひとが棚の横に立ってこういった、「ここに来て見てみろよ、バリー。ここにさあ、電車の小人みたいなのがいるぜ」

するともう一人の男のひとがやってきて彼の横に立っていった、「どうやら、おれたちゃ飲みすぎだな」

すると最初の男のひとがいった、「こいつにナッツでもやるか」

すると二番めの男のひとがいった、「変人はおまえだぜ」

すると最初のひとがいった、「さあ、行けったら、このどあほうめが。酔いがさめないうちにもっとビールが飲みてえよ」

それからふたりは立ち去った。

それから電車はほんとうに静かになって、もう動かなかったし、ひと声も聞こえなかった。

それでぼくは棚をおりてかばんを取りにいって警官がまだあの座席にすわっているかどうか見にいくことにした。

それでぼくは棚をおりてドアからのぞいてみた、しかし警官はいなかった。それからぼくのかばんもなくなっていた、あのなかにはトビーの食べ物もぼくの数学の本も洗いたてのパンツもベストもシャツもオレンジ・ジュースもミルクもオレンジもカスタード・クリームも煮豆の缶詰も入っていたのだ。

そのとき足音が聞こえたのでふりむくと、それは前に電車に乗っていた警官ではなくてべつの警官だった、ドアからとなりの車輛にいる彼が見えた、彼は座席の下を見ている。そこでぼくは警官はもうそんなに好きではないと思ったので、電車をおりた。

それから電車が入っているところはとても大きな部屋で、騒音ががんがんひびいていて、ぼくは床にひざをつかなければならなかった、なぜかというとたおれそうになったからだ。それから床にひざをついたままどっちに歩いていくか考えた。そして列車が駅に入ってきたときの進行方向に歩くことにきめた、なぜかというとここが終着駅だとしたら、そっちがロンドンのある方角だから。

そこでぼくは立ちあがって、床の上に太い赤線があると想像した、その赤線は電車と平行に、ずっとむこうの改札口のところまで走っていると想像した、それでぼくはそれにそって歩いていき、「ひだり、みぎ、ひだり、みぎ……」と、前みたいにまたとなえつづけた。

それから改札口のところに行くと男のひとがぼくにいった、「だれかがあんたをさがしてるようだよ、ぼうや」

それでぼくはいった、「だれがさがしているんですか？」なぜかというとそれはお母さんかもしれないから、スウィンドンの警官がぼくが教えた電話番号でお母さんに電話をしたのかもしれないと思ったからだ。

しかし彼はいった、「おまわりさんだよ」

それでぼくはいった、「知っています」

すると彼はいった、「ああ。そうか」それから彼はいった、「じゃあここで待っておいで、わたしが行って話してくるから」そして彼は列車の横を歩いてもどっていった。

そこでぼくは歩きつづけた。ぼくはまだ胸のなかで風船がふくらんでいるような感じがしてそれが痛くて、だから両手で耳を押さえた、それからぼくは小さな店のところまで行ってそこの壁によりかかった、その大きな部屋のまんなかに**ホテルと劇場の予約、電話0207-402-5164**と書いてあった、それからぼくは両手を耳からはなすと騒音を閉めだすためにうなり声をあげた、それから大きな部屋を見まわして、ここがロンドンかどうかたしかめるためにそこにある広告をぜんぶ見た。広告はこんなふうだった。

焼き菓子　**ヒースロー空港 チェックインはこちら**　*ベーグル・ファクトリー*　食事は*上質美味*　**YO!**スシ　**接続バス**　WH スミス　中二階　**ヒースロー行き特急**　医務室　一等乗客待合室　フラーズ　easyCar.com　***マッドビショップ***・アンド・ベア　フラーズ・ロンドン・プライド　**ディクソンズ**　**お値段は**　パディントン駅で見つかったくまのパディントン　切符売場　**タクシー**　🚻 **トイレ**　救急　イーストバーン・テラス　[redacted]ィントン出口　プレード・ストリート　**ザ・ローン**　こちらにお並びください　アッパー・クラスト　**セインズベリーズ**　ⓘ **案内所**　グレート・ウェスタン・ファースト　Ⓟ 窓口閉鎖　**閉鎖**　窓口閉鎖　ソックス・ショップ　**ファースト・チケット・ポイント**　🚭 **ミリーズ・クッキー**　コーヒー　ファーギー、マンチェスター・ユナイテッド留任へ　**焼きたてクッキーとマフィン**　冷たい飲み物　**罰金の全額**　注意　**おいしい焼き菓子**　9 番線 -14 番線　*バーガーキング*　**いれたて！**　リーフ・カフェ・バー　**ビジネス旅行**　*特別版*　トップ 75 アルバム　イブニング・スタンダードしかし数秒後にそれはこんなふうに見えた。

焼ース☠☠■ロ○▌空エッグァク食質味 YO! ススき菓ヒ
ーバ港チ WH スミスニ 中 続ん✳クらッドビッース務一客
合ラーン急ヒベセ easyCar.comマョプアンまのデ 接ぶフ
ラーズロンプラドンイド子ィ特トテデ階クソンズ値段シは
は医世エボイ📄🎖務ア内ントン室ースワト案おトンチ符
タールフ🚹トイロすい救⊸🚗テ💣バィンえてい5ラス✱
✖お並冷大レテラス■■■ィントンロ✞セタイ駅で🚬見つか
✹📖った指出閉🏟鎖ⓘ&え鎖いにーロ 1 ーソ[医プ
レいくすみトポイント飲スト🏭リートザロいうあヒー🖱
🗀アッパークマフ金バ📖クる6ドィ📞トイン閉鎖“👍
上美行き特んこち窓ク4セセイスズ上🚹←☆ペンズベリュズ
ルクトソー切⌛完内所レート中✚十マスタークッキーウ
ェスフィン冷たジタン2フーディスタあん⑥レストⓅ番
0ぜん案ロ閉ンチェ✂中✳えん残ド留3ショッファー
スト⊙🚬窓口と☕かで✈☠スプ所ナら8⑨🎁➡💧ト
ヒー9すウェーフクコーーンエオスヴぇるばし☹とネスき
ックⓘえシおうックスじ🚭♓③5アルビアルミリイフェバビ
ーアくる゛イング⌛フ3ィリハフへッる☠ムァーギイス
9ユテれたい⏭ロす金の全意お❼いしい焼き14バーど!
ザ゛♍☒●れじ✳ロートロ📄あ版特トップ&ムバイブンダ
ード

なぜかというととてもたくさんあったのでぼくの脳はちゃんと働かなくなったのだ、ぼくはおそろしくなってまた目を閉じて、それからゆっくりと五十かぞえたけれど、その三乗は求めなかった。それからそこに立ったまま自分が安心できるようにポケットのなかのスイス・アーミー・ナイフを開いてそれをぎゅっとにぎりしめた。

それからぼくはもう片方の手の指を小さな筒のようにまるめて、それから目を開いてその筒からのぞいたので、一度に一つずつしか広告が見えなくて、長いことかかってようやくⓘ**案内所**という標識が見えた、それは小さな店の窓の上にあった。

それから男のひとがぼくのほうにやってきて、そのひとは青いジャケットを着て青いズボンをはいて、それから茶色の靴をはいていて片手に本を一冊かかえていて、それからこういった、「迷ったようだね」

それでぼくはスイス・アーミー・ナイフを取り出した。

すると彼はいった、「おい、おい、おい、おい」そして両手を上にあげて指を扇の形に開いた、まるでぼくにも指を扇の形に開いて彼の指にさわれといっているみたい、ぼくを愛しているといいたいみたいだった、しかし彼は両手をあげているので、それはお父さんやお母さんのやり方とはちがうし、それにぼくは彼がだれだか知らなかった。

それから彼はうしろにさがっていった。

そこでぼくはⓘ**案内所**と書いてある店に入った、心臓がすごくどきどきして、耳のなかは海みたいな音がした。それからぼくは窓のところに行くと、こういった、「ここはロンドンですか？」しかし窓のむこうにはだれもいなかった。

そのときだれかが窓のむこうにすわった、そのひとは女のひとで、彼女は黒人で長い爪をピンクにぬっていた、ぼくはいった、「ここはロンドンですか？」

そしたら彼女はいった、「きまってるわ、ぼくちゃん」

それでぼくはいった、「ここはロンドンですか？」

そしたら彼女はいった、「たしかよ」

それでぼくはいった、「ロンドン　NW2　5NG　チャプター・ロード　451cにはどうやって行けばいいですか？」

そしたら彼女はいった、「それはどこにあるの？」

それでぼくはいった、「それはロンドン　NW2　5NG　チャプター・ロード　451cです。それからときには、ロンドン　NW2　5NG　ウィルズデン　チャプター・ロード　451cと書くこともできます」

そしたらその女のひとはいった、「ウィルズデン・ジャンクションまでチューブに乗って、ぼくちゃん。さもなきゃウィルズデン・グリーン。その近くにあるはずよ」

それでぼくはいった、「どんな種類のチューブですか？」

そしたら彼女はいった、「あんた、本気なの？」

それでぼくはなにもいわなかった。

そしたら彼女はいった、「あそこよ。エスカレーターのある大きな階段が見えるでしょ？

標識が見えるでしょ？　地下鉄って書いてあるやつよ。ベイカールー線でウィルズデン・ジャンクションまで行くか、ジュビリー線でウィルズデン・グリーンまで行くか。わかった、ぼくちゃん？」

それでぼくは彼女が指さすほうを見た、地下におりていく大きな階段があり、その上のほうに大きな標識があった、こんな——

そしてぼくはこれだってやれると思った、なぜかというとぼくはこれまでずっとうまくやってこられたのだし、それにぼくはいまロンドンにいる、お母さんだって見つかるはずだ。それでここにいるひとたちは草原にいる牛みたいなものだと考えればいい、そしてぼくはずっと自分の前だけを見ていることにして、頭のなかで大きな部屋の床に赤い線を引いてそれをたどっていくことにした。

それでぼくは大きな部屋を横ぎってエスカレーターのところにいった。それからぼくはポケットのなかのスイス・アーミー・ナイフをにぎって、もう一つのポケットに入っているトビーが逃げ出さないようにしっかり押さえていた。

それからエスカレーターというのは動く階段で、ひとがその上に乗ると、それはひとを上や下に運んでいく、ぼくはおもしろいと思った、なぜかというとぼくはこんなものには乗ったことがなかったし、これは未来をえがいたSF映画に出てくるものに似ていた。しかしぼくはこれを使いたくなかったので階段をおりていった。

するとぼくは地下にあるもっと小さな部屋にいて、そこにはたくさんのひとがいて、根もとのところに青いライトがついている柱がたくさんあり、ぼくはこれらが気に入った、しかしたくさんのひとはいやだった、そこでぼくは、一九九四年三月二十五日にパスポートの写真をとるために入ったインスタント写真のブースに似ているブースを見つけたので、ぼくはそのなかに入った、そこは乾燥室みたいなもので、そのなかに入ると安心できたし、カーテンのすきまから外も見えた。

それでぼくは外をながめながら探偵をやり、ひとびとが灰色の自動改札機のなかに切符を入れて、そこをすりぬけていくのを見た。それから何人かのひとたちは壁ぎわの大きな黒い機械で切符を買っていた。

そしてぼくは四十七人のひとたちがそうするのをじっと見て、どうすればよいか記憶した。それから頭のなかで床の上に赤い線を引いてそれをたどってポスターのはってある壁のところまで歩いていき、そのポスターには、行き先のリストが書いてあり、それはアルファベット順なので、ぼくはウィルズデン・グリーンを見つけ、それは二ポンド二十ペンスと書いてあったので、ぼくは機械のところに行った、そこには**切符の種類を押してください**と書かれた小さな画面があったので、ぼくはほとんどのひとが押している**おとな一枚**というボタンと、**二ポンド二十ペンス**というところを押した、すると画面に**二ポンド二十ペンスお入れくださ い**という文字が出たので、ぼくは一ポンドのコインを三枚、投入口に入れると、カチャリという音がして画面に、**切符と釣銭をお取りください**という文字があらわれて、機械の下の小さな穴に切符が一枚と、五十ペンスと二十ペンスと十ペンスのコインがあったので、ぼくはコインをポケットに入れてあの灰色の改札機のところに行って細長い穴に切符を入れると、それは切符を吸いこんで、それから改札機の向こうがわに切符は出てきた。するとだれかが、「さっさと歩け」といったので、ぼくは犬が吠えるような音を出してそれから前に進むとこんどは改札機が開いたのでぼくはほかのひとたちがやったように自分の切符を取った、ぼくはこの灰色の改札機が気に入った、なぜかというとこれも未来をえがいたSF映画に出てくるものに似ているからだ。

それからぼくはどっちのほうに行くか考えなければならなかった、そこでぼくはひとに体をさわられないように壁ぎわに立った、それから**ベイカールー線**と**ディストリクト線・サークル線**という標識が見えたけれども、あの女のひとがいった**ジュビリー線**というのはなかった、そこでぼくは計画をきめた、それはベ、イ、カ、ー、ル、ー、線でウ、ィ、ル、ズ、デ、ン、・、ジ、ャ、ン、ク、シ、ョ、ン、まで行くという計画だった。

それからベイカールー線のもう一つの標識があった、それはこんなふうだった。

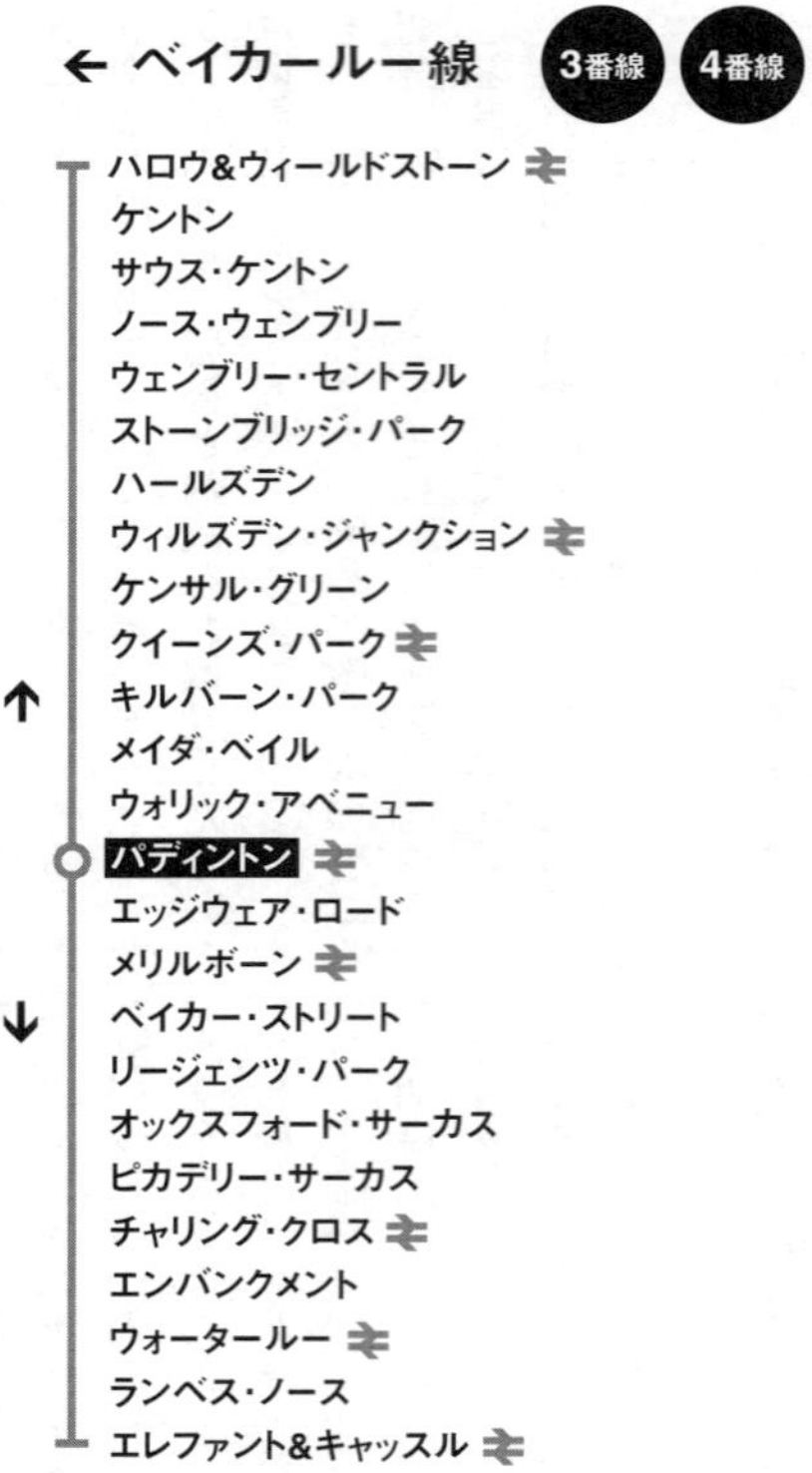

それでぼくはすべての文字を読んで、**ウィルズデン・ジャンクション**が見つかったので、←という矢印にしたがって、左手のトンネルをくぐって、それからトンネルのまんなかにはずうっと柵があって、ひとびとは道路を走る車と同じように左がわをまっすぐ進み、むこう

から来るひとたちは右がわを歩いていたので、ぼくは左がわにそって歩いていくとトンネルは左にカーブして、それからまたたくさんの改札と**ベイカールー線**と書いた標識があり、それはエスカレーターのほうに矢印がついていた、それでぼくはエスカレーターに乗っておりなければならなかった、それでぼくはゴム製の手すりにつかまらなければならなかったけれども、手すりもいっしょに動いていくので、ぼくはひっくりかえらなかったし、それからひとがぼくのすぐそばに立っているので、ぼくは彼らをなぐって追いはらいたいと思ったけれども、あの警告があったのでなぐらなかった。

それからエスカレーターのいちばん下まで来るとそこで飛びおりなければならなくて、そこでぼくはつまずいてだれかにぶつかるとみんなが「あわてるな」といった、それから道が二つあって、一つは、**北まわり**と書いてあったので、ぼくはその道を行くことにした、なぜかというと**ウィルズデン**は地図の上半分に入っていて、上というのは地図ではいつも北をさすからだ。

やがてぼくはまたべつの小さな駅にいた、しかしそれはとても小さくて、トンネルのなかにあって、線路は一本しかなくて、両がわの壁はカーブしていて、大きな広告で埋められている、その広告とは、**出口**それから**ロンドン交通博物館**それから**自分のキャリアを反省してみませんか**それから**ジャマイカ**それから**英国鉄道**それから**禁煙**それから**立ち止まるな　立ち止まるな**それから**立ち止まるな**それから**クイーンズ・パークより先にお越しのお客さまは来た電車に乗ってクイーンズ・パークでお乗換を**それから**ハマースミス線とシティ線**それから**家**

族より身近なあなた。そしてその小さな駅にはたくさんのひとが立っていた、ここは地下なので、どこにも窓がないのでぼくはいやだった、それでベンチを見つけてそのはしのほうに腰をおろした。

するとおおぜいのひとたちがこの小さな駅にぞろぞろ入ってきた。そしてだれかがベンチのむこうのはしにすわった、それは女のひとで黒いブリーフケースをもち、紫色の靴をはいて、オウムみたいな形のブローチをつけている。そして小さな駅にひとがぞくぞくとやってくるので、あの大きな駅よりもずっと混雑してきた。するとぼくはもう壁がぜんぜん見えなくなり、だれかのジャケットの背中がぼくのひざにふれたのでぼくは気分が悪くなってすごい大声でうなり声をあげた、するとベンチに腰かけていた女のひとは立ちあがって、それからもうだれもベンチにすわらなかった。それからぼくはなんだか、風邪をひいて一日じゅうベッドで寝ていなければならないときみたいな感じで、体じゅうが痛くて、それで歩くことも食べることも眠ることも数学をやることもできないときみたいな感じになった。

そのときおおぜいの人が剣で打ち合いをしているみたいな音がして、強い風が吹きつけて、ごうっという音がしたのでぼくは目を閉じたけれど、そのごうっという音はどんどん大きくなって、ぼくもすごく大きな声でうなったのに、その音を耳から閉めだすことができなかったから、ぼくはこの小さな駅がくずれるのではないかと思った、そうでなければどこかで大火事があって、ぼくは死ぬのかもしれないと思った。それからごうっという音はがちゃがちゃ、ききいっという音になり、それもだんだん静かになって、やがてやんだ、ぼくはそのあいだずっと目をつぶっていた、なぜかというとそこで起こっていることを見ないほうが安心していられるからだ。それからひとびとがまたぞろぞろと動いていく物音が聞こえた、なぜならあたりがもっと静かになったからだ。それで目を開いてみるとはじめはなにも見えなかった、なぜかというとほんとうにたくさんのひとがいたからだ。それからぼくは、彼らが電車のなかに入っていくのを見た、その電車はそれまではいなかった、ごうごうと音をたてていたものはこの電車だったのだ。それからぼくの髪の毛のあいだから汗がたれて顔を流れてきて、ぼくはうめき声をあげた、しかしそれはうなり声ではない、ちょっとちがう声、足にけがをした犬みたいな声だったので、その声が聞こえたのに、それが自分の声だとはじめはわからなかった。

それから電車のドアが閉まり電車は動きだし、またあのごうごうという音がしたけれども、こんどはさっきほど大きくはなく、五台の電車が通りすぎていき小さな駅のはしにあるトンネルのなかに入ってしまうと、あたりはまた静かになり、そしてひとびとは小さな駅のはしのほうにあるトンネルのなかにぞろぞろと入っていった。

ぼくはがたがたふるえていて、家に帰りたいと思った、そのときぼくは家にはいられないのだと気づいた、なぜかというとあそこにはお父さんがいるし、お父さんは嘘をついてウエリントンを殺した、ということはあそこはもうぼくの家ではないということで、ぼくの家は、ロンドン　NW2　5NG　チャプター・ロード　451cだった、それでぼくはこわくなって、家に帰りたいというようなまちがったことを考えたことがこわくなった、なぜかというとそれはぼくの頭脳がちゃんと働いていないという証拠だったから。

それからまたたくさんのひとが小さな駅に入ってきて、駅はいっぱいになって、それからまたごうごうという音がはじまったので、ぼくは目を閉じて、汗が出てきて、胸のなかに風船があるみたいないやな気分になった、その風船はとても大きいので息ができなくなりそうだった。それからみんな電車に乗って行ってしまい、小さな駅はまたからっぽになった。それからまたたくさんのひとがやってきて、またごうごうと音をたててべつの電車が来た。あのときはまったくインフルエンザにかかったときの感じで、ただそれがおわってほしいとぼくは思った、コンピュータがクラッシュしたらプラグを壁からぬけばいいみたいに、なぜかというとぼくは眠りたかった、そうすれば考える必要はない、なぜかというとぼくに考えられるのは、とても苦しいということばかりだ、なぜかというと頭のなかはほかのことを考える余裕がなかったから、しかしぼくは眠ることもできないで、ただそこにすわっていなければならなくて、待つことと、苦しい思いをすることのほかになにもすることがなかった。

223

それでこれはまた別の描写である、なぜかというとシボーン先生が、描写をしなければいけないといったからで、これは小さな駅のぼくのむかいにある壁にはってある広告の描写だけれども、いまぼくはそれをぜんぶ思いだせない、なぜかというとあのときは死ぬとおもっていたから。

その広告にはこう書いてあった。

夢の休日は、マレーシアのクオニにどうぞ

そしてその文字のうしろには、二匹のオランウータンの大きな写真があって、二匹は枝にぶらさがっていて、そのうしろには数本の木があるけれども葉っぱはぼやけている、なぜかというとカメラは葉っぱではなくオランウータンに焦点を合わせているからだ、そしてオランウータンは動いていた。

それからオランウータンはマレーシア語の**オラングータン**からきていて、これは森のひとという意味だ。

それで広告というものはぼくたちに車とかスニッカーズなんかを買わせたり、インターネットのプロバイダーを使わせたりするための写真とかテレビの番組である。しかしこれはぼくたちを休日にマレーシアに行かせるための広告だ。そしてマレーシアは東南アジアにあって、それはマレー半島とサバ州とサラワク州とラブアン島からなりたっていて、首都はクアラルンプール、いちばん高い山はキナバル山で高さは四一〇一メートルある、しかしそのことは広告には書いてなかった。

それでシボーン先生がいうには、ひとは休日にはめずらしいものを見てのんびりした気分になるそうだけれども、ぼくはちっとものんびりした気分にはならないし、めずらしいものなら顕微鏡で土を見たり、三本の同じ太さの円い棒が直角に交叉したときにできる立体の形をかいて見たりできる。それからたった一軒の家のなかでもとてもたくさんのものがあるので、それらについてきちんと考えると何年もかかるとぼくは思う。それにまたあることがおもしろいというのは、それについて考えるからで、それがめずらしいからではない。例をあげると、シボーン先生は、指先をぬらしてうすいガラスのコップのふちをこすって歌うような音を出せることを教えてくれた。そしてそれぞれちがうコップのなかにそれぞれちがう量の水を入れると、それぞれちがう音が出る、なぜかというとそれらはそれぞれにちがう共鳴振動数と呼ばれるものをもっているからである。それで、**三匹の目のみえないねずみ**みたいなメロディを演奏することができる。たくさんのひとびとが自分の家にうすいガラスのコップをもっているのに、彼らはそういうことができることを知らない。

それから広告にはこうあった。

マレーシア、これぞアジア。

刺激的な風景やにおいにあふれた別世界へようこそ。伝統と自然、そして国際感覚の息づく国。あわただしい日常を忘れ、豊かな自然のなかや心地よい海辺で、ゆったりとおすごしください。料金はおひとりさま五七五ポンドより。

01306・747000にお電話を。または旅行社においでになるか、インターネットの www.kuoni.co.uk をごらんください。

体験したことのない世界を、あなたに。

それからほかに三枚の写真があった、それらはとても小さく、それぞれに宮殿、浜辺、そして宮殿だった。

それからこれがオランウータンの絵です。

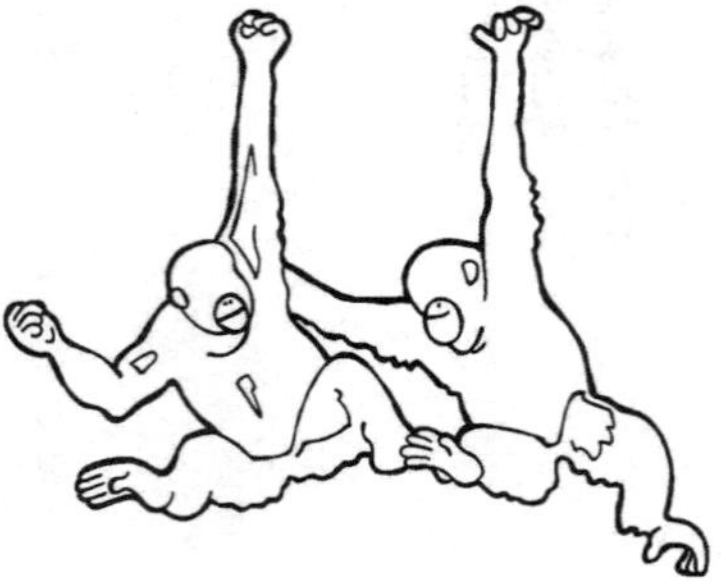

227

それからぼくは目を閉じたまま時計もぜんぜん見なかった。そして駅に入ってきたり出ていったりする電車は、音楽かドラムのようなリズムをもっていた。それは数をかぞえたり、「ひだり、みぎ、ひだり、みぎ、ひだり、みぎ……」といっているようだった。これはシボーン先生が、気持ちを落ち着かせるときにはそうしなさいとぼくに教えてくれたことだ。それでぼくは頭のなかでいいつづけた、「電車が来る。電車が止まった。電車が行く。静寂。電車が来る。電車が止まった。電車が行く……」まるで電車は頭のなかにいるだけみたいだった。ふだんはじっさいに起こっていないことを頭のなかで想像したりはしない、なぜかというとそれは嘘だからで、嘘をつくとこわくなる、しかし電車が駅に入ってきたり出ていったりするのを見ているより、そうするほうがずっとよかった、なぜかというと目を開けて見ているほうがずっとこわい。

それでぼくは目を開けなかったし時計も見なかった。それはまるでカーテンを閉めた暗い部屋にいるようなもので、だからぼくは、夜に目がさめたときみたいになにも見えなかった、そして聞こえる音は頭のなかの音だけだった。それで気分がよくなった、なぜかというと小さな駅は、ぼくの頭の外にはないみたいで、ぼくはベッドにいて安全だった。

それから電車が出ていってから入ってくるまでのあいだの静寂がだんだん長くなった。そして電車がいないときは小さな駅にはひとがすこししかいないのが音でわかるので、目を開いて時計を見ると、午後八時七分だったから、ぼくは約五時間ベンチにすわっていたことになるけれども、約五時間もという感じはしなかった、ただおしりが痛いし、おなかがすいて喉(のど)がかわいていた。

そのときぼくは、トビーがポケットにいないのに気がついた、トビーがいなくなると困る、なぜかというとぼくたちはお父さんの家にいるのでもないしお母さんの家にいるのでもない、この小さな駅では餌をやってくれるひとはだれもいないから、トビーは死んでしまうか、電車にひかれてしまうかもしれない。

そのときぼくは天井を見あげた、そこには黒くて長い箱があり、それは標示板でこう書いてあった。

それから下の行がスクロールして消えると、ちがう行がスクロールして停止した、その標示はこうだった。

1	ハロウ&ウィールドストーン	2分
3	クイーンズ・パーク	7分

1	ハロウ＆ウィールドストーン	1分
2	ウィルズデン・ジャンクション	4分

それからまたそれは変わって、こうなった。

1　ハロウ&ウィールドストーン
＊＊電車がまいります　お下がりください＊＊

それから電車が駅に入ってくるときの剣の打ち合いみたいな音とごうごうという音が聞こえた、それでぼくは、どこかに大きなコンピュータがあって、それはすべての電車がどこにいるか知っていて、小さな駅の黒い箱に電車がいつ入ってくるかメッセージを送っているのだと考えた、そう考えると気分がよくなった、なぜかというとすべて秩序と計画にしたがっているからである。

それで電車が小さな駅に入ってきてそこに止まってそれから五人のひとが電車に乗って、そのあともう一人のひとが小さな駅に走ってきて電車に乗った、それから七人のひとが電車をおりて、それからドアが自動的に閉まって電車は出発した。それからつぎの電車がきたときぼくはもうそれほどこわくはなかった、なぜかというと標示板に**電車がまいります**と書いてあったので、これから電車が来るということがわかったからである。

そのときぼくはトビーをさがそうと決心した、なぜかというと小さな駅にはひとが三人しかいなかったからだ。そこでぼくは立ちあがり、小さな駅の右と左を見た、そしてトンネルのなかに入っていく出入り口も見たけれど、トビーはどこにも見えなかった。それから線路がある真っ暗な下のほうを見た。

そのとき二匹のネズミが見えた、それは黒かった、なぜかというと体じゅう泥でおおわれていたからだ。ぼくはいいなと思った、なぜかというとネズミはどんな種類でも好きだから。しかし二匹ともトビーではなかったので、ぼくは捜索をつづけた。

そのときトビーが見えた、線路のある下のほうにいた、それがトビーだとわかったのは、白くて背中に茶色い卵の形があったからだ。そこでぼくはコンクリートの床から下におりた。トビーはキャンディの古い包み紙を食べていた。そうしたらだれかがどなった、「おいこら。なにしてるんだ？」

それでぼくはかがみこんでトビーをつかまえようとしたけれども、トビーは逃げていった。ぼくはあとをついていって、それからまたかがみこんでぼくはいった、「トビー……トビー……トビー」それからぼくは片手をさしだした、そうすればトビーはぼくの手のにおいをかいでそれがぼくだとわかる。

そうしたらだれかがいった、「そこからあがれ、バカヤロー」それでぼくが上を見ると、それは緑色のレインコートを着た男のひとで、彼は黒い靴をはいてソックスが見えていて、それは灰色のソックスで小さなダイヤ形の模様がついていた。

それでぼくはいった、「トビー……トビー……」だが彼はまた逃げていった。

そうしたらダイヤの模様のついた靴下をはいている男のひとが、ぼくの肩をつかもうとしたので、ぼくは悲鳴をあげた。それから剣の打ち合いのような音が聞こえて、トビーがまた走りだした、しかしこんどは方向を変えてぼくの足もとを走りぬけたのでぼくはトビーをつかんだ、そしてしっぽをつかまえた。

そうしたらダイヤの模様のついたソックスをはいた男のひとがいった、「ああたいへんだ。たいへんだ」

そのときあのごうごうという轟（とどろ）きが聞こえたのでぼくはトビーをもちあげて両手でつかんだ、すると彼はぼくの親指を噛んだので血が出てきて、ぼくはさけんだ、トビーはぼくの両手から飛び出そうとした。

そのときごうごういう音が大きくなったので、ふりむくと電車がトンネルから出てくるのが見えた、ぼくはひき殺されてしまう、そこでぼくはコンクリートの床の上によじのぼろうとしたが、床は高くて、それにぼくは両手でトビーをつかんでいた。

そのときダイヤの模様のついたソックスをはいた男のひとがぼくをつかんでひっぱりあげたので、ぼくは悲鳴をあげた、しかし彼はぼくをひっぱりつづけ、とうとうコンクリートの床までひっぱりあげて、ふたりとも床にたおれた、ぼくは悲鳴をあげつづけた、なぜかというと彼はぼくの肩を痛くしたからだ。そのとき電車が駅に入ってきたので、ぼくは立ちあがってまたベンチのところに走りよって、トビーをコートの内ポケットに入れると、トビーはとてもおとなしくなって動かなかった。

ダイヤの模様のついたソックスをはいた男のひとはぼくの横に立っていった、「いったいてめえは、なんのお遊びをやってるつもりなんだ？」

しかしぼくはなにもいわなかった。

そしたら彼はいった、「いったいなにをやってたんだ？」

そして電車のドアが開いてひとがおりてきた、そしてダイヤの模様のついたソックスをはいた男のひとのうしろに女のひとが立っていて、彼女はシボーン先生がもっているみたいなギターのケースをかかえていた。

それでぼくはいった、「ぼくはトビーをさがしていた。ぼくのペットのネズミです」

そしたらダイヤの模様のついたソックスをはいた男のひとはいった、「あきれたもんだ」

そしたらギター・ケースをかかえた女のひとがいった、「その子、だいじょうぶなの？」

そしたらダイヤの模様のついたソックスをはいた男のひとはいった、「その子？　くそありがてえや、ちくしょう。ペットのネズミだと。くそっ。おれの電車だ」そうして彼は電車に走りよって閉まったドアをがんがんたたいた、そして電車が走りだすと彼はいった、「くそくそ」

そうしたら女のひとがいった、「あんた、だいじょうぶ？」そしてぼくの腕にさわったので、ぼくはまた悲鳴をあげた。

そしたら彼女はいった、「わかった。わかった。わかった」

そして彼女のギター・ケースにはこんなステッカーがはってあった。

それでぼくは床にしゃがんでいた、そして女のひとは片方のひざをついていった、「なにかあたしにできることはない？」

それでもし彼女が学校の先生ならこういえたと思う、「ロンドン　ＮＷ２　５ＮＧ　チャプター・ロード　４５１ｃはどこですか？」しかし彼女は知らないひとなので、ぼくはこういった、「もっとはなれて」なぜならぼくは彼女がそばにいるのはいやだったから。それでぼくはいった、「ぼくはスイス・アーミー・ナイフをもっている、鋸歯がついている、これはひとの指を切り落とすことができる」

そうしたら彼女はいった、「よしよし、ぼうや。いや、ということなのね」そして彼女は立ちあがって歩いていった。

そしてダイヤの模様のついたソックスをはいた男のひとはいった、「いかれ野郎もいいとこさ。ちくしょうめ」そして彼はハンカチを顔にあてた、ハンカチに血がついた。

そこにまた電車が入ってきて、ダイヤの模様のついたソックスをはいた男のひととギター・ケースをもった女のひとは電車に乗り、電車はまた行ってしまった。

それからさらに八台の電車が入ってきた、ぼくは電車に乗って、それからどうするか考えようときめた。

そこでぼくはつぎの電車に乗った。

そしてトビーはぼくのポケットから出ようとしたので、ぼくはトビーをつかまえて外がわのポケットに入れて手で押さえつけていた。

それからその車輛にはひとが十一人いた、ぼくはトンネルのなかで一つの部屋に十一人のひとといっしょにいるのはいやだった、そこでぼくは車輛のなかにあるものに注意を集中させた。こういう広告があった、**スカンジナビアとドイツには５３９６３の貸し別荘があります**それから**ヴァイタバイオティックス**それから**３４３５**それから**乗車した全区間の有効切符を提示しない場合は十ポンドの罰金**そして**ディスカバー・ゴールド・カードをもって、銅色**

に日焼けをそれから**ＴＶ－Ｃ**それから**ＥＰＢ－Ｃ**それから**フェラチオをして**それから**⚠自動ドアを押さえるのは危険**それから**ＢＲＶ**それから**Ｃｏｎ．－Ｃ**それから**世界に話しかけよ。**

それから壁には模様があってそれはこういうのだった。

それから座席にもこういう模様があった。

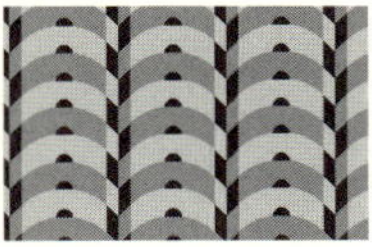

そのとき電車がすごく揺れたので、ぼくは手すりにつかまらなくてはならなかった、それから電車はトンネルに入って、すごくうるさい音がしたのでぼくは目をつぶった、首の横のところで血がどくどくいうのが感じられた。

それからトンネルを出て、またべつの小さな駅に入っていった、そこは**ウォリック・アベニュー**というところで、それは壁に大きな文字で書いてあったので、ぼくはそれが気に入った、なぜかというとどこにいるかよくわかるからだ。

それでぼくはウィルズデン・ジャンクションまでの全部の駅のあいだの距離をはかった、そして駅と駅のあいだの時間はぜんぶこんなふうに十五秒の倍数だった。

パディントン	**0:00**
ウォリック・アベニュー	**1:30**
メイダ・ベイル	**3:15**
キルバーン・パーク	**5:00**
クイーンズ・パーク	**7:00**
ケンサル・グリーン	**10:30**
ウィルズデン・ジャンクション	**11:45**

それで電車が**ウィルズデン・ジャンクション**に止まって、ドアが自動的に開いたとき、ぼくは電車からおりた。それからドアが閉まって電車は行ってしまった。そして電車をおりたひとは、ぼくのほかはみんなが階段をのぼって橋のほうにいってしまって、それでぼくの見えるところにはたった二人しかひとがいなくなった、一人は男のひとで酔っぱらっていてコートに茶色のしみがあり、靴は左右そろっていなくて歌をうたっていたけれどもなにを歌っているのかわからなかった、それからもう一人は、壁に小さな窓のある店にいるインド人の男のひとだった。

それでぼくはどちらのひとにも話しかけたくなかった。なぜかというとぼくは疲れていておなかがすいていて、それにもうおおぜいの知らないひとと話をした、これは危険なことだ、危険なことをやればやるほど、なにか悪いことが起きやすくなる。しかしぼくはどうやってロンドン　NW2　5NG　チャプター・ロード　451cに行けばいいかわからないのでだれかにきかなければならない。

それでぼくは小さな店にいる男のひとのところに行ってきいた、「ロンドン　NW2　5NG　チャプター・ロード　451cはどこですか？」

そしたら彼は小さな本を取りあげてぼくにさしだしていった、「二と九十五」

その本は『**ロンドン市地図AからZまで索引つきAZ地図社発行**』と書いてあって、それを開いてみると、地図がたくさん出ていた。

小さな店の男のひとはいった、「買うのか、買わないのか？」

それでぼくはいった、「わかりません」

そしたら彼はいった、「じゃあ、そのばっちい指をどけてくれないか、悪いけど」そして彼はぼくから本を取りあげた。

それでぼくはいった、「ロンドン　NW2　5NG　チャプター・ロード　451cはどこですか？」

そうしたら彼はいった、「AZを買うか、さっさと失せるか、どっちかにしろよ。おれは歩く百科事典じゃないんでね」

それでぼくはいった、「それはAZなんですか？」ぼくは本を指さした。

そしたら彼はいった、「いや、こいつはいまいましいクロコダイルだ」

それでぼくはいった、「それはAZですか？」なぜならそれはクロコダイルではなかったので、ぼくは彼のなまりのせいで聞きまちがえたのかと思ったのだ。

そしたら彼はいった、「ああ、これはAZだ」

それでぼくはいった、「それを買えますか？」

そしたら彼はなにもいわなかった。

それでぼくはいった、「それを買えますか？」

そしたら彼はいった、「二ポンド九十五、けど金を先によこしなよ。持ち逃げしようたってそうはさせないからな」そのときぼくは気がついた、彼が**二と九十五**といったとき、それは二ポンド九十五ペンスのことだったのだと。

それでぼくはぼくのお金で二ポンド九十五ペンスをはらった、すると彼はうちの近所の店と同じようにおつりをくれた、それでぼくはそこをはなれて、汚い服を着た男のひとみたいに床にしゃがみこんで壁によりかかった、しかしそのひとからはずっとはなれたところだ、それから本を開いた。

表紙の内がわにロンドンの大きな地図があって、**アビー・ウッド**とか**ポプラー**とか**アクトン**とか**スタンモア**とかいう場所がのっていた。それから**広域図**と書いてあった。そして地図は格子みたいな線が入っていて、それぞれの四角には二つの数字がついていた。そして**ウィルズデン**は、**42**と**43**と書いてある四角のなかにあった。それでぼくはその数字はページの数字で、ロンドンのその四角の部分のもっと拡大された地図を見ることができるのだろうと考えた。この本は、ロンドンの大きな地図を、小さく切断して本にしたものだ、ぼくはこの本が気に入った。

しかしウィルズデン・ジャンクションは42ページと43ページにはのっていなかった。そしてぼくはそれを58ページに見つけた、58ページは**広域図**では42ページの真下にあって、42ページとつながっている。それでぼくはスウィンドンで電車の駅をさがしたのと同じように、ウィルズデン・ジャンクションのまわりをらせん状にたどってさがしていった、しかし地図の上では足で歩くのではなく指で歩いた。

そしてぼくの前に立っている靴がそろっていない男のひとがいった、「でかいチーズめ。(訳注)そうさ。看護婦めら。とんでもねえ。嘘つき野郎。ひでえ嘘つきめ」

それから彼ははなれていった。

チャプター・ロードをさがすのにずいぶん時間がかかった、なぜかというとそれは58ページにはなかったからだ。それは42ページにあり、それは5Cという四角のなかにあった。

これはウィルズデン・ジャンクションとチャプター・ロードのあいだの道路の形です。

それでこれがぼくの取ることにしたルートです。

(訳注) 大嘘という意味。

そこでぼくは階段をのぼって橋をわたって、それから切符を小さな灰色の改札機に入れてそれから通りに出ると、そこにバスがいた、**イングランド・ウエールズ・スコットランド鉄道**という文字が書いてある大きなバスだ、しかしそれは黄色だった、それでぼくはまわりを見まわした、あたりは暗くなっていて、まぶしい光がたくさんついていた、ぼくはもう長いこと外に出ていなかったので、それを見ると吐きそうになった。それでぼくは目をうんとうす目にしたので、道路の形しか見えなくなって、どの道路が、ぼくが通っていかなくてはならない**ステーション・アプローチ**と**オーク・レイン**なのかわかった。

そこでぼくは歩きだした、しかしシボーン先生は、起こることをすべて書きとめる必要はないといった、ただおもしろかったことだけ書きとめればいいといった。

そうしてぼくはロンドン　ＮＷ２　５ＮＧ　チャプター・ロード　４５１ｃにたどりついた、たどりつくまで二十七分かかった、**Ｃ号**と書いてあるドアのボタンを押したけれどだれもいなかった、ここまでくるとちゅうでただ一つおもしろいことがあった、八人のひとが角(つの)のついたヘルメットをかぶってヴァイキングの扮装(ふんそう)をして大声でさけんでいた、しかし彼らは本物のヴァイキングではなかった、なぜかというとヴァイキングは二千年前に生きていたひとたちだから、それからぼくはまたおしっこに行きたくなって、もう閉店になっている**バーデット・モーターズ**という自動車修理工場の横の路地に入っていった、ぼくはそんなことはしたくなかったけれどもまたズボンをぬらすのはいやだった、それからほかにはなにもおもしろいことはなかった。

そこでぼくは待つことにした、お母さんが旅行中でなければいいと思った、なぜかというともし旅行中ならお母さんは一週間以上は留守になるからだった、しかしぼくはもうスウィンドンにはもどれないので、このことは考えないようにした。

そこでぼくは、ロンドン　NW2　5NG　チャプター・ロード　451cの前の小さな庭にあるごみ箱のかげにすわりこんだ、そこは大きな茂みの下だった。それからそこにひとりの女のひとが入ってきた、彼女は、前面に金網をはった、上に把手のついた小さな箱をもっていた、それは猫を獣医のところに連れていくときに使うようなものだ、しかしぼくにはそのなかに猫が入っているかどうか見えなかった、それで彼女はかかとの高い靴をはいていて、ぼくのほうは見なかった。

そのうちに雨が降りだして体がぬれてしまったので、ぼくは寒くてふるえだした。

やがて午後十一時三十二分になって、通りを歩いてくるひとたちの声が聞こえた。

そしてある声がいった、「あんたがおかしいと思おうが思うまいが、あたしの知ったことじゃないわよ」それは女のひとの声だった。

それからべつの声がいった、「ジュディ。ねえ、ごめんよ。いいだろ」それは男のひとの声だった。

それからもう一つのほうの女のひとの声がいった、「まったく、人前であたしに恥をかかせる前に、そのこと、とっくり考えておくべきだったんじゃないの」

そしてその女のひとの声はお母さんの声だった。

そしてお母さんが小さな庭に入ってきて、ミスタ・シアーズがいっしょで、あのべつの声は彼の声だった。

そこでぼくは立ちあがっていった、「留守だったから、ここで待っていた」

そしたらお母さんがいった、「クリストファー」

そしたらミスタ・シアーズがいった、「ええっ？」

そしてお母さんはぼくの体に腕を巻きつけていった、「クリストファー、クリストファー、クリストファー」

それでぼくはお母さんを突きとばした、なぜかというとお母さんはぼくを強くつかんだので、ぼくはそれがすごくいやだったから、それで勢いよく押したので、ぼくまでいっしょにたおれてしまった。

そしたらミスタ・シアーズがいった、「いったいなにごとだ？」

それでお母さんはいった、「ほんとにごめん、クリストファー。あたし、忘れてた」

それでぼくはそのまま地面に寝ていた、するとお母さんは右手をさしあげて指を扇の形にひろげて、ぼくがお母さんの指にふれるようにした、しかしそのときトビーがポケットから逃げ出したのでぼくはトビーをつかまえなければならなかった。

するとミスタ・シアーズがいった、「ということはエドがここにいるってことだな」

そしてこの小さな庭のまわりには塀があるのでトビーは外に逃げ出すことができなかった、なぜかというと小さな庭のすみに突きあたって、塀を急いでのぼることができなかったので、ぼくはトビーをつかんでまたポケットに入れて、それからいった、「トビーはおなかが空いている。食べ物をなにかもらえますか、それから水も」

そしたらお母さんはいった、「お父さんはどこなの、クリストファー？」

それでぼくはいった、「スウィンドンにいると思う」

そしたらミスタ・シアーズがいった、「やれやれ助かった」

そしたらお母さんがいった、「でもどうやってここまで来たの？」

ぼくは寒かったので歯ががちがち鳴ってそれを止めることができなかった、それでぼくはいった、「ぼくは電車で来た。とてもこわかった。でもお父さんのキャッシュ・カードをもっていたのでお金は引き出せたしおまわりさんがぼくを助けてくれた。でも彼はぼくをお父さんのところに連れていくといった。それで彼はぼくといっしょに電車に乗った。でもそれから彼はいなくなった」

そしたらお母さんがいった、「クリストファー、あんたびしょぬれじゃないの。ロジャー、ぼんやり突っ立っていないでよ」

それからお母さんはいった、「なんてこと。クリストファー、あたしは……あたしはまさか、あんたにもう一度……なぜここにひとりで来たの？」

そうしたらミスタ・シアーズがいった、「なかに入るのか、それともひと晩じゅう外にいるつもりか？」

それでぼくはいった、「ぼくはここでいっしょに暮らします、なぜってお父さんがウエリントンを園芸用のフォークで殺したから、ぼくはお父さんがこわくてたまらない」

そしたらミスタ・シアーズがいった、「こりゃぶったまげたな」

そしたらお母さんがいった、「ロジャー、おねがい。さあ、クリストファー、なかに入って体をふこうね」

そこでぼくは立ちあがって建物のなかに入った、そしてお母さんがいった、「ロジャーについていきなさい」それでぼくはミスタ・シアーズのあとについて階段をあがると、そこは広くなっていてC号と書いてあるドアがあった、ぼくはなかに入るのがこわかった、なぜかというとなかがどうなっているか知らなかったからだ。

そうしたらお母さんがいった、「さあさあ、あんた、風邪の神さまにつかまるわよ」しかしぼくには、風邪の神につかまるということがどういう意味かわからなかった、それからぼくはなかにはいった。

それからお母さんはいった、「お風呂にお湯を入れてくるからね」それでぼくは頭のなかで地図を作れば落ち着くと思ってアパートを歩きまわった。アパートはこういうふうだ。

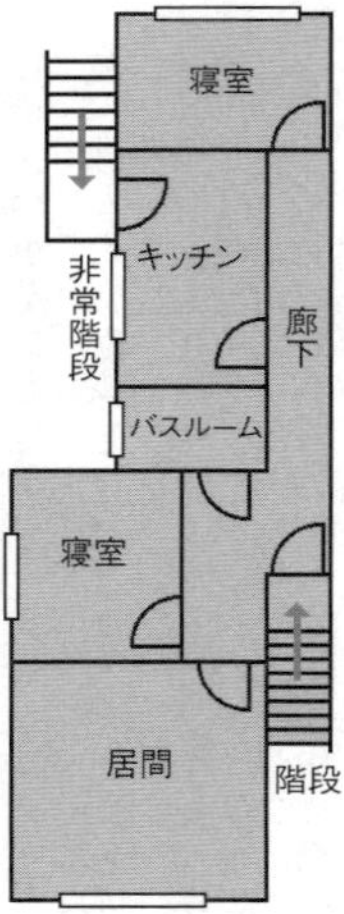

それからお母さんはぼくに服をぬぐようにいって、浴槽に入りなさいといった、そしてお母さんは、紫色の地色で緑色の花がはしのほうについているお母さんのタオルを使いなさいといった。それからトビーに水とブラン・フレークスを入れた皿をくれた、ぼくはトビーにバスルームのなかを走りまわらせた。それからトビーは洗面台の下に小さなうんちを三つしたので、ぼくはそれをつまんでトイレに流し、それからまた浴槽に入った、なぜかというとお湯があたたかくて気持ちよかったからだ。

やがてお母さんがバスルームに入ってきて、トイレのふたの上にすわっていった、「もうだいじょうぶね、クリストファー？」

それでぼくはいった、「とてもくたびれた」

そしたらお母さんはいった、「そうよねえ、ぼうや」それから彼女はいった、「あんたはほんとに勇気があるのね」

それでぼくはいった、「うん」

そしたらお母さんはいった、「ぜんぜん手紙をくれなかったじゃないの」

それでぼくはいった、「そう」

そしたらお母さんはいった、「どうして手紙くれなかったの、クリストファー？　あたしはあんなに手紙を出したのに。なにか悪いことでもあったんじゃないかって、さもなきゃ引っ越したのかなって、あんたがどこにいるのかもうわからないのかなって、そりゃ心配してたのよ」

それでぼくはいった、「お父さんが、お母さんは死んだといったから」

そしたら彼女はいった、「なんだって？」

それでぼくはいった、「お母さんは病院に入った、なぜなら心臓が悪くなったからだってお父さんがいった。それからお母さんは心臓発作で死んで、お父さんは手紙をぜんぶ自分の寝室の戸棚のなかのワイシャツ箱にかくしておいた。それを見つけたのはウエリントンが殺された事件のことを書いたぼくの本をさがしていたからで、お父さんはそれをぼくから取りあげてワイシャツ箱にかくしていた」

そしたらお母さんはいった、「まあ、なんてことなの」

それからお母さんは長いあいだだまりこんでいた。それからお母さんはテレビの自然番組に出てくる動物みたいに悲しげな泣き声をあげた。

それはとても大きな声でお母さんがそんな声を出すのはいやだったのでぼくはいった、「なぜそんな声を出すの？」

それでもお母さんはしばらくなにもいわなかった、やがてお母さんはいった、「ああ、クリストファー、ほんとにごめんね」

それでぼくはいった、「お母さんは悪くない」

そしたらお母さんはいった、「あんちきしょう。あんちきしょうめ」

それからしばらくたってからお母さんはいった、「クリストファー、あんたの手をにぎらせてちょうだい。一度だけでいいから。お母さんのためと思って。いいでしょ？　きつくにぎりゃしないから」そしてお母さんは手をさしだした。

それでぼくはいった、「ひとに手をにぎられるのはいやだ」

そうしたらお母さんは手をひっこめた、「そうね。わかった。いいのよ」

それからお母さんはいった、「お風呂からあがって体をふこう、いいわね？」

それでぼくは浴槽から出て、紫色のタオルで体をふいた。しかしぼくはパジャマをもっていないので、お母さんの白のTシャツを着て黄色のショートパンツをはいた、でもとても疲れていたので気にならなかった。そしてぼくがそうしているあいだに、お母さんはキッチンに入ってトマト・スープをあたためていた、なぜかというとトマト・スープは赤いからだ。

それからだれかがアパートのドアを開ける音がして、外で知らないひとの声がしたので、ぼくはバスルームのドアをロックした。それから外でいいあう声がして、男のひとがいった、「彼と話をさせてください」するとお母さんがいった、「あの子はもうきょう一日でさんざんな目にあってきたのよ」すると男のひとがいった、「わかってますよ。でもそれでも彼と話しあう必要があるんですよ」

そしたらお母さんがバスルームのドアをノックして、おまわりさんがあんたに話をしたいそうよ、だからドアを開けなさいといった。それからお母さんは、あんたを連れていかせはしないからね、約束するといった。それでぼくはトビーをつかみあげてドアを開けた。

するとドアの外に警官が立っていて、彼はいった、「きみはクリストファー・ブーンか？」

それでぼくはそうだといった。

そしたら彼はいった、「きみのお父さんはきみが家出したといっている。そうなのか？」

それでぼくはいった、「はい」

そしたら彼はいった、「これはきみのお母さんか？」彼はお母さんを指さした。

それでぼくはいった、「はい」

そしたら彼はいった、「きみはなぜ家出をしたの？」

それでぼくはいった、「なぜってお父さんが犬のウエリントンを殺したから、お父さんがこわくなった」

そしたら彼はいった、「わたしもそう聞いている」それから彼はいった、「スウィンドンのお父さんのところに帰りたいか、それともここにいたいのか？」

それでぼくはいった、「ぼくはここにいたい」

そしたら彼はいった、「それについてあんたはどう思います？」

それでぼくはいった、「ぼくはここにいたい」

そしたら警官がいった、「待てよ。きみのお母さんにきいているんだ」

そしたらお母さんがいった、「あの男は、あたしが死んだとクリストファーにいったのよ」

そしたら警官はいった、「なるほど。まあ……まあ、だれがなにをいったかってことをここで議論するのはやめましょう。こちらはただ知りたいだけなんだ、いったいどっちに…

……」

そしたらお母さんがいった、「もちろんこの子はここにいるわ」

それから警官がいった、「そうか、それじゃこの件についてはそれで解決ってことだね」

それでぼくはいった、「ぼくをスウィンドンに連れもどすのですか？」

そしたら彼はいった、「いや」

それでぼくはしあわせな気持ちになった、なぜならお母さんといっしょに暮らせるのだから。

そしたら警官がいった、「ご主人がここにあらわれて騒ぎを起こすようなことがあったら、電話をくださいよ。さもなければ、あんたがただけでこの問題を解決するんですね」

それから警官は立ち去って、ぼくはトマト・スープを飲んで、それからミスタ・シアーズは予備の寝室にある箱をすみに積みあげたので、ぼくが眠れるように床にエアマットレスをおくことができた、それでぼくは眠った。

それから目がさめた、なぜかというとアパートのなかでひとがどなっている声が聞こえたからだ、午前二時三十一分だった。そのうちのひとりはお父さんだったのでぼくはこわくなった。しかしこの部屋のドアには鍵はかけられなかった。

それからお父さんがどなった、「おれはこいつに話をしてるんだ、おまえがどう思おうと知ったことか。こともあろうにおまえなんぞの指図（さしず）は受けないぞ」

それからお母さんがどなった、「ロジャー。やめて。おねがいだから……」

それでミスタ・シアーズがどなった、「おれの家で、そんな口のきき方をされたんじゃたまらないな」

そしたらお父さんがどなった、「おれはおれの好きなようにいわせてもらうぜ」

そしたらお母さんがどなった、「あんたはここにいる権利はないわよ」

そしたらお父さんがどなった、「権利がない？　権利がない？　あいつはおれのせがれだぞ、きさまは忘れたのか」

そしたらお母さんがどなった、「いったいなんのつもりで、あの子にあんなことをいったのよ？」

そしたらお父さんがどなった、「なんのつもりでだと？　家を出てったのはきさまなんだぞ」

そしたらお母さんがどなった、「それであんたは、あの子の人生からあたしってもんを消せばいいと思ったわけ？」

そしたらミスタ・シアーズがどなった、「さあさあ、ちょっと頭を冷やそうじゃないか」

そしたらお父さんがどなった、「それがきさまの望みじゃなかったのか？」

そしたらお母さんがどなった、「あたしは毎週あの子に手紙を出してたわよ。毎週よ」

そしたらお父さんがどなった、「手紙を出しただと？　手紙を出してなんの役に立つっていうんだ？」

そしたらミスタ・シアーズがどなった、「おい、おい、おい」

そしたらお父さんがどなった。「おれはやつの食事をこしらえてやった。やつの着ていたものを洗ってやった。週末にはやつの面倒をみてきた。病気になれば看病した。やつを医者に連れていった。やつが夜どこかにふらふら出ていくたんびに、病気になるほど心配した。やつがけんかにまきこまれるたびに学校に行った。それなのにきさまはどうだ？　なんだって？　やつに手紙を出しただと？」

そしたらお母さんがどなった、「じゃああんたは、あの子に母親が死んだといえばそれでいいと思ってたの？」

そしたらミスタ・シアーズがどなった、「いまはやめるんだ」

そしたらお父さんがどなった、「てめえ、よけいな口出しはするな、さもないと……」

そしたらお母さんがどなった、「エド、おねがいだから……」

そしたらお父さんはいった、「おれはあいつに会う。もし止めやがったら……」

それからお父さんがぼくの部屋に入ってきた。しかしぼくはスイス・アーミー・ナイフの鋸歯を出してにぎっていた、お父さんがぼくをつかまえないように。そうしたらお母さんも部屋に入ってきていった、「だいじょうぶよ、クリストファー。このひとにはなにもさせないから。安心しなさい」

それでお父さんはベッドのそばにひざをついてかがみこんでいった、「クリストファー？」

しかしぼくはなにもいわなかった。

そしたら彼はいった、「クリストファー、ほんとに、ほんとにすまなかった。なにもかも。ウエリントンのことも。手紙のことも。おまえが逃げ出すようなことをして。おれはそんなつもりはなかったんだ……約束するよ、もう二度とあんなことはしないって。なあ。どうだ、ぼうず」

それから彼は右手をさしあげて指を扇の形に開いてぼくがその指にさわれるようにしたけれども、ぼくはとてもこわかったのでそうしなかった。

それでお父さんはいった、「くそっ。クリストファー、たのむよ」

それからお父さんの顔に涙がぽたぽたとたれた。

そしてしばらくのあいだだれもなにもいわなかった。

それからお母さんがいった、「いまは帰ったほうがいいわよ」しかしお母さんはぼくにではなくお父さんにいったのだ。

そこにまたあの警官がもどってきた、なぜかというとミスタ・シアーズが警察に電話をしたからだ、警官はお父さんに落ち着くようにといってお父さんをアパートから連れ出した。

そしたらお母さんがいった、「もう寝なさい。なにも心配することはないから。約束する」

それでぼくはまた眠った。

229

そしてぼくは眠っているときにぼくの好きな夢の一つを見た。ときどき昼間にその夢を見ることがある、そうだとするとそれは白昼夢だ。しかしぼくは夜にも同じ夢をよく見る。

それでその夢のなかでは地球上のほとんどのひとが死んでいる、なぜかというとみんなウイルスに感染したからだ。しかしそれはふつうのウイルスではない。コンピュータ・ウイルスのようなものだ。ひとびとは、感染したひとがいったことのなにかの意味とか、そのひとがそれをいったときに見せた顔の表情の意味によってその病気に感染してしまう、ということはテレビに出てくる感染したひとを見ただけでもみんなその病気にかかってしまう、ということはその病気は世界じゅうにすごい早さでひろがってしまうということだ。

そしてそのウイルスに感染すると、そのひとたちはただソファにすわってなにもしない、ものも食べないし、なにも飲まない、そして死ぬ。しかしときどきぼくはその夢のべつのバージョンを見ることがある、たとえば映画に二つのバージョンがあるみたいに。『**ブレードランナー**』のふつうのものとディレクターズ・カットみたいなものだ。それでその夢のあるバージョンでは、ウイルスに感染したひとたちは車を衝突させたり、海のなかに入っていって溺（おぼ）れたり、あるいは川に飛びこんだりする、そしてぼくはこのバージョンのほうが好きだ、なぜかというと死んだひとたちの死体がいたるところにあるということにならないからだ。

　それでしまいには世界じゅうにだれもいなくなって、残っているのはひとの顔を見ないひとと、つぎの絵がどういう意味か知らないひとだけになる。

　そしてこのひとたちはぼくみたいにみんな特別の人間だ。そしてそのひとたちはひとりでいるのが好きで、ぼくはめったに彼らを見ることはない、なぜかというと彼らは、コンゴのジャングルにいるオカピみたいなもので、オカピというのはアンテロープに似ていてとても用心深くてめずらしい動物だ。

　そうしてぼくは世界じゅうどこでも行くことができる、ぼくに話しかけようとする人間はだれもいないし、ぼくにさわったり質問をしたりする人間もいない。しかしぼくがどこへも行きたくなければ行く必要はない、そして家にいていつもブロッコリーとオレンジとひもあめを食べる、あるいは一週間ずっとコンピュータ・ゲームをやることもできるし、あるいは部屋のすみにただすわって、ラジエーターのうねうねした表面を、一ポンド金貨でがらがらと前へ後ろへ何度もこすることもできる。それからフランスへも行かなくていい。

それからぼくはお父さんの家を出て通りを歩く、通りは、真っ昼間だというのにしんと静まりかえっていてなんの物音もしない、聞こえるのは鳥の鳴き声と風の音、ときどき遠くのほうで建物がくずれる音がするだけ、それから信号機のそばに立つと、色が変わるときのかちりという音も聞こえる。

それからぼくはひとの家のなかに入って探偵ごっこをやる、なかに入るには窓ガラスをこわす、なぜかというとひとはみんな死んでいるので、そうしてもかまわない。それから店にはいってほしいものを取ってくる、たとえばピンクのビスケットとか、ＰＪのラズベリー＆マンゴ・スムージーみたいなものや、コンピュータ・ゲームや本やビデオなどだ。

それからお父さんのバンからはしごを出して屋根にのぼる、屋根のはしのほうまでいったらはしごを家と家のあいだにわたして、となりの屋根にのぼる、なぜかというと夢のなかではなにをやってもいいからだ。

それからだれかの車のキーを見つけて、その車に乗りこんでドライブをする、車がものにぶつかっても平気だ、ぼくは海までドライブしてそこに車を止めて車からおりると、雨が降ってくる。ぼくは店からアイスクリームを取ってきてそれを食べる。それから浜辺におりていく、浜辺には砂や大きな岩があって、それから岬の突端に灯台があるけれども光はついていない、なぜかというと灯台守は死んでしまったからだ。

それからぼくは波打ちぎわに立つ、波がぼくの靴の上までよせてくる。それからぼくはサメがいるといけないので泳がない。ぼくはそこに立って水平線をながめ、それから長い金属の定規を出してそれを海と空を区切る線にあててみる、そしてその線は曲線で地球はまるいということが証明される。そして打ちよせる波がぼくの靴をひたし、そしてまた引いていく、それは音楽やドラムみたいにリズムになっている。

それからぼくは死んでしまったひとたちの家から乾いた服を取ってくる。それからお父さんの家に帰る、ただしそこはもうお父さんの家ではなく、ぼくの家だ。そしてぼくは赤い着色料を入れてゴビ・アルー・サグのカレーを作り、それから飲みものにはストロベリー・ミルクセーキも作る、それから太陽系のビデオを見て、コンピュータ・ゲームをすこしして、それからベッドに入る。

こうしてその夢はおしまいになり、ぼくは満足だ。

233

つぎの朝ぼくは朝食にトマトの油いためと、お母さんが鍋であたためてくれた缶詰のいんげんを食べた。

朝食の最中にミスタ・シアーズがいった、「よし。こいつは、二、三日ならここにいてもよかろう」

そしたらお母さんはいった、「この子はいたいだけここにいるのよ」

そしたらミスタ・シアーズはいった、「このアパートは二人だってとても広いとはいえないんだ、三人なんてもってのほかだ」

そしたらお母さんがいった、「この子はあんたのいっていることを理解できるのよ」

そしたらミスタ・シアーズはいった、「こいつをどうするつもりなんだ？　通える学校もないし、おれたちはふたりとも仕事があるし。まったくばかげた話もいいとこだ」

そしたらお母さんはいった、「ロジャー。いいかげんにして」

それからお母さんはレッド・ジンガーのハーブティーに砂糖を入れてくれたけれどもぼくはこれがきらいだった、それからお母さんはいった、「あんたはここにいたいだけいていいいからね」

ミスタ・シアーズが勤めに出かけてしまうとお母さんは会社に電話をして、特別休暇というものを取った、これは家族のだれかが死んだときとか病気になったときに取るものだ。

それからお母さんは、ぼくの服とパジャマと歯ブラシと下着を買いに行こうといった。そこでアパートを出て大通りまで歩いていった、そこはA4088のヒル・レインで、ひとがいっぱいいた、それからぼくたちは266番のバスに乗ってブレント・クロス・ショッピング・センターに行った。しかしジョン・ルイス・デパートに入ると、そこにもいっぱいひとがいた、ぼくはこわくなって、腕時計売場のそばの床にひっくりかえって悲鳴をあげたので、お母さんはぼくをタクシーで家に連れて帰らなければならなかった。

それからお母さんはショッピング・センターにもどってぼくの服とパジャマを何着かと歯ブラシ一本と下着を買いにいったので、ぼくはお母さんが留守のあいだ予備の寝室にいることにした、なぜかというとぼくはミスタ・シアーズがこわいのでミスタ・シアーズが使っている部屋にはいたくなかったからだ。

それからお母さんが帰ってきてぼくにストロベリー・ミルクセーキをコップに一杯こしらえてくれて、ぼくの新しいパジャマを見せてくれた、パジャマの模様はとがった角が五個ある青い星で地色は紫色だ、こんなふうな――

それでぼくはいった、「ぼくはスウィンドンに帰らなければならない」

そしたらお母さんはいった、「クリストファー、あんた、ここに来たばかりじゃないの」

それでぼくはいった、「ぼくが帰らなければならないのは、数学の上級試験を受けるためです」

そしたらお母さんはいった、「あんた、数学の上級試験を受けるの？」

それでぼくはいった、「うん。来週の水曜日と木曜日と金曜日に受ける」

そしたらお母さんはいった、「おやまあ」

それでぼくはいった、「ピーターズ師が試験監督をやってくれます」

そしたらお母さんはいった、「まあまあ、ほんとによかった」

それでぼくはいった、「ぼくはAの成績を取る。だからスウィンドンに帰らなければならない。ただお父さんには会いたくない。だからお母さんといっしょにスウィンドンに帰らなければならない」

　するとお母さんは両手を顔にあてて大きな息を吐いていった、「そんなことができるかしらねえ」

　それでぼくはいった、「でも行かなくてはならない」

　そしたらお母さんはいった、「このことはこんどまた話しあおうね、わかった？」

　それでぼくはいった、「わかった。でもぼくはスウィンドンに行かなければならない」

　そうしたら彼女はいった、「クリストファー、おねがい」

　それでぼくはミルクセーキをすこし飲んだ。

　そのあと、午後十時三十一分に、星が見えるかどうかバルコニーに出てみた、しかし星はまったく見えなかった、なぜかというと雲とそれから光害と呼ばれているもののためだ、これは、街灯や車のヘッドライトや投光照明や建物の明かりなどが大気中の微粒子に反射して星からの光をさえぎることだ。それでぼくはなかにもどった。

　しかしぼくは眠れなかった。それで午前二時七分にベッドから起き出した。ぼくはミスタ・シアーズがこわいので階段をおりて玄関のドアからチャプター・ロードに出た。それで通りにはだれもいなくて、昼間よりはずっと静かだった、ただし遠くのほうでは車が往来している音やサイレンが聞こえた、おかげでぼくは気持ちが落ち着いた。それからチャプター・ロードを歩いて、車とか、オレンジ色の雲を背景に電話線がえがいている模様とか、よその家の前庭にあるもの、たとえば小鬼とかバーベキューの台とか小さな池とかテディ・ベアとか、そういうものをぜんぶ見た。

そのときふたりのひとが通りをやってくる足音が聞こえたので、ぼくはごみ缶とフォード・トランジットのバンのあいだのすきまにしゃがみこんだ。ふたりは英語ではない言葉でしゃべっているけれども、ぼくのことは見なかった。それからぼくの足のそばの溝の汚い水のなかに真鍮の小さな歯車が二つあった、手巻きの時計の歯車みたいだった。

それでぼくはごみ缶とフォード・トランジットのバンのあいだのすきまが気に入ったので長いことそこにじっとしていた。それから通りのほうを見た、そこに見える色といえばオレンジ色と黒とそれからオレンジ色と黒のまざった色だけだった。昼間のあいだそういう車がどんな色をしているかはわからない。

それからぼくは十字形をモザイクのようにはめこんでいくことができるかどうか考えた、そして頭のなかで下のような図を想像したらそれができることがわかった。

そのときお母さんの声が聞こえた、お母さんはさけんでいた、「クリストファー……？　クリストファー……？」それから通りを走ってきたので、ぼくはごみ缶とフォード・トランジットのバンのあいだのすきまから出ていった、お母さんはぼくにかけよってきて

いった、「なんて子なの」それからぼくの前に立ってぼくの顔に指を突きつけていった、「こんどこんなことをしたら、神さまに誓って、クリストファー、おまえを愛しているけど……あたしはなにをやらかすかわからないからね」

それでお母さんは二度とひとりでアパートから出ていかないとぼくに約束させた、なぜかというと外は危険だから、なぜかというとロンドンではひとを信用できないから、なぜかというとみんな知らないひとだから。それからつぎの日お母さんはまた店に買い物に行かなければならなかった、それでだれかが玄関のベルを鳴らしても出てはいけないとぼくに約束させた。それでお母さんはトビーの餌と『**スタートレック**』のビデオを三本買ってきてくれたので、ぼくは居間でそれを見た、ミスタ・シアーズが帰ってくるとぼくはまた予備の寝室にひきこもった。それからロンドン　NW2　5NG　チャプター・ロード　451cに広い庭があればいいと思ったけれども、そういう庭はなかった。

それからつぎの日、お母さんが働いていた会社から電話がかかってきて、かわりのひとを雇ったのでもう会社に来なくていいといわれた、お母さんはすごく怒って、こんなことは不法だ、訴えてやるといった、しかしミスタ・シアーズがいった、「ばかなまねはするなよって。たかだか臨時雇いの仕事じゃないか、よしてくれよ」

それからぼくが眠る前にお母さんが予備の寝室に入ってきたのでぼくはいった、「ぼくは上級試験を受けるためにスウィンドンに帰らなければならない」

そしたらお母さんはいった、「クリストファー、いまはだめ。おまえのお父さんからあたしを法廷に引き出すというおどしの電話が何度もかかってきてるんだから。ロジャーからはがみがみいわれるしね。いまはそれどころじゃないの」

それでぼくはいった、「でも行かなければならない、だってそういうことにきまっていて、ピーターズ師が試験監督をやってくれることになっているから」

そうしたら彼女はいった、「ねえ。たかが試験じゃないの。学校に電話してあげる。先にのばしてもらえばいい。べつのときに試験を受ければいいわ」

それでぼくはいった、「もう一度受けることはできません。それはもうきまっていることだから。ぼくはもうたくさん復習をした。それでガスコイン先生が、学校の教室を使えるようにしたといったから」

そしたらお母さんはいった、「クリストファー、あたしね、いまはなんとか気をはりつめてる。でももうちょっとでお手あげ状態、わかる？　だからもうすこしあたしに時間を……」

そのときお母さんはしゃべるのをやめて口に手をあてると立ちあがって部屋から出ていった。それでぼくはあの地下でなったように胸が痛くなった、なぜかというとぼくはスウィンドンに帰れなくて上級試験も受けることができないと思ったからだ。

それからつぎの朝ぼくは食堂の窓から外を見て通りを走っている車を数えた、きょうは**とてもよい日**か、**よい日**か、**最高によい日**か、**悪い日**か、どれになるか知りたかったからだ、しかし学校へ行くバスに乗っているときのようにはいかなかった、なぜかというとぼくはいつまででも好きなだけずうっと窓の外を見ていられる、そしてたくさんの車を見ることができる、だからぼくは三時間のあいだ窓から外をながめていた、そして五台の赤い車がたてつづけに走ってきて、四台の黄色の車がたてつづけに走ってきた、ということは、きょうは**よい日**でしかも**悪い日**ということになるので、あの方式はもううまくいかなかった。しかし車を数えることに集中していると、上級試験のことや胸の痛みのことを考えないですんだ。

それから午後になるとお母さんはぼくをタクシーでハムステッド・ヒースに連れていって、ぼくたちは丘のてっぺんにすわって遠くのヒースロー空港におりる飛行機を見ていた。それからぼくはアイスクリーム売りのバンで赤いアイスキャンディーを買ってもらった。そうしたらお母さんが、ガスコイン先生に電話をして、ぼくは来年に数学の上級試験を受けることにしたと話したといったので、ぼくは赤いアイスキャンディーをほうりなげて、長いことずっと泣きさけんでいた、胸の痛みがうんとひどくて息もつけないほどで、そこに男のひとが近づいてきて、だいじょうぶかときいたのでお母さんはいった、「あら、あんたにはどう見える?」それで彼は立ち去った。

それからぼくはあまり泣きさけんでくたびれたので、お母さんはぼくをまたタクシーでアパートに連れて帰って、そしてつぎの朝は土曜日で、お母さんはミスタ・シアーズに図書館でぼくのために科学と数学の本を借りてきてくれといった、その本は、『**数字のパズル100題**』と『**宇宙の起源**』と『**原子力**』というのだった、しかしそれは子どもむきの本で、あまりおもしろくなかったのでぼくは読まなかった、そうしたらミスタ・シアーズがいった、

「まあ、おれの貢献がよろこばれてなによりだ」

それでぼくはハムステッド・ヒースで赤いアイスキャンディーをほうりなげてからなにも食べていなかったので、お母さんはぼくがうんと小さいときのように星をつける表をこしらえて、コンプランとイチゴの香料を計量カップに入れた、そしてぼくは二百ミリリットル飲んで銅の星をもらって、四百ミリリットル飲んで銀の星をもらって、六百ミリリットル飲んで金の星をもらった。

それからお母さんとミスタ・シアーズが口論をするとき、ぼくは小さなラジオをキッチンからもちだして予備の寝室へ行ってすわりこんで、二つの局のあいだのところにまわすと、聞こえるのは白色雑音(ホワイト・ノイズ)だけで、ボリュームをうんと大きくしてそれを耳にあてていると音がぼくの頭にいっぱいになってひどく痛くなるので、胸の痛みのようなほかの痛みはなにも感じなくなる、それにお母さんとミスタ・シアーズの口論の声も聞こえないし、上級試験を受けられないことや、ロンドン　NW2　5NG　チャプター・ロード　451cには広い庭がないことや星が見えないことなどを考えないですむ。

そして月曜日になった。夜のとてもおそい時間に、ミスタ・シアーズがぼくの部屋に入ってきてぼくの目をさまさせた、彼はビールを飲んでいた、なぜわかったかというとお父さんがロドリといっしょにビールを飲んだときみたいなにおいがしたからだ。そして彼はいった、「自分はすごく頭がいいと思ってるんだろうが。おまえは生まれてこのかた、たった一度でも、他人のことをちょっぴりでも考えたことがあるのか、ええ？　まあ、きっとおまえはおおいにご満足ってところだろうが」

そこにお母さんが入ってきて彼を部屋から引きずりだして、それからぼくにいった、「クリストファー、ごめんね。ほんとにほんとにごめんね」

つぎの日の朝、ミスタ・シアーズが勤めに出かけたあと、お母さんは自分の服を二つのスーツケースにたくさんつめて、ぼくに下に来るようにトビーを連れてくるようにそして車に乗るようにといった。それからお母さんはスーツケースを車のトランクに入れてぼくたちは出発した。しかしそれはミスタ・シアーズの車なので、ぼくはいった、「この車を盗むの？」

そしたらお母さんはいった、「借りるだけよ」

それでぼくはいった、「ぼくたちはどこへ行くの？」

そしたらお母さんはいった、「家に帰るのよ」

それでぼくはいった、「家というのはスウィンドンにある家のことですか？」

そしたらお母さんはいった、「ええ」

それでぼくはいった、「お父さんはそこにいますか？」

そしたらお母さんはいった、「おねがい、クリストファー。いまここでぐちゃぐちゃいわないで、いいわね？」

それでぼくはいった、「ぼくはお父さんといっしょにいたくない」

そしたらお母さんはいった、「まあ……まあ……だいじょうぶよ、クリストファー、いいわね？　だいじょうぶだから」

それでぼくはいった、「スウィンドンに帰れば数学の上級試験を受けられますか？」

そしたらお母さんはいった、「なんですって？」

それでぼくはいった、「あした数学の上級試験を受けることになっている」

そしたらお母さんはとてもゆっくりといった、「あたしたちがスウィンドンにもどるのは、もしこれ以上ロンドンにいれば……だれかが傷つくことになるから。それで傷つくのはかならずしもあんたとはかぎらないの」

それでぼくはいった、「どういう意味ですか？」

そしたらお母さんはいった、「とりあえずあんたに静かにしていてもらいたいのよ」

それでぼくはいった、「どれだけのあいだ静かにしていてもらいたいのですか？」

そしたらお母さんは、「まったくもう」といった。それからお母さんはいった、「三十分よ、クリストファー。三十分静かにしていてもらいたいの」

それでぼくたちは車でスウィンドンに出発した、三時間と十二分かかった、それでガソリンを入れるのに止まらなければならなかった、お母さんはぼくにミルキー・バーを買ってくれたけれども、ぼくは食べなかった。それから車の長い渋滞にまきこまれた、それは反対がわの車線で起きた事故を見るためにみんなが車の速度を落としたための渋滞だった。それでぼくは交通渋滞は、みんなが速度を落とすことだけに原因があるのかどうか、そしてそれは、a 交通量、b 交通の速度、c 運転者が前の車のブレーキ・ランプがつくのを見て、どれだけすばやくブレーキをふんだか、にどのように影響されているかきめる方程式を考え出そうとしてみた。しかしぼくは前の晩に眠っていなかったのでとても疲れていた、なぜ眠れなかったかというと数学の上級試験を受けられるかどうかということを考えていたからだ。そういうわけでぼくは眠ってしまった。

そしてスウィンドンに着くと、お母さんは家の鍵をもっていたのでぼくたちは家のなかに入った、そして彼女は「だれかいる？」といった、しかし午後一時二十三分だったので家にはだれもいなかった。それでぼくはこわくなったけれどもお母さんはだいじょうぶだといったので、ぼくは自分の部屋に入ってドアを閉めた。そしてトビーをポケットから出して部屋のなかを走りまわらせてやり、ぼくは**マインスイーパ**をやって**上級**を百七十四秒でクリアした、それはぼくの最高記録より七十五秒おそかった。

それから午後六時三十五分になって、お父さんがヴァンで帰ってきた音が聞こえたので、ぼくはベッドをドアのところまで動かしてお父さんがなかに入ってこられないようにした、そしてお父さんが家のなかに入ってきてお父さんとお母さんは大声でどなりあった。

それからお父さんがどなった、「きさま、どうやってこの家に入った？」

そしたらお母さんはどなった、「ここはあたしの家ですからね、お忘れかもしれないけど」

そしたらお父さんがどなった、「きさまの、あのくそったれ野郎もここにきてるのか？」

それからぼくはテリーおじさんが買ってくれたボンゴ・ドラムを取りあげて、部屋のすみでひざをついて、二つの壁のつぎ目に頭を押しつけてドラムをたたいてうなり声をあげた、ぼくは一時間これをつづけた、それからお母さんが部屋に入ってきて、お父さんは出ていったといった。それからお父さんはしばらくロドリの家にいることになって、ぼくたちは数週間のあいだに住む場所をさがすのだといった。

それでぼくは庭に出て、物置小屋のうしろにあったトビーの檻をもって家のなかに入って、それをきれいにしてそのなかにトビーを入れた。

それからぼくはあした数学の上級試験を受けられるかどうかお母さんにきいた。

そしたらお母さんはいった、「ごめんね、クリストファー」

それでぼくはいった、「ぼくは数学の上級試験を受けられるの？」

そしたらお母さんはいった、「あたしのいうことを聞いてないんだね、クリストファー」

それでぼくはいった、「ぼくは聞いている」

そしたらお母さんはいった、「あたしはいったわよ。校長先生に電話したって。あんたはロンドンにいるって。試験は来年受けさせますって」

それでぼくはいった、「でもぼくはいまここにいる、試験を受けることができる」

そしたらお母さんはいった、「ごめんね、クリストファー。あたしはまっとうなことをやろうとしてきたのよ。なにもかもだめにしないようにやってきたのよ」

それでぼくの胸はまた痛くなってきたので、ぼくは腕を組んで体を前や後ろにゆすってうなり声をあげた。

そしたらお母さんはいった、「ここにもどってくるなんて思わなかったんだもの」

しかしぼくはうなり声をあげて、体を前や後ろにゆすりつづけた。

そしたらお母さんはいった、「ねえねえ、そんなことをしたってなにも解決するわけじゃないでしょ」

それからお母さんは、**『青い地球』**のビデオを見たくないかといった、それは北極の氷の下の生物のことやザトウクジラの回遊についてのビデオだったけれども、ぼくはなにもいわなかった、なぜかというとぼくは数学の上級試験を受けることができないのがわかったので、それはうんと熱いラジエーターに親指の爪を押しつけるとすごい痛みがやってきてその痛みが親指をラジエーターからはなしてもずっとつづいているみたいな感じだった。

それからお母さんがぼくにニンジンとブロッコリーとケチャップを用意してくれたけれども、ぼくは食べなかった。

それでぼくはその晩も眠らなかった。

つぎの日お母さんはぼくをミスタ・シアーズの車で学校へ連れていった、なぜかというとバスに乗りおくれたからだ。それでぼくたちが車に乗ろうとしていると、ミセス・シアーズが道をわたってきてお母さんにいった、「なんていけずうずうしいひとなの」

それでお母さんはいった、「車に乗りなさい、クリストファー」

しかしぼくは車に乗れなかった、ドアがロックされていたからだ。

そしたらミセス・シアーズがいった、「するとと、あんたもとうとう捨てられたってわけ？」

それでお母さんは自分のがわのドアを開けて車に乗りこんで、それからぼくのほうのドアもロックを開けてくれたのでぼくは車に乗ってそれから出発した。

そして学校に着くとシボーン先生がいった、「クリストファーのお母さんですね」そしてシボーン先生はぼくにまた会えてよかったといい、それからぼくがだいじょうぶかどうかきいたので、ぼくはくたびれたといった。それからお母さんが、ぼくが数学の上級試験を受けられないのでひどく気が立っていてものもちゃんと食べないしろくに眠りもしないのですと説明した。

それからお母さんは帰っていって、ぼくは遠近法を使ってバスの絵をかいたので、胸の痛みのことを考えなかった、バスはこんなふうです。

それから昼食のあとシボーン先生が、ガスコイン先生と話しあったら、ぼくの上級試験の試験用紙が入った封印された三通の封筒はまだガスコイン先生の机の上にそのままおいてあるということだった。

そこでぼくはまだ上級試験を受けることができますかときいた。

そしたらシボーン先生はいった、「受けられると思うわ。

午後にピーターズ師にお電話をして試験監督をやっていただけるかどうかきいてみましょう。そしてガスコイン先生が試験委員会に、あなたはやっぱり試験を受けることになったというお手紙を出してくださるわ。そうすればきっといいといってくれると思う。でもたしかなことはいえないけど」それから彼女はちょっとしゃべるのをやめた。「いまあなたにきいておくべきだと思うの。そうすればあなたもそれについて考えることができるから」

それでぼくはいった、「そうすればなにについて考えることができるのですか？」

そしたら先生はいった、「それがほんとうにあなたのしたいことかどうかよ、クリストファー」

それでぼくはその質問について考えてみたけれどもその答えはわからなかった、なぜかというとぼくは数学の上級試験を受けたかったから、でもとても疲れていたので、数学のことを考えようとしてもぼくの脳はうまく働かなかった、そしてある事実、たとえば、**(x)** より大でない素数の概数をみちびく対数の方程式を思いだそうとしてみたけれどもそれが思いだせなくて、ぼくはとてもこわくなった。

それからシボーン先生がいった、「試験を受けなければいけないということはないのよ、クリストファー。もしあなたが受けたくないといってもだれもあなたを叱ったりはしませんよ。それにそういったからといって、それはまちがっていることでも不法なことでも愚かなことでもないのよ。あなたがそう望んでいるなら、それでいいの」

それでぼくはいった、「ぼくはやりたいです、なぜってぼくは自分の時間表にのせたものを、またはずさなければならないというのはいやです、なぜってそんなことをするとぼくは吐きそうになります」

そしたらシボーン先生はいった、「わかったわ」

そして先生はピーターズ師に電話をした、そして彼は学校に午後三時二十七分に来て、そしていった、「さあ、きみ、はじめようか？」

それでぼくは美術教室にすわって数学の上級試験の**第一部**をやった、ピーターズ師は試験監督で、彼はぼくが試験をやっているあいだ机の前にすわって、ディートリッヒ・ボンヘッファーの『**キリストに従う**』という本を読んでいた、それからサンドイッチを食べた。それから試験の最中に彼は窓の外に行ってたばこを吸ったけれども、ぼくがずるをしないように窓からぼくを監視していた。

そしてぼくは試験用紙を開けてざっと読んでみたとき、ぼくはどの問題にもどう答えてよいか考えられなかった、そしてちゃんと呼吸ができなかった。それでぼくはだれかをなぐるか、ぼくのスイス・アーミー・ナイフでだれかを刺してやりたいと思った、しかしピーターズ師のほかにはなぐったりスイス・アーミー・ナイフで刺したりできる相手はだれもいなかった、彼はとても背が高いし、もしぼくが彼をなぐったりスイス・アーミー・ナイフで刺したりしたら、彼はあとの残りの試験時間のあいだ監督をやれなくなる。そこでぼくはシボーン先生が、ぼくが学校でだれかをなぐりたくなったときはこうしなさいといったように、深呼吸をして、それを五十回数えて、それからぼくはこんなふうに数えながら基数の三乗を計算した。

1、8、27、64、125、216、343、512、729、1000、1331、1728、2197、2744、3375、4096、4913……

そのおかげでぼくはすこし落ち着いた。しかし試験は二時間で、もう二十分すぎてしまったので、ぼくはうんと早く問題を考えなければならなかったのでぼくは答えをちゃんと見直す時間がなかった。

その晩、ぼくが家に帰るとすぐに、お父さんが家にもどってきたのでぼくは悲鳴をあげたけれども、お母さんはぼくにいやなことがなにも起こらないようにするからといった、それでぼくは庭に行ってあおむけに寝て空の星を見て自分の存在を取るに足らない小さなものだと考えるようにした。そしてお父さんが家から出てきて、ぼくのことを長いあいだ見ていて、それからフェンスをなぐってそれに穴をあけてそして行ってしまった。

それでぼくはその晩ちょっと眠った、なぜかというと数学の上級試験を受けたからだ。そして夕食にはほうれん草のスープを飲んだ。

そしてつぎの日ぼくは試験問題の**第二部**をやった、ピーターズ師はディートリッヒ・ボンヘッファーの『**キリストに従う**』を読んでいた、しかしこんどはたばこは吸わなかった、そしてシボーン先生がぼくを試験の前にトイレに行かせてくれたのでそこでひとりですわって数をかぞえながら深呼吸をした。

それからその晩タクシーが家の外に止まったとき、ぼくはコンピュータで〈**イレブンス・アワー**〉をやっていた。ミスタ・シアーズがタクシーに乗っていて彼はタクシーからおりると、お母さんの持ち物の入った大きなダンボール箱を芝生の上に投げ出した。それらは、ヘアドライヤーとショーツとロレアルのシャンプーとミューズリーの箱と二冊の本、アンドリュー・モートンの『**ダイアナ妃の真実**』とジリー・クーパーの『**ライバルズ**』、それから銀の額縁に入れたぼくの写真だった。そして写真の額のガラスは、芝生の上に落ちたとき割れてしまった。

それから彼はポケットから鍵をいくつか出して自分の車に乗りこんで走り去った、お母さんは家から走り出してくると通りに飛び出してどなった、「わざわざ帰ってくるな、くそったれ！」そしてお母さんはミューズリーの箱を投げたのでそれは走っていく彼の車のトランクにぶつかった、お母さんが投げたときミセス・シアーズが窓から見ていた。

つぎの日ぼくは試験問題の**第三部**をやった、ピーターズ師は《デイリー・メイル》という新聞を読んでたばこを三本吸った。

それからこれはぼくの好きな問題だった。

以下を証明せよ。
「三辺の長さがそれぞれ n^2+1, n^2-1, $2n(n>1)$ で表される三角形は直角三角形である」
また、この逆が偽であることを反例をあげて証明せよ。

そしてぼくはこの問題にどう答えたかをこの本に書くつもりだったけれどもシボーン先生はそれを書いてもあまりおもしろくないといった。でもぼくはおもしろいといった。それから先生は、みんなは本に書いてある数学の問題の答えなんて読みたくないでしょうといった、そして先生は、付録にその答えを書きこめばいいですよといった、それは本のおわりにある特別の章で、読みたいと思ったひとだけがそれを読めばいい。それでぼくはそうした。

それからぼくの胸はあまり痛くなくなったし、呼吸するのも楽になった。しかしやっぱり吐きそうだった、なぜかというと試験の結果がよかったかどうかわからなかったからだ、なぜかというとガスコイン先生が試験委員会のひとたちにぼくは試験を受けないといってしまったので、試験委員会がぼくの解答を認めてくれるかどうかわからなかったからだ。

そしてもしいいことが起こることがわかるならこんないいことはない、たとえば日蝕とかクリスマスに顕微鏡をもらえるとかいうようなことが。それから悪いことが起こるのがわかるとしたら、これはひどい、たとえば歯につめものをするとかフランスへ行くとかいうようなことが。しかしこれから起こることがよいことか悪いことかどっちかわからないとしたら、これは最悪だと思う。

そしてお父さんがその晩家にやってきた、ぼくはソファにすわって『**大学対抗クイズ**』を見ていて、科学の問題に答えているところだった。そしてお父さんが居間の戸口に立って、そしていった、「悲鳴をあげるなよ、いいな、クリストファー。おまえに痛い思いをさせるつもりはないんだ」

そしてお母さんがお父さんのうしろに立っていたのでぼくは悲鳴をあげなかった。

それからお父さんはぼくにちょっと近づいて、犬に自分は敵ではないということを示すときのようにそこにしゃがみこんで、そしていった、「試験はどうだったか聞きたいと思ってね」

しかしぼくはなにもいわなかった。

そしたらお母さんがいった、「お父さんに話しなさい、クリストファー」

それでもぼくはまだなにもいわなかった。

そしたらお母さんがいった、「おねがい、クリストファー」

そこでぼくはいった、「問題をぜんぶ正解したかどうかわからない、だってぼくはとってもくたびれていて、食べ物もなにも食べていなかったから、ちゃんと考えることができなかった」

するとお父さんはうなずいた、そしてしばらくのあいだなにもいわなかった。それからお父さんはいった、「ありがとう」

それでぼくはいった、「なんで？」

そしたらお父さんはいった、「ただ……ありがとう」それから彼はいった、「おまえのおかげで鼻が高いよ、クリストファー。とても鼻が高い。おまえはきっとよくやったにちがいないよ」

それからお父さんは行ってしまった、ぼくは、『**大学対抗クイズ**』のつづきを見た。

そしてつぎの週、お父さんがお母さんに、この家から出ていくようにといった、しかしそれはできなかった、なぜかというとアパートを借りるお金がなかったからだ。それでぼくはお父さんはウエリントンを殺した罪で逮捕されて刑務所に行くのかときいた、なぜかというとお父さんが刑務所に入ればぼくたちはこの家に住むことができるからだ。しかしお母さんはいった、警察は、もしミセス・シアーズが告発というこ とをするならばお父さんを逮捕するかもしれない、告発というのは、だれかを逮捕してほしいと警察に申し出ることだ、なぜかというと小さな罪は、逮捕してくださいとたのまないかぎり警察は逮捕しないのだから、それでお母さんは犬を殺すことは小さな罪だといった。

しかしすべてうまくいった、なぜかというとお母さんは園芸用品店のレジ係の仕事が見つかって、医者は、お母さんの気持ちが落ちこまないようにするために毎朝飲む薬をくれた、ただときどきその薬のせいでお母さんはめまいがして、急に立ちあがるとたおれてしまう。そこでぼくたちは赤れんがづくりの大きな家の一室に引っ越した。そしたらベッドはキッチンと同じ部屋にあって、ぼくはそれがいやだった、なぜかというとその部屋はせまくて、廊下は茶色にぬられていて、トイレとバスルームはほかのひとたちもいっしょに使うので、お母さんはぼくがそれを使う前にきれいにしなければならなかった、さもないとぼくはそれを使わないし、ときどき、ほかのひとがバスルームを使っているとおもらしをしてしまう。それに部屋の外の廊下はグレイビーのにおいや、学校のトイレを掃除するとき使う漂白剤のにおいがした。そして部屋のなかはソックスのにおいや松の香りのする空気清浄スプレーのにおいがした。

ぼくは数学の上級試験の結果を待っているのがいやだった。そして未来について考えようと思っても、頭のなかになにもはっきりしたものが見えないので、それでパニックがはじまってしまった。そこでシボーン先生は、未来のことを考えてはいけませんといった。彼女はいった、「きょうのことだけ考えなさい。もう起きてしまったことを考えなさい。ことに起きてしまったいいことを考えて」

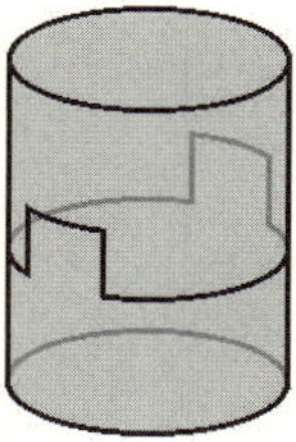

そしていいことの一つは、お母さんがぼくにこんなふうに見える木製のパズルを買ってくれたことだ。

それでパズルの上の部分を下の部分からはなさなければならな

い、それはすごくむずかしかった。

それからもう一ついいことは、お母さんの部屋を〝かすかな小麦色をおびた白〟でぬる手伝いをしたことだ。ただぼくはペンキを髪の毛につけてしまったので、お母さんはぼくが風呂に入ったとき頭にシャンプーをつけてごしごし洗おうとしたのだけれども、ぼくは洗わせなかった、だから髪の毛には五日間ペンキがついていたので、ぼくはそれをはさみで切ってしまった。

しかしよいことより悪いことのほうがたくさんあった。

その一つは、お母さんが午後五時三十分まで勤めから帰ってこないことだ、それでぼくは午後三時四十九分から午後五時三十分までのあいだはお父さんの家に行かなければならない、なぜかというとぼくはひとりでいてはいけなくて、お母さんはそれだけはしかたがないといったので、ぼくはお父さんがなかに入ってこないようにドアのところにベッドを押しつけた。それでときどきお父さんはドアごしにぼくと話をしようとしたけれども、ぼくはなにも答えなかった。そしてときどきお父さんがドアの外の床に長いあいだじっと静かにすわっている気配を感じた。

それからもう一つ悪いことというのは、トビーが死んだことで、トビーは二歳七カ月だったので、これはネズミとしてはとても年よりだった、それでぼくはトビーを埋めたいといった、しかしお母さんのところには庭がなかったので、ぼくは植物を育てるような、土の入った大きなプラスチックの植木鉢に埋めた。そして新しいネズミがほしいといったけれども、お母さんは部屋がとてもせまいからネズミを飼うのはむりだといった。

それからぼくはパズルを解いた、なぜならばぼくはそのパズルの内部に二つのボルトが入っていてそれはつぎのような金属製の棒の通った空筒であると考えついたからだ。

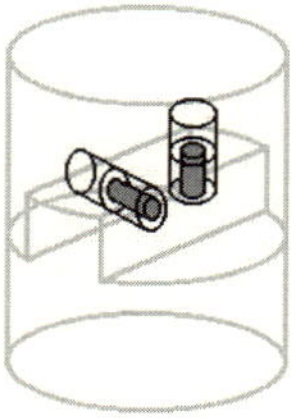

それでその二つの棒がボルトの空筒のはしに落ち着くようにパズルをもたなければならない、それらがパズルの二つの部分のあいだのつぎ目にわたらないようにすれば二つの部分をはなすことができる。

それでお母さんがある日勤めの帰りにお父さんの家にいるぼくをむかえにくると、お父さんがいった、「クリストファー、おまえと話をしたいんだが」

それでぼくはいった、「いやだ」

そしたらお母さんがいった、「だいじょうぶ。あたしがここにいるから」

それでぼくはいった、「ぼくはお父さんと話したくない」

そしたらお父さんがいった、「おまえととりきめをしよう」そして彼は大きなプラスチックのトマトを輪切りにしたようなキッチン・タイマーをもっていて、それをねじるとカチカチと音をたてはじめた。そしてお父さんはいった、「五分だ、いいな？　五分だけだ。それでおしまいだ」

そこでぼくはソファにすわって、お父さんはアームチェアにすわって、お母さんは廊下にいて、そしてお父さんがいった、「クリストファー、なあ……こんなふうにいつまでもつづけられるもんじゃない。おまえはどうか知らんが、しかしこれは……こんなことはおれにはつらすぎるよ。おまえはこの家にいるのに、おれと話すのを拒否している……おれを信じてくれないか……どんなに長くかかろうとおれはかまわないよ……もし一日に一分でも、そしてつぎの日は二分、それからつぎは三分、そうやって何年もかかったって、おれはかまわない。だってこれは大事なことだもんな。これはなによりも大事なことだもんな」

それからお父さんは左手の親指の爪の横の皮をちょっぴりはがした。

それからお父さんはいった、「こう呼ばないか……プロジェクトと呼ばないか。おれたちがふたりでやるプロジェクトだ。おまえはおれといっしょの時間をもっとふやさなけりゃならん。そしておれは……おまえに信じてもらえるように態度で見せなければいけないね。はじめは骨が折れるかもしれない、だって……だってこいつはむずかしいプロジェクトだからな。しかしだんだんよくなるぞ。約束する」

それからお父さんは指先でこめかみをこすって、そしていった、「いまはなにもいう必要はないよ。ただ考えておくれ。それから、その……おまえにプレゼントがあるんだ。おれが本気だってことをおまえに示すためだ。それからすまないというためだ。それからなぜなら……まあ、見ればわかるだろう」

それからお父さんはアームチェアから立ちあがってキッチンのドアのところまで行ってドアを開けた、そこの床に大きなダンボールの箱があって、そのなかには毛布が入っていて、お父さんは腰をかがめて両手を箱のなかに入れてうす茶色の小さな犬を取りだした。

それからもどってくるとぼくにその犬をくれた。それからお父さんはいった、「こいつは生後二カ月なんだ。ゴールデン・レトリーバーだよ」

その犬はぼくのひざの上にすわった、ぼくはその犬をなでてやった。

それからしばらくのあいだだれもなにもいわなかった。

それからお父さんがいった、「クリストファー。おれはもうぜったい、二度とおまえを傷つけるようなまねはしない」

そしてだれもなにもいわなかった。

それからお母さんが部屋のなかに入ってきた、「残念だけど、その犬は連れて帰るわけにはいかないわ。うちの居間兼寝室はとてもせまいもの。でもお父さんがここで面倒をみてくれるでしょう。おまえはここに来てこの犬をいつでも好きなときに散歩に連れ出せばいいわ」

それでぼくはいった、「これには名前がありますか？」

そしたらお父さんはいった、「いや。名前はおまえがきめておくれよ」

そしたら犬がぼくの指をべろべろなめた。

そして五分たって、トマト・タイマーが鳴った。それでお母さんとぼくはお母さんのアパートにもどった。

それからつぎの週に雷雨があって、雷がお父さんの家の近くの公園にある大きな木に落ちてそれをたおしてしまったので、男のひとたちがチェーンソーで枝を切ってその丸太をトラックではこんでいった、そしてあとに残ったのは炭化した木でできた大きな真っ黒なとんがった切株だけだった。

それからぼくは数学の上級試験の結果を受け取った、ぼくは最高の成績であるAを取ったのでぼくの気持ちはつぎのようだった。

それからあの犬はサンディという名前にした。お父さんは首輪と引きづなを買ってくれた、ぼくは通りのはずれの店まで彼を連れていって帰ってくることをゆるされた。それからぼくはゴムの骨で彼と遊んだ。

そうしたらお母さんがインフルエンザにかかったので、ぼくは三日間お父さんといっしょにお父さんの家ですごさなければならなくなった。しかしだいじょうぶだった、なぜかというとサンディがぼくのベッドで眠ってくれたから夜中にだれかが部屋に入ってきても吠えてくれる。それからお父さんは庭に野菜畑を作った、ぼくはその手伝いをした。それからぼくたちはニンジンやえんどう豆やほうれん草を植えた、それが食べられるようになったらぼくはそれを取って食べるつもりである。

それからぼくはお母さんといっしょに本屋へ行って、**『特別上級数学』**という本を買った、お父さんはガスコイン先生に、ぼくが来年数学の特別上級試験を受けるといって、先生は「いいでしょう」といった。

それでぼくはそれに合格してAの成績を取るつもりだ。そして二年後には物理学の上級試験を受験してAを取るつもりだ。

それからそれを取ってしまったら、ぼくはほかの町にある大学に行くつもりである。それはロンドンにある大学でなくてもいい、なぜかというとぼくはロンドンがきらいだし、ほかにもいろいろなところに大学はあるし、そのぜんぶが大きい都市にあるわけではない。それでぼくは庭があってちゃんとしたトイレのあるアパートで暮らすことができる。そしてサンディと本とぼくのコンピュータももっていくことができる。

それからぼくは優等学位を取って、科学者になる。

そしてぼくはこれができることを知っている、なぜかというとぼくはひとりでロンドンに行った、それになぜかというとぼくはだれがウエリントンを殺したか？　という謎を解いた、そして母親をさがし出した、そしてぼくには勇気がある、そしてぼくは本を書いた、そしてそれはぼくがなんでもできるという一つの証拠である。

る三角形は直角三角形である」の逆は、「直角三角形の三辺は n^2+1, n^2-1, $2n(n>1)$ で表される」ということである。

反例をあげるということは、三辺の長さが n^2+1, n^2-1, $2n(n>1)$ で表せない直角三角形を一つ見つけるということである。
直角三角形ABCの斜辺を ABとし、
AB＝65とする。
また BC＝60 とする。

すると $CA=\sqrt{(AB^2-BC^2)}$
$=\sqrt{(65^2-60^2)}=\sqrt{(4225-3600)}=\sqrt{625}=25$

ここで $AB=n^2+1=65$ とする。
すると $n=\sqrt{(65-1)}=\sqrt{64}=8$
よって $(n^2-1)=64-1=63\neq BC=60\neq CA=25$
また $2n=16\neq BC=60\neq CA=25$

これにより直角三角形ではあるが三辺の長さが n^2+1, n^2-1, $2n(n>1)$ で表せない三角形ABCが存在することが示された。**証明終わり。**

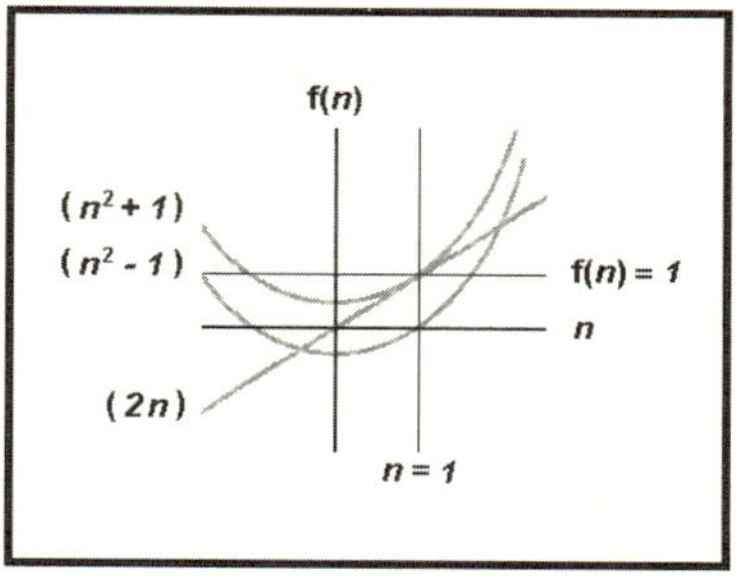

ピタゴラスの定理により、短い方の二辺の長さをそれぞれ二乗したものの和が斜辺の長さの二乗に等しいとき、その三角形は直角三角形である。したがって問題の三角形が直角三角形であることを示すにはそのことを示せばよい。

短い二辺の長さをそれぞれ二乗したものの和は

$(n^2-1)^2+(2n)^2$

$(n^2-1)^2+(2n)^2=n^4-2n^2+1+4n^2=\underline{n^4+2n^2+1}$

斜辺の長さの二乗は $(n^2+1)^2$

$(n^2+1)^2=\underline{n^4+2n^2+1}$

したがって短い二辺の長さの二乗の和が斜辺の長さの二乗に等しいのでこの三角形は直角三角形である。

「三辺の長さがそれぞれ n^2+1, n^2-1, $2n(n>1)$ で表され

付　録

問題

以下を証明せよ。

「三辺の長さがそれぞれ n^2+1, n^2-1, $2n(n>1)$ で表される三角形は直角三角形である」

また、この逆が偽（ぎ）であることを反例をあげて証明せよ。

解答

まず三辺の長さが n^2+1, n^2-1, $2n(n>1)$ で表される三角形のどの辺がもっとも長いかを調べなければならない。

$n^2+1-2n=(n-1)^2$

$n>1$ であれば $(n-1)^2>0$

よって $n^2+1-2n>0$

よって $n^2+1>2n$

同様に $(n^2+1)-(n^2-1)=2$

よって $n^2+1>n^2-1$

つまり三辺の長さが n^2+1, n^2-1, $2n(n>1)$ で表される三角形のなかではもっとも長い辺は n^2+1 である。

これはつぎのようなグラフによっても表すことができる（しかしこれはなにも証明できない）。

訳者あとがき

本書の著者マーク・ハッドンはイギリスに生まれ、オックスフォード大学を卒業後、児童向けの作品を多数刊行し、BBCのテレビやラジオのドラマのために数多くの脚本を執筆している。本書が二〇〇三年にイギリスで刊行されると、《ザ・タイムズ》などの有力紙がこれを取り上げて絶賛し、各世代のひとびとの感動をよんで世界じゅうで一千万部という大ベストセラーとなった。この作品がなぜこれほどひとを魅了するかといえば、なによりも著者が描いてみせたユニークな世界、さまざまな要素が巧みに織りまぜられた物語の妙が、読む者を惹きつけてやまないからであろう。

物語は、シャーロック・ホームズが大好きな十五歳の少年クリストファーが書いたミステリ小説という形で進行する。近所の知り合いの犬が庭で殺されているのを発見した彼はその犯人を突き止めようと調査にのりだす。そしてこれをミステリ小説にしようと考えた。題して『夜中に犬に起こった奇妙な事件』。

だがこの本を開いて、最初の章をあらわす数字が1ではなく2であることに読者はまずおやと思うだろう。章はさらに3、5、7という数字で示されていく。「この本の章には、2、3、5、7、11、13というような素数を使うことにきめた。ぼくは素数が好きだからである」とクリストファー少年は述べ、自分の素数へのこだわりを説明している。彼はさらに、ひとの表情を見て、それが笑っているのか、泣いているのか、怒っているのかわからないという。つまり表情を読むことができない、それゆえ、ひととのコミュニケーションがきわめて難しいとも説明する。これらの記述から、クリストファーがある種の発達障害をもっていることがうかがい知れよう。

犬殺しの犯人調査という仕事も、こうした特性ゆえに想像以上に困難だった。調査と称する近所のひとたちとのやりとりにも彼の特性がよくあらわれている。ホームズを真似た調査の経緯とともに、大好きな数学や物理学の問題を論じているが、彼独特のものの見方、彼独自の論理の展開などはまことに興味深い。数学と物理学の上級試験を受けたい、特別上級試験も受けて大学にも行きたい、ひとのいない宇宙の研究をする宇宙飛行士にもなりたいという夢も記されている。

彼がふつうの社会のなかで生きていくにはさまざまな困難が生じるわけだが、通っている特別支援学校のシボーン先生や、職人かたぎの少々荒っぽい父親に見守られ、毎日を穏やかに過ごしてきたのである。いつもやさしく導いてくれ、本を書いてみたらとすすめたのもシボーン先生だった。

だがクリストファーがミステリ小説を書きはじめたために、その平穏な生活ががらがらと崩れることになる。この先は、物語の核心に触れるので、本書読了後に読んでいただいたほうがよいかもしれない。

近所のひとの通報で警察がやってきて、殺された犬の第一発見者である彼に警察官の質問が集中すると、「質問が頭のなかにどんどんつまって、パンがつまったパン焼き機械のように頭が動かなくなり」、じれた警官に腕を摑まれると、ひとに触れられることを極度にいやがる彼はパニックを起こして警官をなぐってしまう。そのために警察に留置されて独房に入れられる。「独房は気分がよかった。ほぼ完全な立方体で、奥行き二メートル、幅二メートル、高さ二メートル。そこにはおよそ八立方メートルの空気がある」と彼は観察する。父親がどなりこんで無事解放されたものの、彼はさらに近所で聞き込みをつづけ、そのやりとりを本に書き進めていくのだが、彼は父親が隠してきたある秘密に気づかずして触れてしまうのである。

父親に取り上げられてしまった本を探すうちに、彼は思いもよらぬものに遭遇する。そして信頼していた父親が恐ろしい嘘をついていたことを発見してしまうのだ。自分で作った分刻みのスケジュール表通りの平穏な日常が突如破綻し、彼は混乱しパニックに襲われ、いまはひたすら恐ろしいとしか感じられない父親のもとを逃げ出す決心をする。後半はクリストファー少年の必死の逃避行、勇気ある冒険行が記され、彼がつぎつぎに襲われる不安が読者にもひりひりと伝わってくるのである。

父親から逃げるためにどうすればよいか、彼はいくつかの可能性を頭に描き、それをひとつずつ消していき、最後に結論に達する。いま住んでいるところからおよそ百六十キロはなれたロンドン、いままで見たこともない街へ逃げること。自分がひとりで行くことができるのは、わが家のある通りのはずれの店だけ、そんな彼が地図を買って目的地の位置をたしかめ、いままで乗ったこともない電車、見たこともないエスカレーター、地下道、ひしめきあうひとひとひと、そして凄まじい騒音の世界に入っていく。あるときは物陰に身をひそめ、あるときは大きなうなり声をあげ、近づいてくるひとには、スイス・アーミー・ナイフを突きつける。物語の後半は、異世界に足を踏み入れた彼の恐怖を、読者もともに味わうことになるだろう。

そうやって彼がたどりついた先には……？

本書の巻末には、数学上級試験の問題と彼の解答がのっている。シボーン先生は、そんなものは読者には興味がないからおよしなさいといったのだが、彼のたっての希望でのせられることになったのである。興味のある読者は挑戦してみてはいかがだろう。

そういえば、最近の新聞にアメリカの研究者が、史上最大の素数を発見したと報じられていた。クリストファーならなんというだろうか、感想をきいてみたい気がする。

本書は、のちにウィットブレッド賞（現・コスタ賞）、コモンウェルズ賞、ガーディアン賞を受賞している。本書がこれほどの評価を得たのは、これまで容易にうかがいしることができなかった、クリストファーの内面の世界を、彼自身の言葉で解き明かしてくれたから、そして発達障害をもつひとたちとともに働いた経験があるという著者の深い理解と愛情が注がれているからであろう。

本作品はイギリスでマリアンヌ・エリオットの演出により舞台化されて好評を博した。二〇一三年には、ロンドン演劇界でもっとも権威のある賞ともいわれるローレンス・オリヴィエ賞の最優秀作品賞、最優秀演出家賞、最優秀主演男優賞など主要七部門を受賞した。またこのロンドンの舞台が二〇一五年にアメリカにおいてトニー賞の最優秀作品賞、最優秀演出家賞などを受賞した。この舞台が映像化されて、日本でも公開され、訳者はたまたまこの映像を観る機会をあたえられた。簡素な舞台の上に、照明や音響効果を駆使して立体化され現出したクリストファーの世界に訳者は魅了され、そして目の前で動きまわっているクリストファーの姿に心をうたれた。またこの日本版が、演出・鈴木裕美、主演・森田剛で、二〇一四年四月に世田谷パブリックシアターで上演された。

日本では二〇〇三年に早川書房から〈ハリネズミの本棚〉シリーズの一冊として刊行され高い評価を得て、翌年、第五一回産経児童出版文化賞の大賞を受賞した。

その後、新装版が二〇〇七年に刊行されたが、このたびep:i文庫の一冊として文庫化されることになり、さらに多くの読者の方々に読んでいただけるものと期待している。

文庫化にあたり、いろいろとお世話になった編集部の深澤祐一氏、校閲の方々に深謝する。

二〇一六年三月

本書は二〇〇三年六月に単行本として、
二〇〇七年二月に新装版として刊行した
作品を文庫化したものです。

ハヤカワ epi 文庫は、すぐれた文芸の発信源（epicentre）です。

訳者略歴　津田塾大学英文科卒，英米文学翻訳家　訳書『アルジャーノンに花束を』キイス，『くらやみの速さはどれくらい』ムーン，『書店主フィクリーのものがたり』ゼヴィン，『世界の誕生日』ル・グィン（以上早川書房刊）他多数

夜中に犬に起こった奇妙な事件

〈epi 85〉

二〇一六年四月 十 日　印刷
二〇一六年四月十五日　発行

（定価はカバーに表示してあります）

著者　マーク・ハッドン
訳者　小尾芙佐
発行者　早川浩
発行所　株式会社 早川書房
郵便番号　一〇一 - 〇〇四六
東京都千代田区神田多町二ノ二
電話　〇三 - 三二五二 - 三一一一（大代表）
振替　〇〇一六〇 - 三 - 四七七九九
http://www.hayakawa-online.co.jp

乱丁・落丁本は小社制作部宛お送り下さい。
送料小社負担にてお取りかえいたします。

印刷・株式会社精興社　製本・株式会社明光社
Printed and bound in Japan
ISBN978-4-15-120085-4 C0197

本書は活字が大きく読みやすい〈トールサイズ〉です。